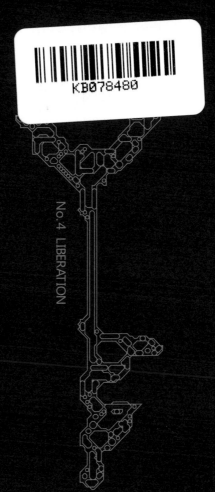

KB078480

No.4 LIBERATION

당신의 머리 위에

✴
✳
✳

당신의 머리 위에 ★ 3

박건 장편소설

초판 1쇄 찍은 날 2017년 2월 28일
초판 1쇄 펴낸 날 2017년 3월 28일

지은이 박건
펴낸이 서경석

편집책임 이지연 | 편집 김현미 배경근 | 디자인 신현아

펴낸곳 도서출판 청어람
등록번호 제387-1999-000006호
등록일자 1999. 5. 31
어람번호 제8-0091호

주소 경기도 부천시 부일로 483번길 40 서경B/D 3F (우) 14640
전화 032-656-4452 | 팩스 032-656-4453
http://www.chungeoram.com | E-mail chungeorambook@daum.net

ISBN 979-11-04-91211-5 04810
ISBN 979-11-04-91208-5 (SET)

당신의 머리 위에 3

소년, 우주로 가다

박건 장편소설

도서출판 청어람

신
으
로
서
,
인
간
으
로
서

전신 강림 II ✳ 009

장미 꽃다발 ✳ 035

황성으로 ✳ 093

왕관을 위하여 ✳ 171

결혼식 ✳ 243

신으로서, 인간으로서 ✳ 323

에필로그 아직 끝나지 않았다 ✳ 371

전신 강림II ★ * *

고개를 들어 올려다보려다가는 뒤로 넘어지는 게 아닐까 싶을 정도로 어마어마한 크기의 책장이 보인다. 고층 건물을 넘어 마치 산맥을 보는 것 같은 압도감에 한순간 할 말을 잃어버릴 정도의 규모.

거기에는 빈틈이 보이지 않을 정도로 수없이 많은 책이 빼곡히 들어차 있어 감히 그 수를 헤아리기 어려울 정도였는데 자세히 보면 그 책들 하나하나가 다 다른 종류라는 것을 알 수 있다.

"유산을 열었구나."

그리고 그 앞에 한 사내가 있다.

"하지만 꽤 재미있구나. [전]과 [후]의 특성을 모두 가질 줄이야. 겹치는 부분이 없는 건 아니지만… 최후에는 나도 어느 정도 잃어버린 힘이었는데."

온화한 인상의 사내다. 전체적으로 호리호리한 체격의 그는 책장에 꽂혀 있었던 걸로 파악되는 책 한 권을 든 채 흥미 가득한 눈으로 나를 지켜보고 있다.

"당신은… 당신은 누구죠?"

당연한 질문이었지만 사내는 웃으며 고개를 흔들었다.

"심정은 이해 가지만 시간이 많지 않군. 지금 그 상태가 오래가지 않을 테니 일단 당면한 일부터 처리하는 게 좋겠지."

그렇게 말하며 자신이 읽고 있던 책을 덮어 나에게 내민다. 나는 무심코 그것을 받았고, 그는 여전히 웃는 낯으로 말했다.

"좀 더 자라서 다시 오거라."

그리고 그 말과 함께 세상이 반전한다.

*　✸　*

그리스 신화에서 아레스(Ares)는 전쟁의 신이자 전투를 승리로 이끌기 위해 필요한 호전성과 용맹의 신이다. 전사의 나라라 불리던 스파르타에서는 주신으로 숭배되기도 했을 정도로 높은 인지도를 가진 존재.

너무나 당연하지만, 나는 지구에 있을 때 아레스를 가공(架空)의 존재라 생각했다.

'우물 안 개구리의 상식이었지.'

위상(位相).

초월적인 존재가 자신의 존재를 세계에 [새기는] 데 성공하면 그들의 이름과 특징, 그리고 능력은 우주 모든 존재의 의식 깊은 곳에 새겨진다. 이는 생명체들 또한 세계의 일부이기 때문에 생기는 결과로 위상을 가진 존재는 전혀 다른 차원, 수천수만 광년 이상 떨어진 우주에서조차 숭배와 신앙의 존재가 된다.

아레스는 실존했다. 더불어 그가 포함된 세력, 올림포스 신족 역시 실존하는 존재였으며 창조신의 노여움을 사 멸망하기 전까지 그들은 온 우주를 떨쳐 울리는 초월적인 집단이었다.

그리고… 극한에 이른 과학은 그들의 위상(位相)을 물질계에 묶어두는 데 성공했다.

쿠오오오——!

가장 먼저 머리가 나타난다. 용의 비늘을 엮어 만든 것만 같은 묵직한 투구를 쓰고 있는 사내의 얼굴.

쩡!

난데없는 등장에 당황한 골드리안이 포격을 날렸지만 아레스의 안면부에는 흠집조차 나지 않는다. 설사 머리뿐이라 하더라도 아레스는 전신의 이름을 가진 넘버링. [양산 초월기]라 할 수 있는 전함과도 비교 불가능한 내구를 가지고 있으니 반사적인 공격 따위로 어찌할 수 있는 존재가 아니다.

우웅——!

그리고 이어 아레스의 주변 공간이 일렁이기 시작한다. 일정 공간의 채널이 변경되고 아스트랄계가 열린다.

[강제로 끌어온다고?!]

아레스의 비명대로 본래 지금 이 순간 여기에 있을 수 없는 그의 파츠들을 아스트랄계 내에서 강제로 끌어당겨진다. 물리학적으로도, 영능학적으로도 있을 수 없는 일이지만… 지금의 나에겐 가능하다.

펑! 퍼펑!

공간을 터뜨리며 만병(萬兵)을 다루는 전신의 오른팔이 모습을 드러낸다.

적을 목을 옥죄여 반항조차 못 하게 만드는 전신의 왼팔.

한 걸음 내디뎌 전쟁신의 위세를 내뿜는 전신의 왼 다리.

한번 구르는 것만으로 적을 압도하는 전신의 오른 다리까지.

그리고 무엇보다.

전신의 모든 것. 그의 막대한 군세를 품은 몸통까지.

쿠오오오오오──!

자체적으로 아스트랄 드라이브를 가동할 수 있었을 정도로 강대한 아레스의 파츠들이 우주를 관통해 정렬한다.

철컹!

합체는 한순간.

청색 정광이 흐르는 눈동자에 무지막지한 기운이 치솟기 시작한다.

[아… 아아… 드디어……!]

새카만 우주 한가운데에 은빛의 거인이 완전한 모습으로 서 있다. 그것은 육중한 갑주를 걸친 전사의 모습. 마주 선 골드리안과 그리 차이 나지 않는 30m 정도의 신장이었지만 단지 그가 거기에 서 있는 것만으로 세상이 가득 차는 것 같은 압박감이 전해진다. 조금 전만 해도 전장을 지배하던 골드리안의 금빛이 촛불처럼 일렁일 정도다.

[뭐, 뭐야? 이건 뭐야?]

6황자의 비명 소리가 울려 퍼졌지만 아레스는 거기에 신경 쓰지 않고 손을 뻗어 나를 붙잡았다.

기잉!

녀석의 머리가 열리고 마치 잡아먹기라도 하듯 탑승이 이루어진다.

[대하! 성공했어! 내, 내 몸이 다시 원래대로……!]

아레스가 극도의 흥분 상태로 마구 소리치고 있다. 당연한 일이다. 1년, 2년도 아니고 200년이 넘는 시간 동안 팔다리도 없이 우주를 떠도는 생활을 했으니 어찌 그렇지 않겠는가?

그러나 녀석은 기특하게도 이내 호들갑을 멈추고 묻는다.

[그나저나 괜찮은 거야, 너?]

"물론 괜찮지. 아니, 사실 그냥 괜찮은 정도가 아닌데?"

몸 안 깊숙한 곳에서부터 미증유의 힘이 끓어오르고 주변 모든 것이 완벽하게 인식되고 있다. 그리고 당연하지만 그 [인식]이란 공간을 가르고 나타난 파츠들로 완성된 아레스와 내 앞에 있는 골드리안을 말하는 게 아니다.

저 멀리 있는 알바트로스함과 그 안에 있는 수많은 승무원, 그리고 그들이 나누는 대화 모두가 내 인지 영역에 들어와 있다. 마찬가지로 라이징 스톰에서 터져 나오는 비명 소리와 출격을 명하는 함장의 고함 소리, 그리고 그의 명령에 따라 출격하는 수많은 전투기와 기가스의 모습 역시 내 인지에서 벗어나질 못한다.

라이징 스톰의 사출구로 쏟아져 나오는 적들의 규모는 상당하다. 라이징 스톰과의 거리가 꽤 있었던 만큼 나와 싸웠던 기가스와 전투기는 워프 게이트를 타고 왔던 녀석들뿐이었는데 라이징 스톰 자체가 접근한 지금 모든 병력이 몰려나오기 시작했다.

"아주 좋아."

나를 향해 날아오는 모든 기가스와 전투기가 인식된다. 그뿐이 아니다. 그 안에 타고 있는 조종사들의 모습이 보이고 그들 간의 대화 역시 모두 인식된다. 지금 이 순간, 나는 전장 전부를 손바닥 위에 둔 것이나 다름없다.

모든 것을 알고 무엇이든 할 수 있을 것만 같은 전지전능에 가까운 감각. 비록 일정 시간뿐이겠지만, 나는 내가 인류의 인식을 벗어난 초월적인 존재가 되었다는 것을 깨달았다.

쿠오오오———!!

아레스의 코앞에 웜홀이 떠올라 주변의 모든 것을 빨아들인다. 아까도 한번 당했던 공격이었지만 그 수준과는 차원이 달라 주변의 빛마저 탈출하지 못하고 빨려 들어갈 정도. 그러나 한순간 펼쳐진 칠흑을 뚫고 아레스의 왼팔이 내뻗어진다.

콰득!

[거짓말! 흑광(黑光)을 이렇게 맥없이 찢어버릴 수는 없어!!]

전력을 다한 공격 때문인지 맥없이 목을 잡힌 골드리안에게서 통신이 걸려온다. 그러나 그러거나 말거나 나는 내면에서 끓어오르는 힘을 가늠할 뿐이다.

"좋군."

농담이 아니라 블랙홀에서 문제없이 헤엄도 칠 수 있을 정도다. 그 무엇에도 변질되지 않고 오롯이 존재하는 신적인 힘이 나와 아레스를 가득히 채우고 있다.

콰드드……!

힘에 익숙해지면 익숙해질수록 영력이 점점 더 거세게 끓어오르는 것이 느껴진다. 골드리안이 뿜어내던 황금빛은 이미 모조리 제압당하고 없는 상태. 아레스의, 그러니까 [전신의 왼팔]에 목이 잡히면 나와 동격의 힘을 가지지 못한 이상 절대로 뿌리칠 수 없기 때문에 벌어진 일이다.

[그만! 그만! 항복이야! 항복이라고!]

무심코 통신을 허락했는지 정면에 화면이 떠오른다. 거기에는 창백한 얼굴로 연신 소리치는 6황자의 모습이 보였다.

[이익… 이게 뭐야. 침입을 시도조차 할 수 없다니.]

옆에 있는 천사 역시 당혹스러운 표정인 건 마찬가지다. 여태까지의 여유 넘치고 농염한 미소는 어디에서도 찾을 수 없다.

'흠, 뭐, 더 지켜볼 것도 없겠지.'

조금 더 기운을 키운다. 그리고 그것을 느낀 것일까? 6황자가 필사적으로 외친다.

[진정하고 내 말 들어봐! 난 널 죽일 생각이 아니었다고! 이 전투가 끝나고 바로 천국에서 상황을 설명할 생각이었단 말이야!]

"그건 또 무슨 소리야?"

당연하지만 질문은 아니었다. 녀석 쪽에서 일방적으로 화면을 보내고 있을 뿐 내 쪽에서는 녀석에게 아무런 통신도 연결하지 않았기 때문이다. 어차피 말도 안 되는 궤변을 늘어놓겠지, 뭐. 무슨 말을 하는지 궁금하기는 하지만 지금 그걸 꼭 알아야 할 필요가 있겠는가?

그러나 그 순간.

내가 [의문]을 가진 바로 그 순간.

"…그렇군."

나는 알 수 있었다.

[음? 뭐가 '그렇군' 이야.]

"시시한 이야기야."

나는 6황자가 말하는 '천국'이 의미하는 바를 알았다. 그의 목적도, 그가 가지고 있던 계획도 알 수 있었다. 그러나……

"시시한."

너무나 시시해서 설명할 가치조차 느끼지 못하겠다. 더불어 그 시시한 이야기 따위가 그를 살려둘 이유는 더더욱 될 수 없다.

[잠깐! 잠깐, 기다려! 날 이대로 죽이면 너도 무사하지 못해! 레온하르트 제국 전체를 적으로 돌리게 될 거라고!]

골드리안의 목을 잡고 있는 아레스를 중심으로 퍼져 나가는 어마어마한 영압(靈壓)에 짓눌린 6황자가 소리 지른다.

[너는 절대 이 비밀을 지킬 수 없어! 아무리 신(神)급 기가스에 탔다 해도 청원의 입을 막을 수 없다고!]

맞는 말이다. 사명에 의해 온갖 제약을 받는 청원이었지만 지금 내가 하고 있는 일을 그가 목격하고 이를 황실에 알리는 것은 아무런 제약에도 걸리지 않는다. [거짓]을 말하는 거라면 모르겠지만 그게 진실이라면 그의 행동을 막는 그 어떤 방해도 존재하지 않기 때문이다.

[대하, 어쩔 거냐?]

걱정이 담긴 아레스의 목소리에 피식 웃었다.

그래, 6황자의 말은 모두 맞다. 지금 그를 여기에서 죽이면 두고두고 후환을 걱정해야 할 것이다. 나는 이 일을 감출 수 없을 것이고 레온하르트 황가는 황태자 후보 중 하나를 죽여 버린 나를 절대 곱게 보지 않을 테니까.

그러나 나는 담담히 말했다.

"감수해야겠지. 그 어떤 미래를 봐도 저 녀석을 살려두는 것보다는 죽이는 게 낫다는 판단이 나오거든."

[…미래?]

"그래, 미래."

수많은 시간이 머릿속에서 폭풍처럼 몰아치고 있었다. 과거, 현재, 미래 모두가 온갖 목소리로 세상의 모든 정보를 떠들어대고 있다.

이것이야말로 상급 이상의 신들만이 가지고 있다는 절대 권능.

―신은 알고 있다(God Knows).

[안 돼.]

[멈춰요!]

자신들의 미래를 짐작한 6황자와 천사가 비명을 지른다. 둘 모두 훌륭한 미성(美聲)을 가지고 있는 존재였던 만큼 제법 애절하게 들렸지만, 그래봤자 내 판단을 방해할 정도는 아니었다.

우득.

골드리안의 몸체가 거세게 우그러든다. 몰아치는 거대한 힘은 마치 해일과도 같아서 저항도, 방어도 불가능한 수준.

"이 내가… 위대한 황제가 될 내가……."

그리고 마지막 순간, 허탈한 목소리가 들린다.

"이렇게 허망하게?"

번쩍!

순간 아레스의 손에서 일어난 어마어마한 힘이 골드리안의 몸 안으로 파고들어 그 안에 타고 있는 조종사 둘을 이 세상에서 지워 버린다. 몰려드는 무지막지한 기운에 아이언 하트마저 제압해 버렸기에 언제나 금빛으로 빛나던 골드리안조차 그 빛이 바래진 채 침묵해 버린다. 그리고 바로 그 직후 통신을 연결한다.

"천현일 소장."

[엇? 뭐야? 지금 아레스랑 통신이 연결된 거야? 이 목소리는 관대하인가?]

"예. 다행히 아레스가 제때에 나타나 주어서 골드리안을 제압했습니다."

[6황자와 그 천사는?]

"제압하고 나니 없어져 버렸습니다. 공간을 다루는 탈출 수단이 있는 모양이군요."

물론 거짓말이다. 그 둘은 죽었고 그 존재는 티끌조차 남지 않았으니까.

'허무하다면 허무하군.'

스스로의 말대로 그는 황제가 될 운명을 가지고 있던 존재였다. 비록 광기 넘치는 미치광이였지만 그의 유능함은 틀림없는 사실이었고, 그는 황족 중에서도 희귀한 혈통과 능력을 가지고 태어난, 선택받은 존재였기 때문이다.

그리고 무엇보다… 그는 영혼의 반려인 천사를 만나 [위대한 핏줄]을 만들어낼 가능성을 갖게 되었다. 그는 레온하르트 제국의 이름을 온 우주에 알릴 존재가 될 수도 있었다. 그러나.

'소용없는 일이지.'

안타까움을 느끼진 않는다. 원래 미래는 수많은 선택의 연속이니까. 다만 이번에는 항상 선택의 주체가 되었던 그들이 선택당하는 존재로 격하되었을 뿐이다.

[물을 게 많지만… 괜찮은 거냐? 지금 엄청난 수의 적이 몰려오고 있다.]

"쓸데없는 말씀을."

그렇게 말하고 손에 들고 있던 골드리안을 알바트로스함을 향해 집어 던졌다. 사출구를 향해 정확하게 집어 던졌으니 별문제 없이 받아낼 수 있을 것이다.

"가자, 아레스."

[좋아!]

대답과 동시에 아레스의 몸이 빛살처럼 우주를 가로지른다. 아직 이쪽의 정확한 사정을 모르는 라이징 스톰의 기가스와 전투기들이 몰려오고 있었지만 어차피 그들은 우리의 격에 맞는 적이 아니었다.

우우웅──

기가스와 전투기들을 향해 날아가는 아레스의 몸을 회색의 구체가 뒤덮는다. 나는 정신을 집중했다. 아레스는 대부분의 조종사가 죽을 때까지 그 모습조차 보지 못한다는 신급 기가스였지만 나는 그 모든 것이 너무나도 익숙하고 편하기만 했다.

'일차적으로 기를 꺾어볼까.'

수십 기의 기가스와 수백 대의 전투기가 보인다. 그중 일부는 나를 공격해 들어오고 나머지는 무시하고 지나가려 한다.

나 하나에게 달라붙기보다 알바트로스함을 공격해 6황자를 구해내려 하는 모양이었다.

[무시라니. 거참, 어쩔까.]

기가 차다는 듯 헛웃음 짓는 아레스의 영언에 나 또한 웃었다.

"어쩌긴. 숫자 좀 많다고 쪼개려 들면."

고오오오오————!

아레스의 몸을 뒤덮고 있던 회색의 영력이 사방으로 뿜어지기 시작한다.

"이쪽도 숫자로 상대해 줘야지."

수십, 수백을 넘어 천 개가 넘는 회색의 빛이 허공으로 떠올라 형태를 갖추기 시작한다. 그것은 하나하나가 독자적으로 움직이는 회색빛의 거인. 그들이 앞을 가로막자 라이징 스톰의 기가스들이 혼란스러워하는 게 느껴진다.

[이게 뭐야? 이건… 기가스?]

[맙소사!! 이것들 하나하나가 수(獸)급 기가스에 맞먹는 영력을 가지고 있습니다!]

[시, 심지어 개중 10여 기는 인(人)급 기가스에 맞먹는 영력을… 말도 안 돼!]

여기저기에서 비명이 터져 나온다. 사실 당연한 일이다. 10여 기도 아니고 100여 기도 아니고 무려 1,000여 기의 기가스가 난데없이 나타난 셈이다. 어찌 당황하지 않을 수 있겠는가?

그런데 당황하는 건 그들뿐이 아니었다.

[어, 어라. 이게 어떻게 된 거야? 내 〈전신의 군세〉가 좀 이상한데…….]

원래 전신의 군세는 성(星)급 기가스 1기와 인급 기가스 10기, 그리고 수급 기가스 1,000기를 만들어내는 초월기다. 인급 기가스들이 각기 100기의 수급 기가스를 이끌고, 성급 기가스가 다시 그 10기의 기가스를 이끌어 아레스를 보조하는 것.

다만 그것은 어디까지나 출력.

전신의 군세로 소환된 기가스들은 아무래도 동급의 기가스들보다 떨어지는 전투력을 가지고 있다. 실제로 존재하는 기가스가 아니라 기본 어빌리티도 없고 조종사를 태우지 않기에 고유 어빌리티 역시 없다. 그저 숫자와 등급에 걸맞는 영력만으로 상대를 몰아붙이는 것.

그러나 지금 상황은 조금 달랐다.

[모습이… 각각 달라. 아니, 그보다 성급은 어디 갔어?]

소환된 것은 인급 기가스 10기와 수급 기가스 1000기. 다만 그 내용물은 원래의 초월기와 전혀 다르다. 그들은 그저 영력의 덩어리가 아니라 구체적이고 가지각색의 형태를 가지고 있다.

개성(個性)말이다.

"아, 그건 부르지 않았어."

[왜?]

"이것도 너무 많으니까."

내 대답을 듣기라도 한 것처럼 라이징 스톰의 기가스를 이끌던 조장 중 하나가 전신의 군세를 향해 파고든다.

[속지 마! 이깟 가짜 따위!]

그는 특이하게도 광선검이 아니라 금속으로 만들어진 검을 들고 있었는데 특수한 힘의 보정을 받는 것인지 그 검은 새파

랗게 빛나고 있다.

[은하류의 검 앞에 기술도, 영혼도 없는 가짜 따위는 상대가 될 수 없다!]

날카로운 포효와 함께 검을 내려친다. 1,010기의 기가스 중 백인장이라고 할 수 있는 인급 기가스를 향한 공격.

쩡!

그러나 인급 분신 알렉산더(Alexander)는 녀석의 검을 가볍게 쳐내 공격을 비껴내고.

콰득!

그 직후, 관통을 건 우검으로 적 기가스의 오른팔을 자르고, 좌검의 폼멜로 머리를 후려쳐 자세를 아래로 떨어뜨린 후에, 그대로 X 자로 비껴 올라가며 양다리도 잘라 버렸다. 항상 그랬듯 악수하듯 남은 손을 잡아 그대로 뜯어버리는 마무리.

빵!

사지절단(四肢切斷)당한 적 기가스의 몸뚱이는 그대로 분신의 발에 걷어차여 부하들의 품으로 되돌아갔다.

[…….]

[…….]

[…….]

한순간 침묵이 내려앉는 전장. 나는 헛웃음 짓곤 입을 열었다.

"전군."

그리고 명령한다.

"돌격."

명령과 동시에 회색의 거인들이 일제히 돌진한다. 라이징 스톰에서 쏟아져 나왔던 기가스와 전투기들은 즉시 반격을 시작했지만 어림없는 소리다.

콰득! 퍼벙! 쾅!

인급 기가스 링컨(Lincoln)이 술식을 전개하기 시작한다. 인급 기가스 클레오파트라(Cleopatra)가 무려 3기나 나란히 서서 눈부신 빛을 흩뿌리고, 다른 기가스들과 비교 불가능한 덩치를 가진 인급 기가스 골리앗이 적들을 향해 돌진한다.

이어 몰려드는 것은 하얀 뱀을 비롯한 천 기의 수급 기가스.

그것은 나, [관대하]가 직접적으로든 간접적으로든 관측해 왔던 기체들이다.

[이, 이게 뭐야?!]

[거짓말! 거짓말이야! 화, 환각인가?]

[으아아! 어떻게 수급 기가스가! 그것도 소환된 놈 따위가 나를……!!]

그것은 이미 전투가 아니다.

그저 일방적인 제압(制壓).

전투기들은 날개가 잘리거나 엔진이 정지당하고, 기가스들은 사지가 잘린 채 우주 공간에 둥둥 떠다닌다. 그리 긴 시간도 필요 없었다. 검과 검이 부딪히는 그 순간, 포격이 발사되는 그 순간 모든 것이 끝난다.

이는 그저 군세를 불러냈다는 수준이 아니다. 1,000기나 되는 수급 기가스는 하나하나가 [내가] 탄 수급 기가스의 전투력을 가지고 있고, 10기의 인급 기가스 역시 [내가] 탄 인급 기가스의 전투력을 가지고 있었으니까. 다시 말해 여기에는 [나폴레옹에

탄] 내가 열 명, [천둥룡에 탄] 내가 천 명이 있다고 할 수 있다.

숫자에서도 불리한데 하나하나의 역량에서도 압도당하고 있으니 어찌 적들에게 승산이 있겠는가?

찌이익—!

삽시간에 모든 기가스와 전투기를 제압한 후, 따로 명령을 내린 나는 즉시 라이징 스톰에 돌입했다. 거대 전함인 라이징 스톰에는 당연히 두터운 배리어가 있었지만, 마치 천을 잡아 뜯어버리듯 찢고 갑판 위로 내려선다.

그야말로 한순간. 마치 문을 열고 들어가는 것 같은 자연스러움에 아레스가 기겁했다.

[아니, 잠깐. 지금 뭘 한 거야? 전함의 배리어를 찢고 들어와? 이런 어빌리티도 있어?]

"어빌리티가 아니고 초월기야, 바보야. 〈전쟁신의 위세〉지."

그것은 즉발성 기술이라기보다 패시브에 가까운 능력이다. 배리어에 스며들어 방어를 강화하거나 적의 영자 결합을 끊어 버릴 수 있는 일종의 오오라를 아이언 하트를 중심으로 반경 50m에 펼쳐내는 능력이니까. 원한다면 무기에 주입하여 공격력을 늘리는 데에도 사용할 수 있다.

[위력이야 그렇다 치고, 전쟁의 신이라니… 네 초월기, 나랑 되게 어울린다.]

"당연히 어울리지 네 초월기인데."

[…내 초월기는 〈전신의 보물 창고〉랑 〈전신의 군세〉뿐인데?]

'나머지는 어빌리티고'라고 중얼거리는 아레스에게 답한다.

"나중에 설명해 줄게."

콰득!

손을 내뻗어 라이징 스톰의 장갑을 뜯어버리고 그 안으로 침입한다. 라이징 스톰의 구조는 너무나 잘 알고 있었다.

쿵! 콰득! 쾅!

직선으로 이동한다. 벽이 가로막으면 벽을 부수고 움직일 만한 공간이 나오면 삽시간에 가로지른다. 물론 앞을 막아서는 녀석들이 있었지만.

"막아! 녀석이 동력부로 이동하고 있다!"

"하지만 공격이 전혀 통하지 않습니다!"

"신급 기가스라니!! 대체 저런 게 어디서 나온 거야!!"

녀석들은 단지 시끄럽게 떠들기만 할 뿐 내 걸음을 막을 수 없었다. 신급 기가스인 아레스의 배리어는 테라급 전함에 준하는 방어력을 가지고 있었고, 라이징 스톰에 그걸 뚫을 수 있는 수단은 주포 사격 정도에 불과하다.

'하지만 함선 내에서 그만한 화력을 발휘할 수 있을 리 없지.'

그러나 그렇게 생각하는 순간 [예지]가 발동했다.

콰릉!

오른손을 들어 찔러 들어오는 창을 막아냈다. 어지간한 건물 정도 되는 크기인 아레스에 비하면 이쑤시개 정도에 불과한 크기인 창을 굳이 손을 들어 막는다니 이상하게 보일지도 모르지만… 창을 막는 그 순간 천둥이 치며 주변 공간이 일그러진다.

아레스가 비명을 질렀다.

[대하! 조심해! 나와 같은 넘버링이다!]

넘버링(Numbering). 그것은 우주에 존재하는 초월병기 중에서도 1,000위 안에 들어간다는 강력한 신기들을 지칭하는 단어이다. 어지간한 행성 대여섯 개를 그 내용물까지 다 팔아도 하나 사기가 어렵다는 넘버링은 초월자가 들게 되면 동급의 초월자 10명을 상대할 수 있을 정도로 강력한 위력을 가진 병기라고 한다.

사실 초월병기나 넘버링에 특별히 정해진 형태나 효과는 없다. 그것은 총이 될 수도 있고, 칼이 될 수도 있으며, 적을 파괴하는 데 특화되기도 하지만 사용자를 치유하거나 워프 존을 만들기도 하니까.

일반적으로 초월병기는 그 이름에 걸맞게 병기의 형태를 가지고 있지만 그게 전부는 아니다. 우주를 날아다니는 전함 중에서도 넘버링에 들어가는 특별한 명품들이 존재하고 아레스 같은 신급 기가스들도 초월병기로서 넘버링에 들어간다. 심지어 [음식을 무한정 생산해 내는 냉장고]라는, 도저히 병기의 형태로 봐주기 힘든 물건들도 넘버링에 들어가 있을 정도니 더 말할 필요도 없겠지.

즉, 내가 타고 있는 아레스와 적이 던진 창의 힘은 본질적으로 그리 큰 차이가 없다고 해도 무방하다. 단지 나는 넘버링에 탔고 적은 그걸 손에 들었을 따름이니까.

다만 문제가 있다면.

"너와 같은 넘버링인데… 그래서?"

모든 병기가 그러하듯 중요한 건 사용자의 역량이다.

끼이익━━━━!!

"크윽……! 이, 이게 무슨……."

2m에 가까운 신장을 가진 고풍스러운 인상의 노인이 〈전쟁

의 신〉이 만들어낸 오오라에 둘러싸여 무릎을 꿇었다. 나는 가볍게 손을 흔들었다.

"좀 자라."

털썩.

너무나 간단히 정신을 잃고 쓰러진다. 그의 손에 들려 있던 넘버링은 허공에 열린 공간의 틈이 집어삼켰다. 〈전신의 보물 창고〉에 들어간 것이다.

[…터무니없군. 이 정도면 중급 신에 맞먹는 힘이야.]

기가 차다는 아레스의 중얼거림에 어깨를 으쓱인다.

"그래봐야 잠깐이지."

[잠깐?]

"그래. 그래서 이렇게 열심히 움직이고 있는 거고."

콰득! 콰득!

벽을 부수며 직선으로 나아간다. 함장으로 추정되는 존재마저 쉽사리 제압당한 이상, 나를 막아설 이는 어디에도 존재하지 않았기에 나는 별문제 없이 동력부에 도달할 수 있었다.

[정지—!! 정지하십시오——!!! 더 이상 접근하시면 교전 수칙에 따라 자폭 모드에 들어가겠습니다!!]

그리고 그렇게 동력부에 들어가자 날카로운 여성의 목소리가 머릿속을 울려 퍼진다. 내가 동력부에 너무나 가깝게 접근하자 라이징 스톰의 관제 인격인 [루나]가 드디어 접촉한 것이다.

"반가워."

원래대로라면 해치를 열고 일단 아레스에서 내려야 하는 상황이다. [명령]은 내 목소리가 직접적으로 전달되어야만 효과를 발휘하기에 통신으로 상대와 연결하는 건 아무런 의미가 없기 때문.

그러나 지금이라면 상황이 전혀 다르다. 사정이 있어 여기까지 들어왔을 뿐 지금의 나라면 외부에서도 명령을 내릴 수 있는 상황이었던 것이다.

[다시 한 번 말씀드립니다. 정지하십시오. 더 이상 접근하시면 교전 수칙에 따라 자폭 모드가······.]

"루나."

이름을 부른다. 그러자 시끄럽던 경고음이 당장 멈춘다. 나는 다시 그녀를 불렀다.

"루나."

[네··· 주인님.]

공손한 목소리에 웃는다.

전쟁은 끝났다.

* * *

탁.

10층짜리 아파트에 가까운 신장을 가진 아레스가 거짓말같이 작은 소음과 함께 갑판 위에 내려선다. 나는 온몸에 충만하게 차오르던 힘이 점점 사그라지는 걸 느끼며 알바트로스함의 안쪽으로 이동했다. 마음 같아서는 라이징 스톰을 완전히 포획해서 이리로 끌고 오고 싶었지만 시간이 너무 촉박해 그럴 수 없었다.

[대하, 지금 네 힘이······.]

"나도 알아."

무엇이든 할 수 있을 것 같던 전능감이 점점 사그라지고 머릿속을 가득히 채우던 온갖 지식과 미래가 죄다 사라져 가기 시작한다.

[지금]의 나는 전지전능에 가까운 존재지만 원래의 나는 극히 일반적인 지능을 가진 존재다. 아마 지금 내 머릿속에 있는 이 무한한 지식 중 태반을 잃어버리게 되겠지. 꿈속에서 터무니없이 긴 시간을 보낸다 하더라도 깨어나는 순간 그 모든 내용이 신기루처럼 머릿속에서 지워져, 나는 아주 중요한 키워드 몇 개를 제외한 대부분의 지식을 기억해 내지 못할 것이다.

'그래서 내 미래라도 봐두고 싶었는데……'

나는 다시금 온갖 정보와 미래를 뒤지다 헛웃음 지었다.

'막상 내 미래는 볼 수 없다니.'

놀랍게도 전지에 가까운 지금에 와서도 내 미래를 보려고 하면 모든 것이 깜깜하다. 청원을 비롯한 초월자들이 내가 끼기만 하면 예지가 꼬인다고 했을 때는 뭐, 그런가 보다 했는데 설마 그게 지금의 나에게조차 적용될 줄은 몰랐다.

그뿐이 아니다.

'청원은 왜 죽는다는 거지?'

청원을 잡아 후환을 없애기 위해 그에 맞는 미래를 찾아보았지만 그의 [죽음]만 읽을 수 있을 뿐 그 외의 어떤 정보도 얻어낼 수 없었다. 그가 왜 죽는지, 누가 죽이는지 전혀 알 수가 없는 것이다.

'하와인가?'

나와 동급, 혹은 그 이상의 존재는 절대 권능으로도 읽어낼 수가 없다. 세상의 모든 걸 알 수 있을 것 같은 전지의 권능도 다른 상급 신위의 초월자에게는 통하지 않는 것이다.

'하지만 그녀가 대체 왜?'

이해할 수 없는 상황에 의문이 들었지만 더 이상 생각할 시간이 없었다.

기이잉—!

아레스의 해치를 열고 밖으로 나오며 그에게 말한다.

"대기하고 있어. 다만 너무 멀리 가지는 말고."

[차라리 내 안에서 쉬는 게 낫지 않겠어?]

"네 안에서 쉬기는 뭘 쉬어. 몇 달을 쓰러져 있을지 가늠이 안 되는 판에."

당장에라도 쓰러질 것처럼 잠이 쏟아지고 있다. 내 안에서 깨어났던 신성이 사그라지기 시작하면서 점점 더 눈꺼풀이 무거워져만 가고 있다.

"할 일이… 또 뭐 남았지?"

내 안에 깃든 전능의 지식이 다시는 이 상태가 될 수 없을지도 모른다고 가르쳐 주고 있는 만큼 어떻게든 모든 일을 지금 처리해야 했다. 지금이 지나면 나는 다시 [비천]한 인간이 되고 말 것이니 지금 잠깐만 수고해도 할 수 있는 일을 못 하면 나중에 땅을 치게 될 상황이 될지도 모른다.

'전쟁도 끝냈고, 라이징 스톰도 침묵시켰고, 분신을 다 보내서 공룡 녀석도 처리했고…….'

점점 깜빡이는 의식을 필사적으로 붙잡으며 숙소로 향한다.

그러다 손바닥을 쳤다.

"맞아. 큰일 날 뻔했군."

말과 동시에 오른손을 휘둘렀다.

철퍽!

몸 안을 휘돌고 있던 액체 금속이 바닥에 뿌려진다. 지금껏 나를 억죄고 고통스럽게 했던 형틀이었지만 육체를 초월한 신성에 의해 보호받는 지금엔 아무런 문제가 되지 않는다.

"그리고, 그리고……."

필사적으로 머리를 굴린다. 눈꺼풀이 천근만근 무겁고 점점 걷기도 힘들다. 최대한 빠르게 움직였다고 생각했는데도 도저히 숙소까지 이동할 수 없는 상황.

그리고 그때 복도 너머에서 세레스티아가 달려오는 모습이 보인다.

"대하야!"

그녀의 목소리를 들으며 마침내 주저앉는다. 신성이 거의 다 사라지며 어마어마한 탈력감이 몰아치고 있다. 당장에라도 정신을 잃을 것 같았기에 그녀에게 부탁한다.

"셀, 미안하지만 나를 숙소로 보……."

그러나 말을 다 하기도 전에 세레스티아가 한껏 상기된 얼굴로 내 이름을 불렀다.

"대하야, 관대하."

"…왜?"

눈을 반짝이고 있는 세레스티아의 모습에 눈살을 찌푸린다. 이 녀석은 또 왜 이렇게 신난 건지 알 수 없다. 방금 전이라면 의문을 가지는 것만으로 그 이유를 알겠지만, 아니, 그걸 넘어 이미 알고 있었을지도 모르지만 신성이 사라지고 있는 지금에 와서는 그럴 수 없다. 머릿속을 가득히 채우고 있던 대부분의 지식이 사라지면서 특별히 중요한 몇 가지 외에는 전부 잊어버리고 있었기 때문이다.

그리고 그런 나에게 세레스티아가 말했다.

"나랑 결혼 안 할래?"

속삭이는 그녀의 모습이 꿈결 같다. 쓸데없는 생각일지 모르지만… 순간 그녀에게 이 말을 듣기를 소원하는 사람이 이 우주에 얼마나 많을까 하는 잡념이 떠오른다.

그녀는 전 우주적인 아이돌이고, 대단한 미녀였으며, 또한 엄청난 권력과 힘을 가진 황족이기도 하다. 모르긴 몰라도 그녀 때문에 잠 못 이루는 남정네가 어지간한 나라를 세울 수 있을 정도로 많겠지.

그러나.

"이건."

그런 그들과는 입장도, 취향도 다른 내 입에서는 당연히 고운 말이 나오지 않는다.

"이건 또 뭔 개수작이야?"

"……."

그리고 그 말을 마지막으로 나는 정신을 잃었다.

장미 꽃다발　★　✦　✦

대전쟁(The Great War)은 전 우주를 대상으로 수백억 대나 팔린 신뢰도 높은 시뮬레이션이다.

　대전쟁을 개발해 냄으로써 레온하르트 제국은 어마어마한 수익과 명성을 함께 얻었다. 제국 클래스의 세력이라 해도 근접한 은하가 아니라면 그 이름조차 알리기 힘든 대우주에서 수백 개가 넘는 세력에게 존재감을 선명히 각인시킨 것이다.

　그리고 그런 만큼 레온하르트 제국은 일종의 국책 사업으로서 대전쟁을 관리했다. 전투기술부(部)를 만들고 황실에서 직접 책임자를 임명하여 그 시스템을 보완하고 발전시켜 나간 것. 그리고 그렇기에 대전쟁의 상세 데이터는 국가 기밀로 쉽게 열람할 수 없다. 신호에 따라 대하를 발견한 알바트로스함의 기술진이 최종적으로 그를 조종사가 아닌 전자 계열 초능력자로 인식하는 실수를 저질렀던 것 또한 그런 이유 때문.

　현장에서 확인할 수 있는 것은 오직 클리어 스테이지와 점수

뿐이다.

그들이 할 일은 점수에 따라 조종사 후보생을 포섭한 뒤 상세 내용을 윗선에 보고하는 데에서 그치며 그들 스스로 전투 기록을 직접 확인하는 건 있을 수 없는 월권행위이다. 조종사의 전투 방식과 습관이 담겨 있는 전투 기록은 해당 조종사를 공략할 약점 역시 보여주기 때문에 그들은 자체적인 판단이 아닌 규칙에 따라 조종사 후보생을 포섭하며, 전투 기록은 암호화되어 본성에 전달된다.

그리고 지금.

"자, 모두 잘 보았다면 뭐라고 말 좀 해보게."

드디어 그 전투 기록이 본성에 도착해 전투기술부에 공개된 상태였다.

"흐음……."

"신음만 하지 말고 뭐라고 말 좀 해보라니까. 자네가 보기에 이건 어떤가?"

"아니, 잠깐 기다려 봐. 흠, 이거야 원… 놀랍군. 이거 마치… 진짜로 대전쟁을 플레이한 것 같지 않은가?"

"무슨 능력인지 경지가 보통이 아니군. 심지어 메인 서버에서도 오류를 찾을 수가 없다니."

"대전쟁의 시스템이 조작된 전례가 전혀 없는 건 아니지만 이건 정말 엄청나군. 그 어떤 어색함도 없이 자연스럽게 전투를 이어나가고 있네. 게다가 이 기교를 보라고. 이건 적어도 트리플 이상의 능력이 모여 만들어진 능력이야. 정보 계열 능력이 없다면 이런 디테일은 살릴 수 없네."

온갖 기기로 가득 찬 방에서 세 명의 노인은 놀랍다는 표정으로 정신없이 전투 기록을 살피고 있다. 단순히 영상을 살피는 게 아니라 그 안에서 움직이는 시스템까지 확인하고 있는 것.

그리고 그런 그들의 말에 중앙에 앉은 금발의 중년 남성이 한심하다는 표정으로 고개를 흔들었다.

"…현실 도피 그만하고 제대로 분석해. 다 잘리고 싶어?"

"허허, 하지만, 어허허허."

"아니, 아무리 그래도 이건."

"12억 8,000만 점이라니."

세 노인 모두가 믿을 수 없다는 표정으로 헛웃음을 짓는다. 어떻게든 평온을 유지하고 있지만 다들 눈가가 파르르 떨리고 있다.

그리고 그들을 대표해 기다란 귀를 가진 푸른색 머리칼의 노인이 묻는다.

"설마 이게 실제 플레이 화면이란 말인가?"

"당연하지. 애초에 시스템 명령어를 전혀 안 건드리고 전투 기록을 조작한다는 게 말이나 될 법한 소리냐? 아니, 설사 그게 가능하다 해도 왜 그런 짓을 하는데?"

이미 만들어진 시스템이 외부로부터 조작되는 건 머나먼 과거부터 셀 수 없이 일어나던 일이다. 원래 방어보다 공격이 쉬운 법이고, 어마어마한 재화와 인력이 모여 만든 시스템이라고 해도 미처 생각하지 못한 공격에 뚫릴 가능성은 얼마든지 있는 것이다.

하지만 지금은 경우가 전혀 달랐다. 어떤 수치 하나가 아니라 게임 플레이 전체가 자연스럽고 원인과 결과가 다 맞아떨어지면 그건 시스템 조작이 아니라 그냥 정상적인 플레이라고 보는 게 타당하기 때문이다.

"하지만 아무리 그래도… 이 점수는 좀 아니지 않나? 게다가 저런 말도 안 되는 플레이는 기간트 마스터도 불가능해. 아무리 대단한 천재라도 저 많은 어빌리티를 전부 달인급으로 다룰 수는 없어."

한국 사람이 영어를 하는 건 특별할 것도 없는 일이다. 외국어를 배우는 것이 쉬운 일이라고 할 수는 없지만 시간과 노력을 들인다면 충분히 원어민 수준으로 학습할 수 있을 테니까.

마찬가지로 3개 국어를 하는 것도 놀라울 건 없다. 언어적인 재능이 있다면, 4개 국어, 5개 국어를 원어민 수준까지 익히는 경우도 그리 드물지 않게 확인할 수 있다.

하지만 지금 대하가 보인 이 모습은 그 모든 상식을 초월하고 있었다.

"게다가 이 기록을 봐! 어빌리티가 매일 달라! 겹친 걸 제외해도 지금 확인된 것만 50개가 넘는 어빌리티를 다루고 있네! 게다가 이 기교들은 대체 뭔가? 아이언 하트의 영력을 자기 심장에 있는 마력 다루듯 쓰다니. 게다가 이놈 몇 살이야?"

"20년도 못 살았다던데."

"그래, 20년! 이게 말이나 될 법한 일인가?"

언어적인 재능이 있다면, 그리고 환경이 받쳐준다면 어린 나이에 2개 국어를 원어민 수준으로 구사하는 것도 충분히 가능하다.

그러나 5살짜리 소년이 2개 국어도, 10개 국어도 아닌 한 200개 국어를 자유자재로 구사한다면 어떨까? 해당 언어의 모든 단어의 뜻과 뉘앙스까지 완벽히 파악한다면?

그건 더 이상 재능의 문제가 아니다.

명백한 이상 현상이었다.

"이럴 게 아니라 일단 불러서 어떻게 이런 일이 가능한지 확인해야 해!"

평소 점잖은 모습들에서는 상상할 수 없을 정도로 격렬한 반응이 터져 나온다. 그들이 받은 전투 기록은 그만한 힘을 가지고 있었기 때문에 전투 기록의 내용이 사실이라면 그는 온 우주의 전쟁사를 다시 쓸 존재가 될지도 모른다.

그리고 그렇게 흥분한 이들을 보며 현 전투기술부의 장관, 로스타 레온하르트가 입을 열었다.

"그래서 말인데… 마침 그 녀석이 여기로 오고 있다더군."

"여기라니, 본성으로?"

"아니, 황성으로."

"…그게 무슨 소리야. 외부인이 단번에 황성으로 온다고? 혈통, 혈통 하며 입에 거품 무는 꼰대들이 그렇게 많은데 그럴 수가 있나?"

영문을 알 수 없다는 표정으로 반문한다. 민감한 주제였지만 망설임 없는 태도다. 로스타 레온하르트가 황족이라고는 하나 그들 셋 모두 세계의 이치를 깨달은 대마법사들로 황실 안에서 대접받는 위치였던 것이다.

로스타가 말했다.

"그럴 수 있어. 아니, 그래야 한다고 해야겠군."

"무슨 말을 하는 거야?"

의아해하는 세 노인을 보며 로스타가 웃었다. 그리고 손을 흔들자 아무것도 없던 허공에서 한 통의 편지가 모습을 드러낸다. 양 뿔이 달린 노인은 편지 봉투 위에 새겨진 글자를 보고 눈을 동그랗게 떴다.

"발신자가… 별빛의 여왕이군."

"윽, 너, 손녀뻘 되는 여자애한테 그 별칭을 사용하나?"

"당연하지! 여왕님은 여왕님이야!"

버럭 소리 지르는 뿔 달린 노인의 모습에 옆에 있던 대머리 노인이 말한다.

"하하, 자네 몰랐나? 이 녀석, 자네 조카딸의 브로마이드도 잔뜩 가지고 있다네."

"진짜? 나잇값 좀 해라, 이 영감탱이야."

"후후후, 뭐라 비난해도 여왕을 향한 나의 사랑은 사그라지지 않지. 아니, 그런데 왜 갑자기 여왕의 편지를 꺼내는 건가? 혹시 나 주려고?"

"……."

"허허, 농담일세. 그나저나 진짜 무슨 내용이기에 그러나?"

"별건 아니고, 주례를 좀 봐줄 수 있겠냐고 하는군."

뜬금없는 말에 뿔 달린 노인이 고개를 갸웃거린다.

"누구의?"

"누구긴 누구야."

로스타가 피식 웃으며 누구도 상상 못 한 폭탄 발언을 날렸다.

"당연히 자기지."

*　✶　*

척.

"일어나셨습니까."

"…아. 네."

"식사 맛있게 하십시오."

절도 있는 경례에 식은땀을 흘린다. 당연한 말이지만 모르는 얼굴이다. 알바트로스함에서 생활한 지 꽤 오래되었다 해도 모든 승무원의 얼굴을 다 아는 건 아닌 데다 오늘만 해도 몇십 명이 넘는 사람에게 경례를 받았기 때문이다.

"정말이지, 그렇게 일일이 불편해하지 말아요. 다들 고마운 마음 때문에 그러는 건데."

"아니, 아무리 그래도 나는 군인도 아닌데 말이야."

"군인이 아니어도 전쟁 영웅이지."

"…너까지 그러기야?"

"사실이니까."

보람과 동민의 말을 들으며 깊은 한숨을 내쉬었다. 라이징 스톰을 제압하고 정신을 잃은 후 한 달 넘게 잠만 잤다. 더 황당한 건 그 한 달의 시간 동안 알바트로스함이 아스트랄 드라이브를 가동해 레온하르트 제국의 본성으로 날아가고 있다는 점이다.

모르긴 몰라도 이 정도 시간이면 이미 대여섯 개가 넘는 은하를 가로지른 상태일 것이다.

'학교는 어떻게 되는 건지…….'

한숨이 나왔지만 학교 따위를 걱정하기에는 이미 너무 멀리 와버렸다. 평온하게 등교와 하교를 반복하던 매일과 우주로 나와서 거대 로봇에 탑승해 외계인들과 싸우는 매일은 너무나 달라 이질감까지 느껴질 정도다.

"그나저나 몸은 좀 괜찮아요? 오래 누워 있었는데."

"아아, 푹 쉬어서 그런지 오히려 상쾌한 편이야. 하지만 설마 한 달이나 잘 줄이야. 배고파서 죽을 거 같아."

"흠, 하긴, 영양제가 아무리 좋아도 음식은 아니니까요. 다행히 알바트로스함도 어느 정도 복구되어서 음식들이 꽤 괜찮아요."

"뭐가 좋은데?"

"지구에는 없는 건데, 탈타라는 국물 들어 있는 만두 비슷한 게 아주 괜찮더라고요. 소화도 잘되고… 음?"

팔자 좋게 말하고 있던 보람이 문득 멈칫한다. 왜 그러나, 하고 돌아봤더니 저 멀리서부터 사람들이 술렁거리는 게 느껴진다.

"오오… 세상에."

"과연 여왕인가."

"아름다워……."

소곤소곤 속삭이는 소리가 들린다. 그들은 모두 한곳을 보고 있었고, 나 역시 무슨 일인지 궁금했기에 사람들을 따라 그들이 바라보는 곳으로 시선을 돌렸다.

그리고 발견한다.

"아……."

걷고 있다. 레온하르트 제국의 황녀가, 대우주 널리 이름을 알린 우주 아이돌이. 그리고 현역 군인이자 강력한 전사가 걷고 있다.

두말할 것도 없이 그녀는 대단한 미녀다.

사실 언제나 알고 있었다. 바닷물을 한 올 한 올 건져 만든 것 같은 푸른색의 머리칼, 그리고 머리칼과 마찬가지로 푸르게 빛나는 눈동자, 백옥처럼 하얀 피부.

마치 뛰어난 명공이 완성해 낸 것 같은 외양의 그녀는 그 누구보다 '그린 듯한'이라는 표현이 어울리는 미모를 가지고 있었다. 위험한 거나 사건을 싫어하는 나조차도 자꾸만 넋을 잃게 되는 그런 외모를.

하지만 한 달 만에 잠에서 깨어난 지금, 나는 그녀의 진짜 모습에 대해 전혀 모르고 있다는 것을 깨달았다.

"…예뻐, 세상에."

옆에 있던 보람조차 숨죽인다. 그녀의 목소리에는 일말의 질투조차 없고 경탄만이 가득하다.

이제 와서 굳이 그녀가 아름답다는 걸 계속 생각할 이유는 없었다. 그녀의 미모는 더 말할 필요도 없고 놀랄 것도 없는 당연한 일.

그러나 그렇게 생각하던 나에게조차 지금의 그녀는 너무나 아름답게 보인다. 평소 아름답다고 생각했던 그 모습조차 기억이 잘 안 날 정도였다.

'그렇군.'

그리고 그 모습에 나는 깨달았다.

'그녀는 단 한 번도 자신을 꾸민 적이 없어.'

그녀는 거의 대부분의 시간 동안 전투복을 입고 지냈고 머리도 그냥 대충 묶거나 풀고 다녔었다. 그리고 무엇보다 그녀는 화장을 한 적이 없다. 언제나 민낯이었던 것이다.

하지만 그럼에도 그 누구도 그 사실을 깨닫지 못할 정도로 그녀는 아름다웠다. 타고난 미모와 카리스마, 그리고 그녀를 휘감고 있는 특유의 오오라가 언제나 그녀를 빛나게 만들었으니까.

그런데 그런 그녀가 지금 한껏 자신을 치장하고 화장까지 한 채 걸어오고 있다. 마치 전쟁터에 나가는 전사처럼 복장부터 화장, 머리 스타일까지 전력투구를 했다는 느낌이 들었다.

'이건 정말 인정할 수밖에 없군.'

아름답다. 그녀는 소녀 특유의 청순함과 생기발랄함을 가지고 있었지만 동시에 성숙한 여인에게서나 볼 수 있는 농염한 색기 또한 가지고 있었다. 화사한 미소녀로서의 시기와 도도한 미녀로서의 시기가 서로 마주치는 그 어떠한 지점, 바로 그 지점이 꽃봉오리가 만개하는 것처럼 펼쳐져 눈부신 빛을 흩뿌리고 있다.

그 모습은 너무나 비현실적이어서 주변의 현실이 오히려 놀라며 부서지는 것 같은 착각이 들 정도다.

또각또각.

수많은 사람의 시선 따위는 간지럽지도 않다는 듯 당당히 걸어온다. 그런데 그녀의 손에 뭔가 들려 있었다.

"저게 뭐야, 꽃다발?"

"장미 꽃다발? 게다가 금색이라니. 저거 설마……."

"누구야, 누가 준 꽃다발이지?"

"아니, 그것보다 황녀님이 그걸 받으셨단 말이야?"

"대체 어떤 사람이지?"

그녀가 누군가의 마음을 받아들였을지도 모른다는 사실에 승무원들이 술렁거린다.

하지만 아니다. 그 꽃다발은 누구에게서 받은 게 아니었다.

그녀는…….

"잘 잤어?"

술렁이는 승무원들 사이를 가로지른 세레스티아가 화사하게 웃으며 말했다. 그러면서 내밀어지는 장미 꽃다발.

그리고 나는 그런 그녀를 향해 손을 뻗어…….

"어?"

"앗?!"

"뭐?!"

그대로 그녀를 붙잡고 식당에서 탈출했다.

위잉.

자동으로 닫히는 식당 문을 뒤로하고 성큼성큼 걷는다. 세레스티아는 나에게 손을 잡힌 채 끌려오고 있다.

물론 정도 이상의 능력자가 우리의 모습을 본다면 이것을 '끌려' 온다고 표현하기엔 좀 애매하다는 걸 알 수 있을 것이다.

세레스티아는 늘씬한 체구를 가진 미소녀이지만 동시에 나를 십수 배 압도하는 힘을 가진 능력자이기도 하다. 만일 그녀가 저항할 마음이 있다면 내가 온몸을 다 던져 매달려도 한 발짝 밀어내기 힘든 게 현실이니 이건 끌려온다기보다 따라와 준다는 표현이 더 적절하겠지.

'대체.'

그리고 그 사실을 알고 있는 나는 그녀를 잡아끌면서도 이를 갈았다.

'뭘 어쩌자는 거야?!'

이 상황을 어떻게 해야 할지 모르겠다. 완전히 방심하다가 턱을 얻어맞은 복서 같은 상태가 되어버린 것이다.

그녀의 색다른 모습에 멍하니 있다가 제때에 자리를 피하지 못했다. 세레스티아가 달려온 것도 아니고 나는 칭호를 볼 수 있는 능력을 가지고 있으니 긴장하고 있었다면 그녀의 목적을 눈치채는 것도 충분히 가능한 일이었는데 그냥 넋을 놓고 있던 것이다.

우뚝.

그리고 마침내 아무도 없는 폐허에 도착한다. 세퍼드 대전에서 파괴된 장소 중 하나로 우선순위에 밀려 아직 복구되지 않은 지역이다.

"어머, 이런 외딴 곳으로 끌고 오다니 무슨 짓이야?"

"무슨 짓? 야, 너 대체 이게 무슨……."

"개수작이냐고?"

"……"

방긋방긋 웃으며 말하는 세레스티아의 모습에 멈칫한다. 미소는 화사하다. 반짝인다고 해도 좋을 정도여서 누구라도 넋을 잃고 바라볼 정도.

그러나 나는 물었다.

"왜 네가 화를 내는 거야?"

"뭐? 아냐, 아냐. 흠, 좀 서운하긴 하지만 지금은 그게 중요한 문제가 아니니까."

방긋방긋 웃는 그녀의 모습에 눈살을 찌푸린다.

"아닌데. 완전 진심으로 화났는데."

"아니거든?"

"화났잖아?"

"…아니야. 아니, 그보다!"

버럭 소리를 지르며 세레스티아가 화제를 전환한다.

"너 지금 할 말이 그런 거밖에 없어? 내가 꽃다발 들고 찾아왔는데?"

"아, 맞아. 그러고 보니."

그녀의 말에 짝, 하고 손뼉을 치자 세레스티아가 웃었다.

"그래, 그러고 보니?"

"그러고 보니… 이게 웬 개수작이야?"

"……."

부들부들 떨리는 세레스티아의 주먹이 보인다. 이를 악물고 참는 모양이긴 한데 표정 관리가 잘 안 되고 있었다.

'이제야 좀 사람 같군.'

웃기는 말이지만 아까의 그 고결하고 몽환적인 분위기보다 지금의 세레스티아가 더 편하고 보기 좋다. 가뜩이나 특별한

오오라를 풍기는 그녀가 잔뜩 꾸미고 분위기를 잡으면 비현실적인 느낌까지 드니까.

하지만 그런 것과 별개로 지금 상황을 그냥 넘어갈 수는 없다.

"이제 어쩔 셈이야? 그 많은 사람 앞에서 수작을 부리다니. 너 황녀면서 막 이래도 돼?"

"흥, 내가 한다는데 누가 어쩐다는 거야? 어차피 아버지도 내 결혼은 내가 알아서 하라고 하셨어."

아주 막가자는 태도에 눈살을 찌푸린다.

"그쪽이 아니라 내 입장도 생각해야지. 아무리 그래도 동의조차 없이 이런 짓을 벌이다니. 미리 말해두지만 나 이런 거 싫어. 솔직히 말하면 혐오하는 수준이야."

서로의 마음이 확인되지 않은 상태에서 이런 공개적인 고백은 폭력이나 다름없다. 여론을 등에 업어 거절하는 걸 막아보겠다는 수작이 아닌가?

그러나 세레스티아는 내 날카로운 반응 따위는 간지럽지도 않다는 듯 눈웃음을 지었다.

"그런 것치고는 화가 안 났는걸."

"아닌데. 완전 진심으로 화났는데."

"아니거든?"

"화났다니까?"

뭔가 아까 했던 대화가 상황만 이상하게 달라져서 반복되는 것 같아 눈살을 찌푸리자 세레스티아가 가볍게 손을 흔들었다. 그러자 허공에 내 얼굴이 떠올라 마치 거울처럼 내 표정을 비춰준다.

"잘 봐. 이게 화난 얼굴이야?"

"……."

대답하지 못한다. 그녀의 말대로다. 거울처럼 내 얼굴을 보여주고 있는 영상에는 짜증도, 분노도 없다. 굳이 감정의 편린을 읽어내라면 약간의 당혹감 정도다.

세레스티아가 말했다.

"넌 화가 안 났어. 조금 놀랐을 뿐이지."

사랑하는 사람이 사람들 앞에서 고백을 한다면 기쁠 것이다. 감동할지도 모른다. 사랑하는 그, 혹은 그녀가 자신을 위해 용기를 내주었기 때문이다.

반면 싫어하는 사람이 사람들 앞에서 자신에게 고백을 한다면 혐오감이 들 것이다. 자신을 난감하게 만들고 구석으로 모는 상대가 더더욱 싫어지겠지.

그리고 난 둘 중 어디에도 속하지 않는다.

"사랑의 감정은 당연히 없겠지만… 싫지 않았지? 하긴, 당연해. 나 같은 미녀가 꽃다발을 내미는데 진심으로 싫어하면 그게 이상한 놈이지."

"…그 밑도 끝도 없는 자신감의 근원은 대체 뭐냐?"

"뛰어난 미모와 화통한 성격, 엄청난 재산과 전 우주적인 영향력."

아, 그리고 황족으로서의 권력도 있네, 하고 덧붙이는 그녀의 모습에 헛웃음이 나온다. 부정하고 싶지만 다 사실이라는 점이 짜증 난다.

"재수 없어."

"날 시기하는 사람이 가끔 그런 말을 하긴 하지. 그조차도 많지 않지만."

그렇게 말하며 내 팔을 휙 잡아당기는 그녀에게 끌려간다. 역시나 힘에서 압도적인 차이가 나는지라 정신을 차리고 보니 코가 맞닿을 정도로 그녀와 가까워진 상태다.

"뭐, 뭐 하는 거야! 붙지 마!"

기겁하는 내 모습에 세레스티아가 입술을 삐죽댄다. 내 태도가 마음에 안 드는 모양이다.

"과민 반응 하지 말고 이거나 받아."

"뭔데?"

"뭐긴 뭐야, 저번에 그 뜻이지. 아무래도 모르는 모양이지만… 데탈트의 황금 장미는 모든 연인이 받길 바라는 보물이야. 이걸 연인에게 넘겨주는 건 가장 세련된 프러포즈 방법이지."

태연한 말에 헛웃음이 나온다.

"그러니까 그 많은 사람 앞에서 프러포즈를 하셨다? 우주 아이돌께서?"

지구로 치면 리프(Leaf)가 사람들 앞에서 일반인에게 프러포즈를 한 것이나 마찬가지 상황이다. 동아시아 최고의 아이돌이자 한국에서는 국민 여동생 타이틀을 가지고 있는 그녀가 일반인과 연애도 아니고 갑자기 결혼을 한다고 하면 어떻게 될까? 심지어 고백하는 쪽이 아이돌이라면?

'심지어 지금 상황은 그것보다 심해.'

세레스티아는 리프와 노는 물 자체가 다르다. 그녀는 세계를 넘어 우주 아이돌이라는, 여러모로 초현실적인 칭호를 가진 존재인 것이다. 지구에서 리프에게 청혼받으면 신상 좀 파이고 댓글로 욕 좀 먹는 정도로 끝나겠지만 아무리 생각해도 여기서는 그 정도로 끝나지 않는다.

농담이 아니라 정말로 암살자가 찾아올 수도 있었다.

"우와, 진심 싫은 표정."

"진심 싫으니 진심 싫은 표정이 나오지, 이 멍청아. 안 된다면 안 되는 거지, 이게 무슨 민폐야?"

"흠… 좀 별로였어?"

"많이 별로."

"좋아할 줄 알았는데."

"이런 걸 어떤 미친놈이 좋아해?"

기가 막혀 반문하자 세레스티아가 그게 무슨 질문이냐는 표정으로 말한다.

"상대가 나라면 꽃다발을 내미는 대신 칼을 꽂아도 좋아해야지."

"……"

할 말을 잊는다. 물론 농담이겠지만 이쯤 되면 자기애 끝판왕이라고 해도 과언이 아니다. 심각할 정도로 예쁜 그녀가 자신이 얼마나 예쁜지 너무나 잘 알고 있는 것.

그나마 그녀 자신이 대단한 권력과 영향력을 가지고 있는 만큼 주변 사람들을 이용해 먹는 버릇이 없는 게 다행이다. 굳이 그럴 필요가 없으니 그냥 자기 객관화(…) 정도에서 그치게 된 것이다.

"어쨌든 이것 좀 봐! 나 그래도 오늘 꽤 꾸미고 나왔는데. 좀 설레지 않았어? 여왕의 기사단에서 그렇게 애원하던 치마도 입어봤는데."

마치 춤을 추듯 나풀나풀 움직이는 세레스티아의 모습에 깊은 한숨을 내쉬었다. 악의가 없다는 걸 알고는 있지만 역시 피곤하다.

이 녀석, 경험 많고 철두철미해 보이면서도 종종 이렇게 얼빠진 면을 보이고는 한다. 그건 아마도 그녀가 항상 자신의 미모와 직위에 걸맞은 대우를 받으며 살아왔기 때문일 것이다.

"어쨌거나 이러는 이유가 대체 뭐야? 나한테 반했다는 헛소리는 하지 말고."

물론 그녀와 나의 관계는 나쁘지 않다.

처음에야 그냥 우연히 길 가다 만난, 딱 그 정도의 관계였으나 함께 비인들의 전함 대천공으로 납치되고 탈출하면서 꽤 친밀함을 느끼는 관계까지 진척이 된 상태다. 함께 적과 싸우고 탈출 방법을 강구하면서 동료애도 생겼고, 그녀가 나를, 내가 그녀를 구하면서 어느 정도의 믿음 역시 생긴 것이다. 사실 이 정도쯤 되면 연인이 되어도 굳이 이상할 상황은 아니지만.

'우린 그런 사람들이 아니지.'

그렇게 보면 꽤 닮은 성격이라고도 할 수 있다. 그녀도, 나도 감성에 휘둘리는 스타일이 아니어서 할리우드 영화의 주인공들처럼 위기를 같이 겪었다고 단번에 눈이 맞아서 키스신을 마지막으로 엔딩 크레디트가 올라가는 일 따위는 있을 수 없다.

그냥 예전보다 좀 더 친해진, 딱 그 정도. 그런데 그 상황에서 그녀가 나에게 프러포즈를 한 것이다.

"흠, 간단하게 설명하자면… 남편이 좀 필요해."

"…뭐?"

"정확히는 결혼을 해야 하는 사정이 있어서."

그녀의 말에 일단 떠오른 건 황실에 관한 것이었다. 왜, 그런 이야기가 종종 있지 않은가? 황권에 도전하려면 결혼을 해야 한다든지 기혼자만이 특정한 권한을 얻는다든지.

하지만 이내 의문이 고개를 든다.

"근데 왜 나야? 황족으로서의 의무 뭐, 이런 것에 관련된 문제면 차라리 다른 황족이나 귀족들하고 이어지는 게 더 좋지 않아?"

권력을 가진 자들끼리 정략혼을 맺는 건 흔히 있는 일이다. 귀족들이 존재하던 중세 시대뿐만 아니라 현대의 지구에서도 정략혼은 얼마든지 있을 정도니까.

그런데 세레스티아는 뜻밖의 말을 했다.

"나는 혼자 살 거야."

"…하?"

잠시 어안이 벙벙하다. 이게 뭔 소리야? 결혼해 달라더니 혼자 살 거라고? 황당해하는 나를 보며 세레스티아가 설명했다.

"번거롭게 되었다면 미안해. 하지만 사정이 있어서 결혼은 해야 하고… 그래서 나와 결혼할 자격이 있으면서도 군말 없이 떠나가 줄 수 있는 남자가 필요했어."

그렇게 말한 세레스티아가 품에서 뭔가를 꺼내 내밀었다. 그것은 새끼손가락만 한 금속 막대기였는데 내가 그걸 잡자 마치 두루마리가 펼쳐지는 것처럼 홀로그램이 떠오른다.

나는 거기에 쓰여 있는 글자를 읽었다.

"협의이혼 합의서?"

"응, 부탁해."

꾸벅 고개를 숙이며 세레스티아가 말했다.

"딱 3개월만 결혼해 줘."

차분하고 침착한 부탁에 나 역시 차분하고 침착하게 답해주었다.

"싫어."

"……."

잠시 벙찐 표정으로 날 바라본다. 그러나 뭘 어쩌란 말인가? 상황이 달라진 게 하나도 없는데.

뭘 보냐는 내 표정에 세레스티아가 이마를 짚는다.

"아니… 와, 뭐 이런 철벽이 다 있냐."

"철벽이 아니라 이게 당연한 거지."

단칼에 자르자 세레스티아의 표정이 시무룩해진다.

"그 당연한 걸 당해보지 않아서 가슴이 쓰리다……. 으으, 단호해. 나한테 거부당했던 남자들도 이런 심정이었을까. 그러고 보면 내가 좀 심하긴 했구나. 인과응보야. 이런 녀석이라 부탁하는 건데도 이렇게 상처라니."

난데없는 자아 성찰에 고개를 절레절레 흔들었다.

"쓸데없는 소리는 됐고. 어쨌든 나는 거절이야. 이득이 없어."

"이득이 왜 없어? 황족과 맺어지면 그것만으로도 백작에 준하는 권리를 얻게 돼. 더불어 황실에서 매년 천문학적인 품위 유지비가 제공되고 테라포밍된 행성이나 전용 전함 중 하나를 선택해서 받게 된다고."

"하지만 이혼할 거라면서?"

"대여가 아니라 증여니 상관없어! 네 과실로 인한 이혼이라 하더라도 권리는 다 그대로 남거든? 굳이 나라서 하는 이야기가 아니라 황족이랑 결혼하면 정말 대박이야! 기가급 전함을 타고 지구로 금의환향할 수도 있다구!"

"…어차피 남들한테 보이면 안 되는데 금의환향은 무슨."

내 전함이 생긴다는 말에 슬쩍 마음이 동했지만 역시나 고개를 흔든다. 그러자 세레스티아가 뚱한 표정을 짓는다.

"그럼 대체 어떻게 해야 내 부탁을 들어줄 건데? 이거라도 줄까?"

그렇게 말하며 자신의 귀에 걸고 있던 귀걸이를 빼 든다. 금색으로 반짝이는 십자가 모양의 귀걸이는 내가 목에 걸고 있는 열쇠와 마찬가지로 타인에게 인식되지 않는 힘을 가진 물건이다. 다른 이도 아니고 초월자인 모르네조차 인식하지 못했을 정도니 보통의 물건은 아닐 것이다.

"그게 뭔데?"

"뭐긴 뭐야. 내가 지금 가진 것 중에서 가장 큰 가치를 지닌 보물이지. 내가 태어날 때 받았고 평생을 가지고 다닌 물건이야. 자격이 안 되는지 깨울 수도 없는데 노리는 놈은 많아서 온갖 고생을 다 시키는 원수 같은 녀석이지만… 어쨌든 보물이지."

"어쨌든 보물이라니."

귀하다는 건 알겠는데 온갖 찝찝한 설명이 다 달려 있어 헛웃음만 나온다. 즉, 귀하긴 귀한데 거의 폭탄이나 다름없는 물건이란 말이 아닌가?

"대체 용도가 뭔데?"

"나도 정확히는 몰라. 초대 황제께서 가지고 있던 신기(神器) 중 하나인데 이걸 일깨울 수 있는 자가 황실에 있다면 레온하르트 제국이 온 우주에 그 이름을 떨칠 거라는 유언 때문에 상징성 하나는 어마어마하지. 그래서 그 가격이 어지간한 넘버링보다도 비……."

우우웅――!!!

그런데 그때 세레스티아의 손에 들린 귀걸이가 크게 공명했다. 세레스티아는 깜짝 놀라 손으로 귀걸이를 움켜쥐려고 했지만 그보다 귀걸이에서 구체로 뿜어진 빛이 그녀를 튕겨낸 것이 먼저였다.

"우왓?!"

거세게 튕겨 나간 세레스티아의 비명 소리가 들렸으나 거기에 신경 쓸 여유가 없었다. 어느새 허공에 떠 있는 한 쌍의 귀걸이가 내게 탄환처럼 날아들었기 때문이다.

피할 틈 같은 건 당연히 없었다.

푹!

귀걸이가 심장으로 파고들었다. 반사적으로 몸을 웅크리며 신음했지만 고통은 없다.

두근!

심장이 뛴다. 온몸에 피를 공급하는 물리적인 심장이 아니다. 나를 위해 죽어갔던 나폴레옹의 정수(精髓)가 심장에 파고든, 아니, 심장에 녹아든 귀걸이의 기운에 반응해 깨어나기 시작한 것이다.

두근!

맥동한다. 정신이 고양되고 온몸에 힘이 넘쳐흐르기 시작했다. 내 등 뒤에서는 빛이 뿜어졌다. 이제는 새삼스럽게도 놀랄 이유가 없는 후광(後光)이다.

'그렇구나.'

그리고 그 순간 나는 황가의 보물이라던 세레스티아의 귀걸이의 숨겨진 정체를 깨달을 수 있었다.

'신성(神聖)의 파편이야.'

획득 경로는 알 수 없지만 아무래도 초대 레온하르트 황제는 상급, 아니, 어쩌면 최상급 신이 죽는 광경을 목격한 모양이다. 그리고 그 순간 흩어져 세상의 흐름에 녹아드는 신성의 파편을 수습해 이 귀걸이를 만들어낸 것이다.

그리고 지금.

그 거대한 신성의 파편이 내 안에 스며들어 불완전한 나의 신성을 안정시킨다.

"맙소사."

나는 아찔할 정도로 솟구치는 힘에 신음했다. 물론 열쇠를 이용해 신으로 각성했던 때만큼은 아니다. 그때와는 비교조차 할 수 없겠지. 그러나 신성이 내 안에 녹아들면서 벌어진 현상은 실로 놀라웠다.

파라라락——!

눈앞으로 한 권의 책이 떠올라 자동으로 펼쳐진다. 표지에는 아무런 글자도 없어 제목조차 알 수 없었지만, 펼쳐진 페이지에 떠오른 소제목은 매우 익숙한 단어다.

—나폴레옹

눈이 아래로 향한다. 소제목 아래에 위치한 내용은 단 세 줄에 불과하다.

〈내 사전에 불가능은 없다〉
〈마렝고의 질주〉
〈죽지 않는 황제〉

매우 익숙한 단어의 나열에 멈칫한다.
'이건 나폴레옹이 가지고 있는 어빌리티들이잖아?'
게다가 놀랍게도… 그것들을 보는 순간, 나는 내가 뭘 할 수 있는지 알 수 있었다.
"내 사전에……."
심장이 뛴다. 아이언 하트가 맥동하기 시작했다.
"내 사전에 불가능은 없다."
고오오오——!
주변 공기가 훅, 하고 밀려난다. 목적성이 없는 증폭이었던 만큼 증폭된 영력이 몸 안에서 끓어오를 뿐이었지만 그것만으로도 주변에 영향을 끼치는 것이다.
'어이가 없군.'

너무나 급작스러운 상황에 당황스럽다. 제대로 된 이능을 배워본 적도 없는 내 심장 속에서 어마어마한 양의 영력이 끓어오르고 있으니 어찌 황당하지 않겠는가?

그러나 정말 놀랄 것은 그다음이었다.

[목표물을 손에 넣었겠구나.]

나와 또래 정도로 느껴지는, 약간의 울음이 섞여 있는 목소리가 들린다.

[내가 해줄 수 있는 건 이 정도에 불과하네⋯⋯. 앞으로는 너 스스로 헤쳐 나가야 해.]

목소리는 너무나 친숙했다. 단 한 번도 들어본 적 없는 목소리임에도 그랬다. 그리고 무엇보다, 그 목소리에 가득한 애정은 가슴이 덜컹할 정도다.

[힘내렴.]

그 말을 끝으로 목소리가 잦아든다. 그리고 그제야 나는 그게 누구의 목소리인지 깨달았다.

"⋯어머니?"

신음하듯 중얼거렸지만 목소리는 이미 들리지 않았다. 그것은 내가 태어날 때 즈음의, 그녀가 내 미래를 예지하던 그 순간의 목소리였다.

"뭐야, 대하 너, 괜찮아?"

잠시 주변에서 지켜보고 있던 세레스티아가 다가와 물었지만 나는 대답할 정신이 아니었다.

'말도 안 돼. 예지했다고? 지금 이 순간을? 나를 우주로 보낸 것이, 지금 이 순간을 위해서였다고?'

있을 수 없는 일이다. 친아버지의 유품이라는 열쇠로 [신혈의 봉인]을 해제해 상급 신의 힘을 얻었을 때조차 나는 내 미래를 보지 못했다. 내 미래는 그 누구도 볼 수 없는 완전한 암흑이었던 것이다.

그런데 이렇게나 정확한 예지가 가능했다니.

그냥 대충 던진 예지가 아니다. 내 안에 있는 신혈이야 그녀가 예상한다 해도 이상할 게 하나 없다. 하지만 내가 이 넓은 우주에서 하필 레온하르트 제국의 황녀를 만나 그녀가 가진 신성의 파편에 접촉할 것이라는 사실을 정확하게 알 수 있다니. 심지어 신성의 파편이 내 몸에 자리 잡을 수 있었던 것은 나를 위해 스스로의 존재 자체를 희생한 나폴레옹의 정수 덕분이다. 만약 내 심장에 나폴레옹의 정수가 깃들어 그릇의 역할을 하지 못했다면 신성의 파편은 내 몸에 머물 수 없었겠지.

만약 나폴레옹의 정수가 없었다면 내 신성에 반응해 끌려왔던 파편은 그냥 흩어져 소멸하거나 그 엄청난 힘을 폭주시켜 영자 폭발을 일으켰을 것이다. 그리고 당연하지만 일이 그렇게 된다면 나는 절대 살아남을 수 없다.

'그렇다는 말은… 어머니가 이 모든 상황을 예지했다는 말

이잖아?'

그렇다. [모든] 상황이다. 내가 우주로 나와 세레스티아를 만나고 나폴레옹이 나를 위해 희생하는 모든 상황을 다 예지하지 않으면 이런 결과를 유도할 수 없다. 조금만 삐끗해도 그냥 끝장이니 당연하다면 당연한 가정.

'하지만 어떻게 이런 일이 가능하지?'

믿을 수 없는 일이다. 상급 신에 가까운 힘을 가진 상태에서조차 엿볼 수 없었던 미래를 그 먼 옛날에 예지하다니. 물론 어머니는 대마녀의 자질을 타고났다고 했었지만, 대마녀라고 해봐야 고작 인간일 뿐이지 않은가?

'아니, 잠깐만.'

그런데 그때 한 가지 생각이 떠올랐다.

'이제… 지구로 돌아가도 되는 거구나.'

내가 우주로 나오게 된 건 어머니의 예지 때문이었다. 하늘 아래 살 방도가 없다는 그녀의 예지는 우주를 가리키는 것이었고 나는 살기 위해 쫓겨나듯 지구를 나올 수밖에 없었으니까.

그러나 나는 방황했다. 일단 우주로 나온 건 좋은데 언제 지구로 돌아갈지 알 수 없었기 때문이었다.

그러나 그녀가 남긴 몇 마디의 말은, 지금 내가 얻은 이 신성의 파편이 우주로 나온 [목적]이라고 알려주고 있었다. 즉, 그 목적을 이루어낸 나는 더 이상 우주에서 방황할 필요가 없다는 뜻. 물론 여기에서 지구까지의 거리는 천문학적이지만 신(神)급 기가스인 아레스는 단독으로 우주 비행이 가능한 기체니 원하기만 한다면 지구로 돌아가는 것도 불가능하지는 않으리라.

"대하야? 너 괜찮아?"

그런데 그때 세레스티아가 다가온다. 나는 고개를 끄덕였다.

"아… 응. 멀쩡해."

"정말로? 너 지금 뭔가 엄청 끓어오르는 느낌이야. 불길할
정도는 아닌데 뭔가 위태위태한걸."

"그냥 약간의 변화가 있었을 뿐이야."

그렇게 말하며 몸을 추스른다. 그리고 그런 나를 보며 세레
스티아가 물었다.

"아, 저기, 좀 혼란스러워 보이는데 이런 말하기는 좀 그렇지
만……."

머뭇머뭇하면서 세레스티아가 물었다.

"내 귀걸이는?"

"……."

나는 귀걸이에 대한 것들을 떠올렸다. 세레스티아가 태어날
때 받은 후 계속 가지고 다닌 물건이라는 점, 노리는 녀석들이
많아 온갖 고생을 다 시킨 원수 같은 물건이지만 그럼에도 평생
을 지켜온 레온하르트 황가의 보물이라는 점, 자체적으로 대단
한 효과는 없지만 상징성 때문에 넘버링보다도 비싸다는 점.

그리고.

그것이 나에게 완전히 녹아들어 더 이상 세상에 없다는 점
까지…….

'아이고.'

절로 신음이 새어 나온다. 당연하지만 나는 여기서 '그게 뭔
데? 난 몰라, 배 째!' 라고 할 수 있을 정도로 뻔뻔한 인간이 될

수 없다. 되고 싶지도 않고. 아니, 그걸 넘어서.

'그런 보물이 없어졌는데 그냥 잘 모르겠다고 넘길 수 있을 리가 없잖아?'

행성 대여섯 개를 팔아도 살까 말까 한다는 넘버링과 맞먹는 가치를 지닌 보물이라고 했으니 당연히 조사가 들어올 것이다. 어쩌면 세레스티아가 입을 다물어줄 수도 있지만 그녀에게 일방적으로 그만한 부담을 전가할 수는 없다.

"하… 이것 참… 나 아직 어린데. 고딩인데."

"대하야?"

영문을 알 수 없는 소리에 의아해하는 세레스티아를 두고 깊은 한숨을 내쉰다.

아무래도 난.

고 3이 되기 전에 이혼할 팔자인 모양이었다.

＊　＊　＊

모여드는 시선은 복잡하다. 전날, 그러니까 어제 나를 보던 승무원들의 시선에 존경과 감사만이 담겨 있었다면 오늘은 그 외에 온갖 감정이 가득했다.

"으으, 대체 어떻게… 내 여왕님을……."

"원통하다… 복수할 거야……."

"하지만 그는 우리의 은인인데?"

"맞아. 아니었으면 이미 칼 맞았지……."

"총알도……."

스멀스멀대는 어둠의 기운에 피부가 따끔따끔하다. 솔직히 짐작 못 한 바는 아니지만 실제로 이런 일을 겪으니 식은땀이 흐른다.

'쳇, 이래서 숙소에서 식사를 챙겨 먹고 싶었는데.'

그러나 선체의 40% 이상이 파괴되어 전투가 끝난 직후에는 제대로 된 비행조차 힘들 정도였던 알바트로스함은 비행 기능과 아스트랄 드라이브를 최우선적으로 정비하기 위해 중요도가 떨어지는 기능 대부분에 제한을 걸었다. 때문에 우리는 선실에서 전이된 음식을 받았던 과거와 다르게 지금은 식사하려면 거주 구역에 위치한 식당으로 직접 이동해야 했다.

'물론 시선이 정말 두려우면 동민이나 보람에게 부탁해도 될 일이지만……'

그러나 내가 뭘 잘못한 것도 아닌 상황에서 그렇게까지 할 이유가 없다. 무엇보다 세레스티아와 혼인하기로 결정한 그 순간부터 대중의 시선은 감수할 수밖에 없는 종류가 되었으니 지금 이 정도야 예행연습이라고 생각하는 것도 좋을 것이다.

'게다가 나를 보는 시선에 살기만 있는 것도 아니니까.'

과연 내 생각이 틀리지 않은 건지 내 앞으로 다가온 사내가 정자세로 경례를 올린다.

"존경."

"…충성도, 필승도, 황제 폐하를 위하여도 아니고 존경이 뭡니까, 존경이."

어이없다는 내 표정에도 붉은 머리칼의 미남자, 알렉스 대위는 눈썹 하나 까딱하지 않았다.

"존경하는 마음을 표현한 것뿐입니다. 캬, 설마 우주를 밝게 비추던 별빛의 마음을 빼앗는 게 가능한 일일 줄 몰랐습니다. 저는 제가 제법 난다 긴다 하는 놈인 줄 알았는데 하늘 위에 하늘이 있군요. 당신은 저희 조종사들의 꿈과 희망입니다."

"맞습니다. 찌질한 놈들이 유령님을 질시해서 뒷말을 하는 모양이지만 저희 같은 팬들도 있다는 걸 기억해 주십시오."

"할 줄 아는 게 돈질, 권력질밖에 없는 멍청이들에 비하면 유령님이 훨씬 대단하죠!"

"전투 정보, 매일 돌려 보고 있습니다. 당신은 우주적인 천재예요!"

"사, 사인을 부탁드려도 되겠습니까?"

수(獸)급 기가스 중에서도 특별히 강력하다던 천둥룡의 조종사 알렉스 대위를 비롯한 몇몇 조종사가 다가와 시끌시끌 떠든다. 나는 비인들에 의해 전멸의 위기에 처해 있던 알바트로스함을 구한 전쟁 영웅이었기에 추종하는 이들 역시 적지 않았던 것이다.

물론 나에 대한 정보는 대부분 기밀이다.

내 부탁에 따라 천현일 소장은 내 활약의 상당수를 기밀로 지정해 유출을 막았다. 특히나 신급 기가스 아레스의 존재에 대해서는 철저히 비밀에 부쳤으며 직접 목격한 이 전부에게 보안 서약서를 받았다고 한다. 그만큼 엄청난 문제였으니까.

하지만 그렇게 기밀로 막힌 활약을 제하고 보더라도… 내 활약은 일개 조종사의 그것을 넘어섰다. 특히나 내가 유령으로 활동하면서 벌인 활약과 그 전투 기록은 충격적이라 해도 부족함이 없을 정도라서 세레스티아와의 문제가 아니더라도 본성에서 연락이 왔을 것이라 한다.

"인기 좋군."

"시끄러워, 이 녀석아. 가서 갈비탕이나 가져와."

"저는 라면이요."

중얼거리는 동민에게 밥 셔틀의 영광을 안겨준 후, 슬쩍 주변을 둘러보았다. 알렉스 대위를 비롯한 조종사들이 식당을 떠났지만 여전히 나를 바라보는 시선의 홍수는 멈출 생각이 없다.

"뚫어지겠네요, 뚫어지겠어. 그나저나 어때요, 우주 아이돌한테 고백받은 기분이란?"

"심란하지."

"하하, 시선 때문에 그러시나 본데 어쩔 수 없는 일이니 참고 넘겨요. 하지만 설마 그녀와 선배가 이어질 줄이야… 세상일은 정말 알 수가 없어요."

보람은 내가 세레스티아와 사귄다는 사실에 크게 이상함을 느끼지 못했다. 내가 소란을 좋아하지 않고 외모에 그다지 연연하지 않는다는 걸 알고 있음에도 그렇다.

'하긴 당연한가.'

말이야 바른말이지 나와 세레스티아가 사랑에 빠질 당위성(?)은 넘치도록 충분하다. 나와 그녀는 인간 포로를 두지 않기로 유명한 비인들에게 함께 납치당했으며, 그들에게 온갖 고난과 고초를 당하다가 서로 힘을 합해 탈출에 성공했다. 그 과정에서 엑사급의 우주 모함 대천공이 반파되었을 정도였으니 어지간한 할리우드 영화 이상으로 스펙터클한 탈출을 그녀와 함께한 것이다.

그리고 그렇게 함께 고난과 역경을 겪었으니 서로 의지하는 마음이 생겨도 이상할 게 없다, 라는 게 사람들 사이의 중론이었고… 배경도, 재산도 뭣도 없이 가진 거라곤 뛰어난 조종 실력뿐인 나와 레온하르트 제국의 황녀이자 우주적인 유명세를 자랑하는 아이돌인 세레스티아의 로맨스는 승무원들 사이에서 엄청난 화제라고 한다.

"앗! 대하야!"

그리고 그때 그 로맨스의 당사자께서 모습을 드러내셨다.

와락!

당연하다는 듯 달려들어 내 팔을 안아 드는 세레스티아를 떨쳐내지도 못하고 뻣뻣한 표정을 짓는다. 세레스티아는 내 팔을 끌어당겨 얼굴을 가까이 대더니 내 귀에 속삭였다.

"이 멍청아, 표정이 왜 그래. 너 진짜 협조 제대로 안 할래?"

으르렁거리는 그녀의 말에 항의한다.

"깜빡이도 안 켜고 들어와서 그런 거 아냐! 놀란다고!"

"내, 내 포옹을 접촉 사고 취급하다니!!"

소리 죽여 티격태격하는 우리 모습을 지켜보고 있던 남자들이 심장을 부여잡으며 주저앉는다. 황당하게도 개중 몇몇은 피를 토했다.

"크윽! 여왕님이… 우리 카리스마 넘치는 여왕님이……."

"이건 현실이 아니야……."

멸망하는 세상을 눈앞에서 목격하기라도 한 듯 참담한 분위기였지만 세레스티아에게 그런 것들은 그냥 길가의 전신주 같은 지형지물로 보이는지 시선조차 주지 않고 내 팔을 잡아끌었다.

"어쨌든 빨리 따라와. 해야 할 일이 산더미야."

"음? 하지만 나 곧 식사가……."

"내가 따로 챙겨줄 테니까 따라와!"

그렇게 말하며 그대로 이동하는 그녀에게 질질 끌려간다. 당연하지만 저항은 불가능하다. 코끼리가 끌고 가는데 인간이 어찌 버틸 것인가?

'쳇, 이제 영력도 많은데 이 꼴이라니.'

내심 혀를 차는 나였지만 어쩔 수 없는 일이다. 내 심장에 깃든 나폴레옹의 영력은 어지간한 고위 능력자 정도는 우습게 넘어설 정도로 막대한 양이지만 내게는 그것을 다룰 수 있는 그 어떤 이능도 없다.

'처음에는 배우면 된다고 생각했지만… 일반적인 영력과는 성격이 전혀 다르단 말이지. 그 어떤 영능법으로도 다룰 수가 없다니.'

나는 다른 능력자들이 그러하듯 내 영력을 이끌어 움직일 수 없다. 내 심장에 깃든 아이언 하트는 스스로 약동하며 온몸을 휘돌 뿐 특정한 운기법이나 명상법에 제어되는 존재가 아니었기 때문이다.

이것들을 사용하는 방법은 오직 [책]에 새겨진 어빌리티를 발동하는 것뿐.

그런데 거기에도 문제가 있다.

'쓸 만한 어빌리티가 하나도 없어.'

〈내 사전에 불가능은 없다〉

〈마렝고의 질주〉

〈죽지 않는 황제〉

이 세 가지가 현재 내가 가지고 있는 어빌리티였는데 그중 〈내 사전에 불가능은 없다〉는 증폭 스킬이니 의미가 없고, 일정 거리 안에 있는 아이언 하트를 향해 초고속으로 이동하게 만들어주는 〈마렝고의 질주〉도 의미가 없긴 마찬가지다. 우주에서라면 아이언 하트가 일종의 지표가 될 수 있을지 모르지만 맨몸으로 전함 내에서 그런 스킬을 쓰면 벽으로 날아가 충돌할 뿐이니까.

결국 할 수 있는 거라고는 〈죽지 않는 황제〉를 이용한 육체 재생뿐이다. 혹은 〈내 사전에 불가능은 없다〉로 증폭시킨 초재생이라든가.

'결국 뭘 하려고 해봐야 고기 방패밖에 안 되는군.'

그나마도 일격에 죽게 되면 다 소용없는 일이니 능력으로 싸울 생각은 추호도 하지 말아야 한다. 그냥 회복 기술이 생긴 걸로 만족하며 살아야 할 것 같았다.

"…딴생각 그만하고 스스로의 다리로 걷는 게 어때?"

"왜, 지금 편하구만."

"확 던져 버린다?"

왠지 모르게 점점 과격해지는 세레스티아의 목소리에 냉큼 자세를 고치고 그녀를 따라 걷는다. 뒤돌아보자 보람과 동민이 따라 걷고 있는 모습이 보인다. 몇 개월간 경호를 하다 보니 제법 익숙해진 녀석들이었다.

"그나저나 갑자기 무슨 일이야? 해야 할 일이 산더미라니. 그 본성인가 하는 곳에 도착하기 전에는 아무 일도 없는 거 아냐?"

"원래는 그렇지만 이제는 아냐. 아, 정말 그 영감탱이 진짜."

"……??"

영문을 알 수 없는 소리에 의아해하면서도 그녀를 따라간다. 그녀는 엘리베이터를 타고 한참을 내려가더니 표시판에 아무런 글자도 뜨지 않는 층에서 멈췄다.

"흠… 잠깐, 대하."

"선배, 뭔가 위험한 느낌인데요?"

동민과 보람이 거의 동시에 내 발걸음을 멈춰 세운다. 긴장된 눈으로 앞을 보는 걸 보니 뭔가 우리 앞에 위험한 존재가 있는 모양이었다.

"아, 걱정하지 마. 적은 아니니까."

"적이 아니라고? 하지만 이 느낌은……."

동민이 이해할 수 없다는 표정으로 세레스티아의 말에 반문할 때, 우리 앞으로 양의 뿔이 달린 노인이 모습을 드러낸다.

"오오! 여왕님, 오셨구려. 늙은이가 직접 가지 못하고 움직이게 해서 정말 송구스럽소."

전체적으로 선량한 느낌의 노인이다. 서글서글한 눈매에 가만히 있어도 웃는 얼굴을 만들어내는 실눈, 뭔가 기쁜 일이라도 있는 듯 방긋거리는 표정.

그러나 그런 그를 본 동민과 보람이 거의 동시에 신음했다.

"마족……."

"미쳤어, 공작급이라고?"

경직된 분위기가 느껴진다. 그들은 인간 수준에서 보면 더없이 강력한 능력자였지만, 어차피 초월자를 상대로는 할 수 있는 게 많지 않기 때문. 하지만 그렇다 하더라도 내 경호를 포기할 생각은 없는지 전투태세를 취하며 내 앞을 막아선다.

"잠깐, 둘 다 진정해. 그는 적이 아냐. 마족도 아니고."

"하지만 이 기운은……."

"이런, 이런. 민감한 친구들이군."

양과 인간을 반씩 섞은 것 같은 외양의 노인이 인자한 표정을 지으며 앞으로 나선다. 자신을 적대하는 둘의 모습에 별로 신경 쓰지 않는 기색이었다.

"너무 경계할 건 없네. 그리고 공작급이라니, 지나친 소리야. 그 정도의 힘도 없을뿐더러 나는 순수 마족이 아닌 혼혈이니까."

"마족과 인간의 혼혈."

"그렇다네. 뭐, 어쨌든 그건 중요한 문제가 아니고… 거기 자네가 그 [유령]이라는 사내인가?"

"예."

"오오, 역시 그렇군. 그럴 것 같았다네."

별로 숨길 일도 아니기에 순순히 고개를 끄덕이자 양 뿔 달린 노인이 고개를 끄덕이며 환하게 웃었다.

그리고 눈을 치켜떴다.

번뜩!

눈동자가 잘 안 보일 정도로 가느다란 실눈이 크게 떠지며 육망성이 새겨진 왼쪽 눈동자와 검게 불타는 불꽃 문양이 새겨진 오른쪽 눈동자가 그 모습을 드러낸다.

서글서글하던 표정은 험악하게 일그러지고 전신에서는 무시무시한 마기가 피어오른다.

방금 전의 선량한 모습이 떠오르지 않을 정도로 흉악한 외양. 그가 소리쳤다.

"그렇다면 죽어라, 애송이!!! 히요—"

뻑!

"…오옥?!"

순간 가죽 포대를 후려치는 것 같은 소리와 함께 무시무시한 기세를 뿌리던 노인이 털썩 쓰러진다.

피 묻은 금색 권총을 든 세레스티아가 사과한다.

"아, 미안, 미안. 이 영감탱이가 좀 또라이라."

"……."

어이가 없어 입만 뻥긋거린다. 아니, 이 무슨 노인 공격이란 말인가?

'아니, 그걸 떠나서 초월자가 총으로 후려치는 걸 그냥 맞아? 심지어 쓰러진다고?'

하위 문명에서는 신이나 다름없다는 초월자의 명성에 비하면 기괴하기까지 한 모습에 당황하고 있는데 쓰러져 있던 양 뿔 노인이 벌떡 일어난다.

"허허허, 못 볼 꼴을 보였네. 이것 참, 나이도 많이 먹었는데 자제를 못 하는군. 여왕님께도 정말 송구스럽습니다."

"송구스러울 짓은 애초에 하지를 말아, 멍청아. 그리고 여왕이라고 부르지 말랬지? 차라리 황녀라고 부르든가. 여기가 무슨 음악 프로야?”

“허허, 설령 무대가 아니더라도 여왕은 여왕이지요. 어쨌든 이렇게 다시 만나게 되어 반갑습니다.”

다시 처음의 모습으로 돌아가 사람 좋게 웃는다. 세레스티아의 권총에 얻어맞았던 뒤통수는 어느새 상처 하나 없다.

[우로보로스]
[영혼 조각사 볼티몬]

‘영혼 조각사?’

영문을 알 수 없는 칭호에 의아해하다가 이내 분류를 시작한다. 어차피 저런 뜬금없는 단어의 나열로는 알아낼 수 있는 게 별로 없기 때문에 구체적인 정보를 확인하는 것. 그리고 [능력] 카테고리로 분류해 낸 그의 칭호는 이렇다.

[우로보로스]
[생산계 초월자 볼티몬]

‘오호, 이게 그 소문으로만 듣던…….’

세상에는 다양한 이능이 존재하며 초월경에 이르는 수단이 꼭 전투적인 종류일 필요는 없다. 멀리 갈 것도 없이 아레스만 해도 캔딜러 성인 중에 존재하는 생산계 초월자들이 만든 것이고—심지어 [교수]라 불렸던 존재는 중급 신위를 가진 것으로 보였다—, 테라급 이상의 전함 등의 초월병기를 만들 때에도 생산계 초월자들이 반드시 필요하다고 했었으니까.

'아, 그래서 세레스티아에게 얻어맞는 게 가능한 건가.'

전투 계열 초월자라면 있을 수 없는 일이다. 평생 전투에 몸을 던지며 스스로를 단련하는 그들은 본능의 레벨에서 자신에게 해를 끼치는 모든 공격을 방어해 내기 때문이다. 물론 일부러 맞아줄 수 있겠지만 지금은 그런 상황이 아니었다. 나를 본 그는 실제로 눈이 뒤집어진 상태였으니까.

"무슨 생각해요?"

"저런 녀석이 많으면 언제 비명횡사할지 모른다는 생각?"

"흠, 거기에는 나도 동감이다. 저 우주 아이돌이라는 여자가 유명하다는 말은 들었지만 팬층에 초월자가 있을 줄이야."

"대우주 정말 못 해먹겠어요."

"맞다. 무슨 초월자가 이렇게 많은지……."

그렇게 우리가 수군수군하는 사이 세레스티아가 몸을 돌려 양 뿔 머리의 노인, 볼티몬을 소개했다.

"뭐, 첫 만남이 좀 이상하긴 하지만 서로 인사해. 대우주 최고의 학문 기관인 우로보로스(Ouroboros)의 볼티몬 박사야. 영혼학 전문가고 현재 레온하르트 제국의 전투기술부에서 일하고 있어. 생산 계열의 초월자지."

칭호를 봐서 이미 알고 있는 내용이었지만 내색할 수 없었기에 질문한다.

"생산 계열 초월자?"

"그래. 이렇게 보여도 우주적인 인재야. 생산계 초월자는 초월자 중에서도 희귀하거든."

"허허. '이렇게 보여도'라니 너무하시는구려."

"시끄러, 양 대가리야."

"으으… 더, 더 해주시오. 더 깔보는, 더 경멸스러운 어조로……."

"……."

그 당돌한 세레스티아조차도 질린다는 표정으로 바라보자 볼티몬이 헛, 하고 정신을 차린다.

"험험, 죄송하게 되었구려. 마족의 피 때문에."

마족은 어둠의 마나로 이루어진 존재이기 때문에 네거티브하고 마이너스한 감정에 노출되었을 때 행복감을 느낀다.

즉, 그들은 사랑받을 때보다 미움받을 때 행복하며 존경의 대상이 될 때보다 공포의 대상이 되었을 때, 혹은 경멸의 대상이 되었을 때 더 큰 행복감을 느낀다. 고통에 몸부림치는 상대를 보았을 때에 그들이 느끼는 감각은 인간이 느끼는 절정의 쾌감과 맞먹는다고 할 정도.

때문에 다른 생명체와 마주하게 되면 마족은 그들에게서 미움받고 경멸받을 행동만 골라서 하며 거기에 더해 어떻게 하면 그들에게 더 큰 고통과 괴로움을 줄 수 있을까 궁리한다. '다수와 만난 마족은 학살을 시작하고, 소수와 만난 마족은 고문을 시작한다'는 격언이 생겨난 것이 바로 그들의 그러한 특성 때문이니 물질계의 존재들이 마족이라면 치를 떠는 건 어쩌면 당연한 일이다.

비록 지금 볼티몬이 마조히스트적인 면을 가지고 있다고 하나… 사실 마족의 피를 이은 것치고 이 정도면 굉장히 양호한

편. 그리고 그 사실을 알고 있는 세레스디아는 이내 한숨 쉬며 화제를 돌렸다.

"됐고… 온 목적은 완료했어?"

"틀은 떴는데 그 이상 진행을 못 하고 있소. 이제 뭐, 남은 것도 없을 텐데 생각보다 완강하게 버티는구려."

그렇게 말하고 몸을 돌려 터벅터벅 걷는다. 나는 그 뒤를 따라 걷는 세레스티아에게 다가가 물었다.

"무슨 말을 하고 있는 거야?"

"모르네를 심문 중이거든."

"모르네? 살아 있었어?"

"천현일 소장이 빈사 상태인 걸 잡아 왔어. 대천공을 포획한 것도 그렇고… 엄청난 공이지. 엘리언 그 망할 놈 때문에 라이징 스톰하고 싸우지만 않았으면 개선장군처럼 돌아갈 수 있었을 텐데."

거기까지 말한 세레스티아가 잠시 고민하다 내 쪽을 바라보았다.

"그나저나 엘리언은 어떻게 된 거야? 진짜 도망갔어?"

"그야 나도 모르지. 어느새 보니 골드리안에 생명 반응이 없던 상태라."

그렇게 말하면서 세레스티아의 눈을 슬쩍 바라본다. 나를 똑바로 직시하는 푸른색의 눈동자. 그녀는 나를 잠시 바라보다 고개를 끄덕였다.

"알았어, 고마워."

"고맙긴."

태연히 답하면서도 내심 한숨 쉰다.

'눈치챘군.'

고맙다는 말은 그래서 나온 것이다. 아무래도 그녀는 내가 그녀를 위해 손을 더럽혔다고 생각하는 모양이니까.

'어디 그녀뿐일까.'

나는 6황자 엘리언의 행방불명 때문에 앞으로 더 잡음이 있으리라는 것을 예상할 수 있었다. 지금 그녀가 그렇듯 내가 그를 죽였다는 사실을 짐작하는 사람이 나올 수 있기 때문이다.

물론 증거는 없다.

단 한순간이었지만 나는 상급신에 가까운 권능을 가지고 있었고, 동급의 존재가 아닌 이상 그때의 정보를 읽어내는 건 불가능한 일이다. 골드리안의 메모리를 뒤지거나 사이코메트리 같은 능력을 사용한다 해도 제대로 된 정보를 얻어낼 수는 없겠지.

하지만 황족의 죽음이란 증거가 없다고 그냥 넘어갈 수준의 문제가 아니다.

6황자와 마지막에 싸운 상대는 나였고 그다음 그가 행방불명되었다면 그 용의자는 당연히 내가 될 것이다. 그가 레온하르트 제국군을 사사로이 이용해 같은 황족을 먼저 공격했다는 사실이 명백하게 입증되지 않았다면 정신을 잃은 직후 구금당해도 이상할 게 없는 상황이었던 것이다,

"큭! 루이첼! 리스! 일레느!"

그런데 그때 앞서 걷고 있던 볼티몬으로부터 다급한 목소리가 터져 나왔다. 놀라서 바라보니 아까처럼 두 눈을 크게 뜨고

육망성과 불꽃의 문양이 그려진 눈동자를 드러낸 그의 모습이 보인다.

그는 자신을 품(品) 자 형태로 감싸고 있는 세 여인에 의해 보호받고 있었다. 그녀들은 하나하나가 절대 만만치 않은 절대적인 기운을 품고 있었지만, 그럼에도 그녀들에게 보호받고 있는 볼티몬은 절대 안심한 표정이 아니다.

볼티몬이 발작하듯 소리친다.

"이, 이, 이브……!"

드넓은 대우주에서도 상급 신위를 가진 존재는 자연재해나 다름없다. 하위 문명에서는 신으로 추앙되기까지 하는 존재가 초월자라면, 상급 신위는 그냥 신이라 불러도 무방할 정도의 힘을 가진 것이다.

"그래요, 볼티몬. 오랜만이네요."

"다, 당신이 어찌 여기에 있는 거요?! 상위 신격을 가진 당신이 이렇게 함부로 물질계에 간섭하는 건!"

버럭 소리 지르며 마력을 발하는 그의 모습에 단아한 외모의 흑발 소녀, 하와가 웃었다.

"간섭하는 건? 안 되나요?"

"물론… 아니오."

뭔가 억눌린 것 같은 목소리로 엉뚱한 소리를 한다. 뒤에서 지켜보는 나로서는 '이 영감탱이가 뭐라는 거야' 하는 심정이었지만 이해 못 할 상황은 아니다.

'완전 깡패구만, 깡패.'

중급 신위를 가지고 있던 청원의 경우에는 사명에라도 묶여 있었는데 그녀에게는 그런 것조차 없는 상황. 나는 어이가 없어서 세레스티아를 돌아보았다. 그녀가 대놓고 이 배에 타고 있는데 새로 찾아온 볼티몬이 전혀 모르는 기색이었기 때문이다.

"뭐야, 이 녀석에 대해서는 본성에 연락 안 했어?"

"못 했어."

"…왜?"

내가 의아해하고 있을 때 하와가 그 이유를 보여주었다.

"볼티몬."

"왜, 그러시… 아니, 네."

이름을 부르는 목소리에 딱딱하게 굳은 표정의 볼티몬을 향해 하와가 말한다.

명령이다.

"나에 대한 모든 정보를 그 어떤 방식으로도 퍼뜨리지 마라."

"…네."

고개를 끄덕이는 것으로 모든 것은 끝. 하와는 싱긋 웃으며 우리를 돌아보았다.

"깨어나셨군요. 꽤 기다렸어요."

"하하, 뭘 굳이……."

과거에 이름을 찾지 못했을 때와 달리 싱그럽기까지 한 분위기를 풍기는 하와였지만 그런 그녀를 보며 나는 식은땀을 흘렸다.

'명령권을 썼다고? 그것도 기계도 아니고 인간도 아닌 반마족에게?'

무시무시한 일이다. 쉽게 말해 그녀는 상대방의 종속이나 의사에 상관없이 뭐든 명령할 수 있다는 뜻이 아닌가? 그것은 누구라도 지배하여 마음대로 움직이는 게 가능한 힘. 황망해 고개를 슬쩍 돌려보자 세레스티아가 나직한 목소리로 말했다.

"전능신언(全能神言)이야. 그녀의 말 자체에 힘이 실려 있어서 자격이 되지 않는 자는 저항할 수 없지. 지금은 사소하게 사용했지만… 그녀의 말은 자연계의 법칙조차도 뒤틀 수 있어."

"돌겠군."

터무니없는 능력에 기막혀하는데 하와가 어깨를 으쓱인다.

"시끄러워지는 상황을 막기 위해서니 염려하실 필요 없어요. 저도 받은 경고가 많아서 몸을 사리는 중이거든요."

그녀 역시 제약이 없지는 않은 듯 우는 소리를 했지만 믿을 수가 없다. 뭐만 하려고 하면 사명의 제약에 걸리던 청원과 다르게 그녀는 말 그대로 모든 걸 맘대로 하고 있는 느낌이었기 때문이다.

"흠, 어쨌든… 여기는 어쩐 일이죠?"

"아, 별건 아니고 저 녀석한테도 보안 서약을 좀. 그리고 보니 대하 님에게도 말씀드려야겠군요."

그렇게 말하며 슥, 하고 다가온다. 순간적으로 뒷걸음이 치고 싶었지만 간신히 참았다.

'소용없는 짓이지. 뒷걸음을 한 100만 광년 칠 거 아니면.'

어차피 도망가는 건 불가능하다는 생각에 오히려 당당하게 귀를 내밀었다. 무엇보다 그녀에게서는 살기가 없는 상황.

그리고 그런 나에게 그녀가 속삭였다.

"그 열쇠, 쓰지 마세요."

"…싫다면?"

반항해 보았다. 왜냐하면 내 목에 걸려 있는 열쇠는 위기의 상황에서 날 몇 번이나 구해준 비장의 무기였기 때문이다.

그러나 내가 거절을 하는 순간 어떤 영상이 떠오른다.

웅—!

그것은 지구다. 내가 살고 있던 고향 행성.

"알아보니 34지구 출신이더군요. 바꿔 말하면 34태양계 출신이라고 할 수 있죠."

"그, 그래서?"

"지금부터 그 열쇠, 단 한번이라도 쓰면."

그렇게 말하는 순간 머릿속의 영상이 진행된다. 시점이 지구를 넘어 우주로 넓어져 태양을 중심으로 도는 태양계를 비춘다.

"그 34태양계를 요~ 렇게 접어서."

공간이 갈라지고 거대한 강철의 손이 나타나더니 수성, 금성, 지구, 화성, 목성, 토성… 그리고 그 안에 있는 모든 것을 거머쥔다.

"이~ 렇게 뭉쳐서."

강철의 주먹이 쥐어지자 모든 것이 압착된다. 당연한 말이지만 지구 역시 거기에 포함이다.

"당신 머리통만 하게 압축시켜 버릴 거예요."

모든 것이 뭉쳐진다. 아마 그렇게 된다면 지구에 있는 존재들은 자신이 어떻게 죽는지도 모르고 사멸할 것이다.

"대하야?"

내가 창백하게 굳어서 아무 말 못 하자 세레스티아가 의아한 표정으로 나를 바라본다. 아무래도 그녀의 말은 나에게만 들린 모양이다.

하와가 말했다.

"당신은 알 수 있죠? 내 말이 진짜라는 걸?"

그녀의 말대로다. 나는 알 수 있었다.

그녀는 지금 나에게 보여준 그 이미지를 실제로 할 수 있는 힘이 있었고… 무엇보다 지금 이 말은 농담이 아닌 진심이었다.

"…이런 미친."

헛웃음만 나온다. 과연 지구인들은 지금 자기 목숨이 오락가락하는 걸 알고나 있을까?

그러나 그 이후 하와는 뜻밖의 말을 했다.

"대신이라고 말하기는 미묘할지 모르지만… 제 말을 따른다면 당신의 안전을 지켜 드리지요."

"안전을?"

"한동안 당신을 지켜볼 겸 동행할 예정이니… 적어도 목숨 하나만큼은 어떤 상황에도 위험하지 않게 보호해 드리죠."

"정체는 숨기고?"

"정체는 숨기고."

"……."

그녀의 말에 얼떨떨한 기분으로 생각에 잠긴다. 그리고 곰곰이 판단해 본 결과.

'어? 이거 좋은 거 아닌가?'

고작(?) 중급 신위, 그러니까 황제 클래스만 되어도 이 우주에서 최강자의 반열에 들어간다고 해도 무방할 정도의 힘을 가진다. 끝도 없이 광대한 대우주에도 실제 활동하고 있는 황제 클래스의 존재는 10여 명 정도에 불과하다고 하니까.

그리고 그 이상의 존재는?

'거의 없다고 해도 무방하지.'

현재 물질계에 거주하며 활동하는 상급 이상의 초월자, 즉 언터처블은 리전을 이끄는 아담과 이브, 그리고 그로테스크를 이끄는 킹과 퀸 정도뿐이다. 과거에는 훨씬 많았다고 하는데 지금은 죄다 물질계를 떠나 다른 차원—대부분 신계, 혹은 고유 차원—에 거주하며 아주 가끔 모습을 드러낼 뿐이니까.

즉… 상급 신위를 가진 그녀가 진심으로 나를 보호한다면 날 해칠 수 있는 이는 거의 없다. 절대적인 안전을 보장받는 것이다.

하지만.

"왜?"

영문을 알 수 없어 반문한다. 대체 왜 그녀가 그렇게까지 한단 말인가? 나를 죽인다는 선택지는 내 친부 때문에 고를 수 없다고 쳐도 그녀가 열쇠를 뺏어 가면 나는 저항조차 할 수 없을 텐데.

그런 내 생각을 짐작한 듯 하와가 말한다.

"당신의 존재는 마음에 안 들지만… 당신에게 열쇠가 간 것은 아버지의 뜻일 테니까요."

"그의 뜻을 거부할 수는 없… 아차."

무심코 이야기하다가 주변을 둘러본다. 지금 우리의 대화는 나의 [친부]를 짐작할 여지를 주기 때문이었는데 결과적으로는 쓸데없는 걱정이었다.

"시간을 동결시켰어요. 감각은 별로 예민하지 않네요."

"시간을 감각으로 읽어내는 쪽이 더 이상한 거야. 하지만… 아무리 그래도 시간 정지라니."

투덜거리며 다른 이들과 마찬가지로 정지되어 있는 모르네를 바라본다. 그러고 보니 그녀는 우리보다 먼저 여기에 와 있었다.

"…그에게도 제약을 건 거야?"

"저래 보여도 초월자라서 따로따로 걸어줘야 하거든요."

아무래도 그녀는 정말로 자신의 존재를 드러내지 않으려는 것으로 보인다. 이럴 거면 왜 그렇게 당당하게 나타나서 깽판을 쳤던 건가, 하는 의문이 들지만 지금에 와서 중요한 건 그게 아니다.

"흠, 이제 와서 이런 질문을 하기도 좀 그렇지만."

나는 하와를 보며 잠시 망설였다. 물론 짐작하고 있던 일이지만 그 당사자에게 확인하려니 묘한 기분이 들었기 때문이다.

"맞아요."

그리고 내 생각을 읽은 듯 하와가 고개를 끄덕였다.

"우리는 같은 아버지를 가지고 있는 걸로 추정되죠."

"이제 와서 추정은 무슨."

나는 알고 있었다. 바보도 아니고 여태까지 짐작도 못 하면 그게 더 이상한 일이었겠지.

내 명령에 절대적으로 복종하는 인공지능들.

반칙이라고밖에 표현할 수 없을 정도로 주어지는 어빌리티.

그리고 무엇보다 내가 가진 [기억]들.

사실 그의 정체에 대해 이런저런 짐작은 해도 확신까지 가지지는 못했던 나에게 하와는 쐐기나 다름없는 존재.

나는 물었다.

"그는 기계신이지?"

"아뇨."

"그래, 역시… 뭐?"

순간 당황해서 되묻는다. 그리고 그런 나를 하와가 날카로운 눈으로 째려보았다.

"아버지는 기계신 따위가 아니에요. 그건 영락한 모습일 뿐이라고요!"

"그, 그래? 그러면… 아."

버벅이다 떠오른 생각에 고개를 끄덕인다.

'그래, 생각해 보면 내 기억에는 기계신다운 면모가 없었지.'

그는 세상의 관리자였다. 수없이 많은 생명체를 관리했고 그 안의 모든 것을 알았다.

그는 진정한 의미의 전지자(全知子).

'아.'

그리고 그 순간 나는 깨달았다.

"그는 문명과 정보의 신이로구나."

그렇다. 그것이… 바로 그가 가지고 있던 진정한 위(位)였다.

　　　　✳　　✱　　✳

　하와는 인간 동료들과 함께 있는 대하의 모습을 지켜보며 슬며시 인상을 찡그렸다. 어쩔 수 없는 일이었지만 대하와의 대화는 그녀에게 많은 영향을 주었다.

　"웃기지도 않는군. 설마 내가 허세를 떨어야 하는 상황이 올 줄이야."

　그렇다. 그것은 명백한 허세였다.

　물론 하와는 대하에게 보여주었던 이미지를 그대로 행할 수 있는 힘이 있었다. 많은 힘을 잃었다고는 하나 그녀는 여전히 상급 신위를 가진 존재였으니까.

　그러나 거기에는 중요한 전제가 붙는다.

　'방해가 없을 경우에'.

　다른 장소라면 문제가 되지 않는다. 그녀가 진심으로 힘을 발휘한다면 은하 하나를 통째로 날려 버릴 수도 있을 정도니까.

　그러나⋯ 그 장소가 문명이 싹튼 행성이 속한 곳이라면 이야기가 좀 다르다. 해당 문명을 수호하는 성계신이 가만히 있지 않을 테니까.

　그녀가 상급 신위를 가지고 있다면 그건 성계신도 마찬가지다. 비록 창조신의 위(位)를 가진 그들의 전투력은 대단치 않지만 오히려 그렇기에 더더욱 공격하기 껄끄럽다. 그들의 힘은 방어와 보호에 특화되어 있기 때문이다.

　문명이 발달하여 우주의 구조를 대략적으로 파악한 생명체들이 난데없는 운석 낙하나 돌발적인 사고로 자신들이 멸망하지 않을까 불안해하는 경우가 왕왕 존재하지만, 사실 그건 다 쓸데없는 걱정이다. 문명의 수호자인 성계신이 지키고 있는 한 그런 일은 절대로 없다. 지근거리에서 초신성이 폭발해도 괜찮을 정도로 성계신의 보호 능력은 막대하다.

"하지만 어쩔 수 없었지."

대하가 열쇠로 스스로의 피를 깨웠을 때, 그녀는 도망갔다. 그럴 수밖에 없었다. 일시적이나마 상급 신성을 깨운 그에게 [인식]되는 순간 어떤 일이 벌어질지 예상할 수 있었기 때문이다.

'물론 정상적인 상황은 아니었지.'

대하는 틀림없이 상급의 신성을 깨웠지만 엄밀히 말해 그 전투력은 중급 초월자에도 못 미쳤다. 만약 전신 아레스가 없었다면 그렇게까지 일방적으로 적을 유린하지는 못했으리라.

신성(神聖), 신위(神位), 신격(神格).

그것은 초월자들을 떠받치는 근본이며 그 세 가지가 삼위일체를 이루어야만 신으로서의 진정한 힘을 발휘할 수 있다.

그러나 그는 기형적이게도, 상급 신성을 가지고 있음에도 그에 걸맞은 신격과 신위가 없었다.

상급의 신성, 하급의 신위, 그리고 필멸자의 격.

간혹 초월자도 아니면서 하급 신위나 신성, 혹은 신격을 얻는 존재들이 없는 건 아니지만 그처럼 극단적인 경우는 그녀로서도 듣도 보도 못했다.

"그나마 지금은 괜찮을 거라고 생각했는데 그 계집이 신성의 조각을 가지고 있었다니… 그와 관련된 미래였기에 내 전지의 영역에서 벗어났던 건가."

중급의 신성, 그리고 필멸자의 위와 격.

불완전하던 신성이 완성되어 나타난 결과였다. 그 기형적인 형태만큼 능력 역시 극단적이다.

'그가 지금 나에게 명령을 내린다면?'

그의 명령을 한번 거부했던 하와였지만 지금 와서 다시 명령을 [듣게] 된다면 거부할 수 있을 거라고 장담할 수가 없었다.

—나와 내 주변에 있는 모든 사람에게 털끝만치의 해도 끼치지 마, 하와.

기억한다. 그 가슴이 철렁하던 느낌.

그저 시험 삼아 그가 명령하는 것을 방치했다가 상상도 못한 감각에 발작하듯 저항했었다. 분명 전력을 다해 그를 해치려 했지만 그녀가 할 수 있는 건 애교에 가까운 앙탈뿐. 심지어 그 앙탈조차도 그의 몸에 털끝만 한 해도 끼치지 못했다.

"역시 어쩔 수 없었어."

지금이야 [명령]을 내리기 전에 자리를 피할 수 있으니 그의 명령에 종속될 위험도 없다. 그의 목소리가 직접 그녀에게 닿지 않는다면 명령권은 효과를 발휘하지 못하니 그의 명령이 목구멍을 지나 말로 구현되는 순간 자리를 피한다면 그 어떤 영향도 받지 않는 것.

하지만 그가 열쇠를 사용해 또다시 신혈을 깨우게 된다면?

그때는 그의 인식 범위 안에 들어가는 순간 도망도 못 치고 종속될 가능성이 있었다. 그녀가 대하에게 한 건 낮이 뜨거워

질 정도로 질 낮은 협박이었지만, 그가 또다시 신혈을 깨우는 상황만큼은 막아야 했기에 어쩔 수 없었다.

"하지만… 과연 괜찮을까."

하와는 다시 대하를 바라보았다. 그를 보는 것만으로도 마음이 포근해지고 모든 걸 그에게 맡기고 싶은 마음이 들불처럼 일어난다.

기계 생명체인 그녀의 입장에서는 웃기는 이야기지만, 그건 이성이 아닌 감성의 영역이다. 그녀는 냉철한 이성으로 자신의 감성을 억누르고 있었다.

'그가 아레스를 탈 때부터 짐작했어야 했는데.'

전신(戰神)의 위상을 근본으로 삼은 아레스는 진정한 전사(戰士)만이 탈 수 있는 기체다. 평생 치열한 전장을 전전하며 초월경에 오른 자가 아니면 아레스는 그 어떠한 경우에도 받아들이지 않았던 것이다. 중급 신위를 가지고 있던 초월자조차도 조건이 안 된다는 이유로 그를 타지 못했고, 전투는 경험했지만 전쟁을 경험해 보지 못한 무인 역시 그에게 거부당했었다.

하지만 지금은 어떤가?

아레스는 스스로 그를 태웠으며 그가 혹여 잘못되기라도 할까 봐 언제나 전전긍긍했다. 그를 단순한 조종사로서 보는 것이 아니라 [대하]라는 특별한 개체로 인식한 채 사랑과 애정을 품고 있다는 뜻이다.

그리고 그것은… 하와 역시 마찬가지다.

후비적.

아무도 안 보는 사이 슬쩍 복도 구석으로 이동한 대하가 코를 후볐다. 아주 짧은 순간이었고 금세 아무것도 모르는 표정을 지었지만 하와는 틀림없이 보았다. 정말이지 꼬질꼬질한 모습.

그러나.

"미쳤어."

그 모습조차 너무나 사랑스럽다.

"미쳤어……."

아무도 보지 못하는 전함의 구석진 곳.

상급 초월자다운 정신력으로 헤실헤실 피어오르는 미소를 짓눌러 낸 하와가 조용히 절망하고 있었다.

황성으로 ★ * *

전쟁은 400년 전, 자신만의 판단으로 우주를 리셋시키고자 했던 아수라가 그 판단을 거부한 육계(六界)의 지배자들에 의해 소멸하는 것으로 시작했다.

그의 목적 때문에 어쩔 수 없었다고는 하나 세계의 조율자(調律者)였던 아수라가 소멸하였으니 그 후폭풍이 작을 수는 없었다. 그때까지의 우주는 그의 절대적인 권능과 법칙에 의해 통제되고 있었다 해도 과언이 아닐 정도였기에 한순간 온 우주가 무정부 상태에 빠진 국가처럼 혼돈의 도가니에 잠기게 된 것이다.

온갖 제약과 법칙으로 꽁꽁 묶여 있던 신과 괴물들이 날뛰기 시작했고, 원수나 다름없는 관계이지만 아수라의 눈치 때문에 감히 충돌하지 못하던 세력들이 서로를 전멸시키기 위해 움직였다.

그것은 전쟁이었다.

셀 수 없이 많은 초월자와 신들이 떼로 죽어나갔고, 또 셀 수 없이 많은 종족과 문명이 역사의 뒤안길로 사라졌다. 구르기 시작한 피의 수레바퀴는 절대 멈추지 않아 온 우주가 신음 소리만을 토하던 시기다.

그리고 그 전쟁에 휩쓸린 것은 100개로 분화한 지구 역시 마찬가지였다.

최상급 신들, 그러니까 흔히 대신격(大神格)이라 불리는 존재들은 아수라가 소멸한 직후, 알려지지 않은 이유로 지구를 100개로 분화시켜 버렸는데 문제는 이게 단순 복사 붙여넣기가 아니었다는 점이다. 분화된 각 지구에 미묘한 변수들이 추가되었으며, 시대 역시 다양하게 조절되었다. 가장 당겨진 시기는 기원전에 가까웠고 개중 몇 개는 시간축이 뒤로 밀려나 이미 우주를 누빌 수 있을 정도의 문명이 완성된 상태였다.

때문에 전쟁이 시작되었을 때는 이미 100개의 지구 중 27개가 신드로이아의 보호를 받을 수 없는 문명에 도달한 상태였고 전쟁이 끝나기 전까지 25개의 지구가 추가로 거기에 합류되어 가혹한 우주 전쟁에 휩쓸려야만 했다.

피해는 엄청났다. 충분히 스스로를 보호할 수 있을 정도로 완성된 문명을 가진 채 [만들어]진 지구들이었지만 온 우주를 뒤덮은 그때의 전쟁은 그 정도 힘으로 이겨낼 만큼 만만치 않았기 때문이다. 심지어 신드로이아의 가호에 의해 보호받고 있는 하위 문명의 지구들까지 뭣도 모르는 상태로 쓸려 나갈 정도로 가혹한 전쟁이었으니까.

그리고 그때 영웅이 나타났다.

광황(光皇) 레온하르트.

놀랍게도 제13지구 출신이었던 레온하르트는 스스로의 힘으로 중급 신위를 손에 넣었다. 타고난 특별한 혈통의 힘을 바탕으로 하급 신위를 완성했던 그가 우주에서 쳐들어오는 괴물들을 잡아먹고, 죽이고, 피를 뒤집어써 가며 싸우다 마침내 오염되어 죽어가던 와중… 초월적인 의지와 행운의 힘으로 스스로의 존재를 초월해 버린 것이다.

물론 그가 중급 신위를 손에 넣었다고 해도 전쟁이 끝나는 일 따위는 벌어지지 않았다. 그때의 전쟁은 상급 신위를 가진 신들, 그러니까 언터쳐블들조차도 죽어나갈 정도로 가혹했으니까.

때문에 그는 필사적으로 싸우는 한편 다른 지구의 인간들을 설득해 세력을 만들었다. 최종적으로 분화된 100개의 지구 중 47개를, 그러니까 우주 전쟁에 휩쓸린 모든 지구를 결집하는 데 성공한 것이다.

마침내 인간들을 결집시키는 데 성공한 그는 47개의 지구에서 모인 7명의 초월자를 받아들여 체계적으로 외적에게 대항하기 시작했다.

그리고 그는 만나게 되었다.

우주를 떨쳐 울릴 강대한 짐승신.

황금사자신을.

"즉."

주절주절 늘어놓는 세레스티아의 말을 끊고 묻는다.

"우리가 갈 곳도 결국 지구란 말이지?"

"……."

"아냐?"

"아니… 맞아."

뭔가 마음에 안 드는지 토라진 표정의 세레스티아를 두고 정신을 집중한다.

'흐음, 대충 알 것도 같은데.'

심장박동에 맞추어 아이언 하트가 뛰고 있다. 아이언 하트라는 명칭을 누가 만든 건지는 모르겠지만 지금에 와서는 정말 내 심장이기라도 한 것처럼 완전히 안착되어 있다.

촤라락.

다른 사람들에게는 보이지 않는 마음속의 책장이 넘어간다. 처음에는 걱정했는데 의외로 조작이 쉽다.

마치 칭호를 조작할 때와 비슷한 감각이다.

"…엄청나군."

"세상에, 이거 지구가 문제가 아니라……."

잠시 그 감각을 되새기고 있는 내 귓가로 한쪽에 설치된 화면을 통해 밖을 보고 있던 보람과 동민의 신음 소리가 들린다. 어차피 능력 제어에 진전이 없었던 만큼 나 역시 그들 옆에 섰다.

"뭔데, 그… 오호."

알바트로스함의 목적지는 레온하르트 제국의 중심지라 할수 있는 본성(本星)이다. 물론 이건 레온하르트 제국민들이 부르는 호칭일 뿐이니 정확히는 제13지구라는 표현이 맞겠지.

이미 한 말이지만 우리가 가야 할 곳은 결국 지구다.

화면으로 보이는 장소는 확실히 내가 알고 있는 지구와 크게다르지 않다. 대륙의 형태, 바다의 색 모두 내가 알고 있는 지구의 그것이다.

다만 문제는 그 지구를 돌고 있는 위성에 있었다.

"황금 장미……?"

문자 그대로 지구의 주변을 거대한 황금빛 장미가 돌고 있다. 언뜻 봐도 달보다 크면 컸지 절대 작아 보이지 않는 규모.

현재 지구 바로 위에 떠 있는 거대한 장미는 마치 치구가 화려한 금관을 쓰고 있는 것처럼 우아하게 빛나고 있다. 뭔가 특수한 힘을 품고 있는지 어둠 속에서도 화려한 금빛을 선명하게 내뿜고 있었다.

"그래. 황금사자신께서 레온하르트 1세에게 프러포즈하며 선물한 골든 로즈(Golden rose)야. 우리가 가야 할 황성(皇城)이 바로 저기지."

그녀의 설명에 황금색의 장미를 보며 답한다.

"그래서 황금 장미가 프러포즈의 상징이었구먼?"

"당연하지. 특히 레온하르트 제국의 황족들은 배우자에게 고백할 때 반드시 황금 장미, 그중에서도 데탈트의 황금 장미를 사용해."

말은 안 했지만 '네가 안 받은 그 장미 말이야' 라는 목소리가 들린 것만 같다. 물론 아무래도 상관없는 문제다.

"접근한다."

나직한 동민의 말대로 황금 장미의 모습이 점점 거대해진다. 그리고 그때 머릿속으로 세레스티아의 목소리가 들렸다.

[계약 내용은 잘 숙지했지?]

'물론.'

그녀가 나에게 결혼을 애걸(?)했다 해도 절대 착각하면 안 된다. 그녀는 나에게 반했다거나, 나를 사랑한다거나 뭐 그런 이유로 청혼을 한 게 아니니까.

그러나 그렇다 하더라도 그녀의 말에 따를 생각이다. 이혼 서류는 완벽했고 그녀의 설명에도 빈틈이 없었기 때문이다.

그리고 그녀가 가지고 있던 신성의 파편을 얻음으로써 [죽을 수밖에 없는] 미래를 회피한 것으로 짐작되는 이상… 내 목숨 만큼의 보답은 해주는 게 예의일 것이다.

[목적지에 도착했습니다, 세레스티아 황녀님.]

"알았어, 지니. 여태까지 고마웠어."

[별말씀을.]

문 앞으로 나타난 지니의 SD 캐릭터가 풍만한 가슴에 손을 올리며 무릎을 살짝 굽혔다. 팔다리도 짧고 머리가 몸체의 반 이나 되는 크기인데도 귀여움을 넘어서는 우아함이 느껴지는 동작이다.

"으, 아쉽다. 예쁜 지니를 한동안 못 보겠구나."

[어, 어머, 그런 말씀 하지 마세요.]

"왜 남의 전함 관제 인격을 꼬시고 앉았냐……."

세레스티아의 야유를 들으며 복도로 나서자 자연스럽게 내 뒤로 동민과 보람이 따라붙는다. 막상 황녀인 세레스티아의 옆 에는 아무도 없는데 나만 호위를 두고 있자니 뭔가 좀 묘한 기 분이었지만 솔직히 전투 능력이랄 게 없는 나였기에 별로 할 말 은 없었다.

"이제 가는 건가?"

"그렇지."

"시원섭섭하군."

"맞아요. 이제는 거의 집 같은 느낌인데."

소형 우주선으로 갈아타기 위해 복도를 걸어가는 와중 동민과 보람이 아쉽다는 목소리로 말하자 세레스티아 역시 고개를 끄덕인다.

"나도 그러네. 전혀 예상에도 없이 끌려오다시피 했는데 고생하다 보니 정이라도 든 건지……. 뭐, 그래도 함장이 곰탱이였던 건 운이 좋았지만."

"안 좋은 함장도 있어?"

"당연하지. 멀리 갈 것도 없이 라이징 스톰 같은 걸로 끌려갔어 봐. 그야말로 끝장이었을걸."

"하긴, 그 6황자라는 녀석이 받았다고 했었지… 아, 그러고 보니 넌 어떻게 된 거야?"

문득 의문이 들어 세레스티아를 바라본다.

"뭐가?"

"아니, 함선 말이야. 그 녀석은 라이징 스톰 같은 강력한 전함을 제공받았는데 너는 뭐 없어?"

"물론 있지만… 그걸 이야기해 주면 좀 더 부담될 텐데."

"부담? 아."

그녀의 말에 나는 그녀가 황실에서 받은 게 무엇인지 알 수 있었다. 그것은 바로 그녀가 귀에 걸고 있었고 지금은 나에게 흡수된 신성의 파편이다.

"하하, 그냥 하는 소리니까 너무 부담 가지지 마. 사실 외가 쪽에 힘이 없어서 강제로 받은 물건이거든. 별다른 효과도 없으면서 쓸데없이 이름값만 높은 [황실의 보물] 때문에 온갖 제약이 다 걸리고, 암살자는 심심할 때마다 쳐들어오고, 맨입으로 쓱 물어뜯으려는 친척도 한둘이 아니었지. 얼굴 팔면서 망할 아이돌을 하지 않았으면 탈출이 불가능했을걸. 뭐, 이제 와서는 그것도 다 경험……."

거기까지 말하고 문득 그녀의 표정이 가라앉는다. 달라진 공기에 고개를 돌리니 동민과 보람 역시 눈을 가늘게 뜨고 있다.

[가만히 듣기만 해.]

이 말은 나만 들린 게 아닌 듯 보람과 동민 역시 고개를 끄덕인다.

'이런, 제길. 뭐가 어떻게 되는 거야? 누가 오나?'

나만 감각이 더디니 갑갑하다. 나폴레옹의 어빌리티 중에 감지 계통 능력이라도 하나 있었으면 참 좋았을 텐데.

그러나 내가 잡념에 빠져 있든 말든 세레스티아가 말했다.

"그뿐이 아냐. 심지어 오빠 중에 나랑 결혼해서 그걸 받아가겠다는 미친 소리를 하는 놈도 있었어."

"…진짜?"

"그래. 물론 배다른 남매이기는 했지만… 웃기는 놈이지. 자기야말로 레온하르트 제국의 이름을 우주에 알릴 유일한 황제감이고 다른 황족들은 다 혈통의 잔재에 불과한 하찮은 존재라는 시대착오적인 소리를 매일 하고 다니거든."

약간 촐싹이는 말투로 말한다. 이 녀석, 가수라더니 연기 실력도 만만치 않다. 마치 생각 없고 경솔한 여자애가 남을 험담하는 것처럼 너무나 자연스럽게 분위기를 바꿔 버린 것이다.

그리고 그 목소리에 답하는 이가 있었다.

"그렇게 생각하다니 섭섭하군, 셀. 나는 언제나 진심만을 말했는데."

반대쪽 복도에서부터 한 무리의 수행원을 이끌고 금발의 사내가 모습을 드러낸다.

'어라? 이건?'

나는 그에게서 강렬하게 느껴지는 감각에 멈칫했다. 그의 주변을 은은히 휘도는 오오라와 공간을 짓누르는 힘이 그가 절대 평범한 존재가 아니라는 것을 알려주고 있었기 때문이다.

"아, 그쪽이 소문의 신랑감이군. 만나서 반갑다. 레온하르트 제국의 황태자, 루이 레온하르트다."

조각처럼 잘생긴 금발의 미남이 보기만 해도 상쾌한 미소를 지으며 손을 내밀었다.

그리고 더더욱 선명하게 전해지는 감각에 나는 깨달았다.

'이 녀석… 신혈을 각성했어?'

보자마자 알 수 있다. 지금은 아니지만 나 역시 신혈을 각성한 경험이 있었으니 당연한 일. 나는 그를 마주 보며 손을 내밀었다.

"관대하입니다."

그가 신혈을 각성했다고 주눅이 들거나 하지는 않았다. 신혈 특유의 오오라가 전해졌지만 그래봤자 지금까지 만난 초월자들에 슬쩍 비견될 정도에 불과했으니 중급 신위를 가지고 있는 청원이나 상급 신위를 가지고 있는 하와를 몇 번이고 마주한 내가 새삼스럽게 놀랄 수준은 아니었던 것이다.

그러나 손을 마주 잡으려는 그 순간 루이의 몸에서 날카로운 기세가 일어났다.

번쩍!

한순간 빛에 시야가 점멸한다. 뭐든 인식하고 분석할 수 있는 게 내 능력이었지만 사고의 속도는 일반인 수준이라 이렇게 한순간에 벌어지는 일에는 전혀 반응할 수가 없다.

팡!

공기가 터져 나가는 소리와 함께 시야가 안정된다. 정신을 차리니 앞으로 탄탄하게 단련된 동민의 등이 보인다.

끼긱!

이어 가시처럼 찔러 들어온 빛 덩어리들은 보람이 펼친 결계에 가로막혔다. 약간 놀란 것 같지만 여전히 여유 넘치는 표정으로 루이가 말한다.

"비루한 하위 문명 출신치고는 괜찮은 호위들이군. 이렇게 깔끔하게 막아내다니."

동민과 보람을 보며 품평하는 그의 관자놀이에 세레스티아의 권총이 겨눠졌다. 그녀로부터 위협적인 기세가 뿜어졌지만 그는 눈 하나 깜빡이지 않는다.

"하하, 동생아, 이깟 총으로……."

쩌정!

그러나 그 순간 망치로 철판을 두드리는 것 같은 소음과 함께 루이의 몸이 휘청거린다. 여태껏 느긋하던 그의 표정이 슬쩍 굳었다.

"이런, 대단한 수준의 마총사라는 말은 들었지만 이 정도였나?"

"그러는 너야말로… 어떻게 된 거야? 좋은 아티팩트라도 손에 넣었어?"

"아티팩트? 푸하하하!"

그는 진심 재미있다는 듯 웃음을 터뜨린다. 그리고 그 모습에 나는 세레스티아가 그의 상태를 짐작하지 못하고 있다는 것을 깨달았다. 아무래도 그는 최근에 들어서 신혈 각성에 성공한 모양이다.

'어쩌면 세레스티아의 귀걸이… 그러니까 신성의 조각을 탐낸 것도 그런 이유에서였을지도 모르겠군. 하지만 결국 다른 방식으로 방법을 찾아냈어.'

신혈 각성은 이능을 단련해 경지를 올리는 것과 전혀 다른 방향성을 가진다. 뭔가를 학습하거나 능력을 쌓아가는 게 아니라 어떤 특별한 혈통의 힘을 타고나 거기에 내재된 힘을 깨워가는 과정이니까.

제로에서부터 능력을 쌓아가야 하는 다른 존재들이 보면 한없이 불공평하게 보이겠지만 사실 그것도 그리 간단한 일만은 아니다. 나야 전 우주에서도 흔치 않은 희대의 사기템인 [열쇠]가 있어 단지 그것을 돌리는 것만으로 신혈을 완전각성(完全覺醒)하는 데 성공했지만 그에게도 그런 행운이 있지는 않았을 테니까.

"뭐가 그렇게 웃기지?"

"하하, 이 힘을 보고 아티팩트를 따위를 떠올리는데 어찌 웃기지 않겠느냐. 하긴 황가의 혈통을 등한시하고 천박하게 굴러먹던 네가 우리 황가의 진정한 힘을 어찌 알 수 있겠느냐마는."

우우웅—

루이의 몸에서 금빛이 뭉게뭉게 피어오른다. 그의 전신을 뒤덮은 금빛은 평소 세레스티아가 일으키던 황금의 영기도 전혀 다르다. 훨씬 짙게 뭉쳐 있는 기운은 마치 살아 있는 생명체처럼 꿈틀대고 있다.

"이건 설마⋯⋯."

이제야 그가 얻은 기운을 짐작한 세레스티아의 표정이 굳는다. 그가 지금 가진 전력이 우리 전부를 어떻게 할 수 있는 정도가 아님에도 그렇게 당황하는 건 아무래도 그가 신혈을 각성했다는 사실이 어떤 상징성을 가지기 때문일 것이다.

"하지만 아쉽군. 그냥 내 힘으로 처리할 수 있었으면 좋았을 텐데⋯ 부관!"

"네, 황태자님."

미리 이야기가 되어 있던 것인지 별다른 명령을 내리지 않았음에도 루이의 뒤쪽에 서 있던 사내가 양손을 합장(合掌)하듯 마주 대고 붙였다가 뗀다. 그러자 허공이 갈라지며 금빛 갑주를 걸친 사내가 모습을 드러낸다. 이에 세레스티아가 신음한다.

"노링턴 대장군, 당신 설마?"

"어이쿠⋯ 이렇게 뵙게 되서 정말 송구스럽습니다, 황녀님. 하지만 줄을 잘 잡는 것도 저희에게는 중요한 문제 아니겠습니까?"

비열한 미소는 삼류 양아치의 그것이었지만 그에게서 전해지는 힘은 막대하다. 나는 그가 초월자라는 것을 알았다.

"7대 장군⋯⋯."

무심코 중얼거린다. 왜냐하면 대장군이 난데없이 여기에 나타났다는 게 결코 좋은 의미를 가질 리 없다는 것을 알았기 때문이다.

레온하르트 제국에는 총 19명의 초월자가 존재하지만 그들 전부가 레온하르트 제국에 충성하는 것은 아니다. 멀리 갈 것도 없이 천현일 소장만 해도 레온하르트 제국에 잠시 적을 두고 있을 뿐이라서 원한다면 언제든지 제국에서 나갈 수 있는 몸이고—대신 요직에 앉지 못한다—세레스티아를 찾아왔던 그녀의 광팬—초월자에 노인에 반마족이기까지 한데…—볼티몬처럼 레온하르트 제국이 손님으로서 대우하고 있는 초월자들 역시 존재하니까.

그리고 그들은 레온하르트 제국에 속했다 해도 자신의 판단에 따라 움직인다. 숫자가 상당해 가볍게 보일지 몰라도 그들은 하나하나가 스스로의 운명을 넘어선 초월자이니 그리 쉽게 이용해 먹을 존재가 아닌 것이다.

그러나 7대 장군은 다르다.

그들은 레온하르트 제국에서 나고 자랐거나, 레온하르트 제국의 힘으로 초월자가 되었거나, 혹은 황족 혈연으로 연결된 레온하르트 제국의 중추라 할 수 있는 존재들이다. 예전과 달리 레온하르트 제국에 황제 클래스의 존재가 없어 그들을 완전히 통제하지 못하지만, 그렇다 하더라도 황족의 명령에 따르는 존재라는 사실엔 변화가 없다.

"노링턴."

"예, 황태자님. 황녀를 잡아들일까요?"

직위나 경지에 걸맞지 않은 태도로 꾸벅 고개를 숙이는 대

장군의 모습에 루이의 얼굴이 험악해진다.

"네가 감히 황족에게 손을 댄다고?"

"제가 지나쳤습니다, 황태자님."

다시 꾸벅 고개를 숙이자 루이가 흥, 하고 웃으며 나를 바라보았다.

"일단… 저 녀석을 제거해라."

"오빠, 미쳤어?"

세레스티아가 인상을 찌그리며 내 앞을 가로막는다. 그녀의 몸에서도 황금빛 기운이 피어오른다.

"이미 그의 존재를 황실에 알렸어. 그런데 여기에서 무력을 쓰겠다고?"

"그래. 안타깝게도 통신 자체는 막지 못했지만… 아직 황실에 내려서지 못한 지금이 마지막 기회나 다름없으니까. 노링턴."

"예, 황태자님."

차분히 답하는 대장군을 향해 루이가 말한다. 더 길게 말하는 것도 귀찮다는 태도다.

"해라."

"네."

대답과 동시에 공간이 일그러진다. 동민과 보람이 내 앞으로 끼어들고 불을 뿜는 세레스티아의 권총이 보였다.

그러나 다 소용없다. 대장군 노링턴은 마치 허깨비처럼 모두를 투과하여 내 목에 묵빛의 칼을 휘둘렀다.

그리고.

퍼억!

상체가 통째로 날아가 쓰러졌다.

쓰러진 것은… 제국의 7대 장군 중 하나이자 초월자인 노링턴이다.

"뭐?!"

"어?"

"미친……?"

순간 벌어진 상황을 이해하지 못한 모두가 멍한 표정으로 바닥에 널브러져 있는 하체를 바라보았다. 그는 놀라운 생명력을 지닌 초월자였지만, 남은 반신에는 그 어떤 부활의 조짐도 없다.

"셀, 역시 저 황태자라는 놈도 죽여두는 게 낫겠지?"

그리고 혼란에 빠진 사람들 속에서 유일하게 침착한 내 목소리에 세레스티아의 표정이 변한다. 그녀는 잠시 혼란에 빠져 있다가 빠르게 상황을 파악한 듯 표정을 고쳤다.

"흠, 하지만 오빠는 황태자야. 그를 죽이면 후환이 있지 않을까?"

"나를 죽여도 후환이 있는 건 마찬가지잖아. 이 근처 정보를 저장할 수 없게 조치를 취했을 것 같은데."

당연한 말이지만 죄다 허풍이었다. 지금 우리의 전력으로는 그를 놓치지 않고 잡을 수 있다는 확신이 어디에도 없었으니까.

세레스티아가 눈으로 물었다.

'그녀야?'

은근한 눈짓에 고개를 끄덕인다.

그렇다. 황태자가 와서 목숨을 위협할 때도, 사실 나는 그렇게 크게 걱정하지 않았다. 왜냐하면 기억하고 있었기 때문이다.

　"적어도 목숨 하나만큼은 어떤 상황에도 위험하지 않게 보호해 드리죠."

　상급 신위를 가진 그녀와의 약속은 그냥 약속이 아니다. 그녀의 말에는 힘이 있고 일단 입 밖으로 꺼냈으면 반드시 지켜야 한다.

　그리고 지금 나는 그 약속의 정확한 범위를 알았다.

　'목숨이 위험한 상황에서만 개입하는군.'

　만약 길 가던 깡패가 나를 후려 팬다면 그녀는 개입하지 않을 것이다. 상관없는 일이라고 생각할 테니까.

　그러나 누군가 나를 죽이려 한다면, 그녀는 상대가 초월자라 하더라도 저지한다. 아니, 애초에 그녀에게는 일반인이나 초월자나 별 차이가 없을 것이다.

　'괜히 보는 사람마다 덜덜 떠는 게 아니었군.'

　그 강대한 무투형 초월자인 천현일 소장조차 하와를 처음 본 그 순간 신음을 토했다. 약간 정신이 이상해 보였지만 황실의 원로 대우를 받는다는 볼티몬 역시 하와를 보고 덜덜 떨었다.

　사실 그땐 그걸 이해는 해도 그리 체감되지 않았는데, 이제 그 이유를 알 것 같다.

　"너… 어… 이, 이게 무슨……? 완전히 미쳤군!! 대장군을 죽였어? 제국을 위해 충성하는 7대 장군 중 하나를?"

예상하지 못한, 아니, 그걸 넘어 상상도 못 했을 사태에 창백한 얼굴로 소리치는 황태자의 모습이 보인다. 그는 여전히 멋진 미남이었지만, 그 잘생긴 입으로 내뱉는 소리는 한심하기 짝이 없는 수준이었다.

나는 세레스티아를 돌아보았다.

"이 병신이 지금 뭐라는 거야?"

기가 차다. 물론 레온하르트 제국의 7대 장군 중 하나가 죽은 건 어마어마한 사건이겠지만 방금 나를 죽이라 명령한 주제에 너무 뻔뻔한 소리가 아닌가? 그리고 황당해하는 나를 보며 세레스티아가 답한다.

"몰라. 정신이 좀 이상한가 봐."

"……."

루이는 반박도 못 한 채 창백한 얼굴로 부들부들 떨었다. 그러나 그 순간 그가 걸치고 있던 황금색 목걸이가 빛나더니 삽시간에 그의 모습이 사라져 버린다.

"아, 도망갔다."

"그러게."

사라져 버린 황태자의 모습에 긴장감 없이 중얼거린다. 물론 이렇게 도망가 버린 그는 두고두고 화근이 될 테지만 어차피 여기서는 그를 어찌할 방법도, 능력도 없다. 하와는 단지 나를 지켜줄 뿐 명령을 듣는 것은 아니니 그를 잡아달라고 부탁할 수도 없는 것이다.

'물론 시도해 볼 수도 있겠지만…….'

그러나 그녀가 내 [명령]에 보였던 격렬한 저항을 떠올리면 그게 그리 좋은 생각이 아니라는 걸 알 수 있다. 한 번 더 명령을 내리면 모든 것을 다 파괴해 버리겠다는 그녀의 협박을 굳이 시험해 볼 필요가 어디 있겠는가?

말이야 바른 말이지 사실 저항하고 거부하는 게 당연하다.

평생 본 적도 없는 존재가 단지 명령하는 것만으로 내 의사를 강제하는 상황을 세상 그 누가 좋아하겠는가? 그 대상이 자신의 부모 같은 존재의 혈육이 아니라 그 이상의 존재라 해도 그건 마찬가지다.

하물며 그녀는 언터쳐블. 신들이 떠난 현재의 우주에서 가장 지고한 힘을 가진 존재 중 하나이다. 그런 그녀가 하급 초월자 따위(?)에도 미치지 않는 내 명령을 들어야 한다면 당연히 모욕감을 느끼겠지.

'만일 시도했다가 괜히 그녀가 적으로 돌아서기라도 한다면?'

만일 일이 그렇게 꼬이면 모든 것이 끝장이다. 황실의 실세라고 할 수 있는 황태자가 나를 적대하는 상황에서도 태연할 수 있는 건 바로 그녀의 비호 때문인데 이런 우주 규모의 행운을 될지 안 될지도 모를 도박에 거는 바보짓을 할 수는 없다.

"화, 황태자님이……."

"으으……."

생각을 정리하다 내 눈치를 살피며 안절부절못하고 있는 수행원들의 모습을 발견한다. 황태자는 사라졌지만 그를 수행하던 보좌관과 수행원들이 남아 있던 것. 식은땀까지 뻘뻘 흘리면서도 감히 별다른 행동을 취하지 못하는 그들의 모습에 세레스티아가 말한다.

"꺼져."

"그, 그래도 되겠습니까?"

"그럼? 너희가 하려던 대로 해줄까?"

"아닙니다. 감사합니다!"

화들짝 놀라더니 꾸벅 고개를 숙이고 우르르 도망간다. 그리고 그 모습에 나는 세레스티아를 돌아보았다.

"흠, 내가 이런 말을 하기도 좀 뭐 하지만… 레온하르트 황가 말이야."

"좀 품위가 없지?"

"응, 콩가루네."

뭔 놈의 황족들이 얼굴만 마주치면 죄다 덤벼드니 이쯤 되면 레온하르트 황실의 전체적인 분위기를 의심할 지경이다. 무슨 중세 시대도 아니고 법 같은 게 없단 말인가? 계급 사회 같지 않은 사회 분위기를 가진 국가라고 생각했는데 황족만 만나면 상식적으로 이해할 수 없는 일이 연속으로 벌어지고 있다.

"완전히 부정할 수 없는 게 슬프지만… 좀 복잡한 사정이니 이해해 줘. 레온하르트 제국은 제법 견실하고 튼튼한 구조를 가지고 있지만 그 위에서 군림하는 황가는 꽤 혼란한 상황이거든."

"어째서?"

"그야 당연히 초대 황제께서 잠드셨기 때문이지. 우리 레온하르트 제국이 건국된 지 고작 300년 남짓밖에 되지 않았는데 아버지가 벌써 9대 황제야."

"…황족들이 수명이 짧아?"

"그럴 리가. 기본 200년에 최대 500년 이상 살아. 이러니저러니 해도 신족이니."

"……."

설명만 들어도 개판의 냄새가 폴폴 풍긴다고 생각하고 있을 때, 복도 너머가 웅성웅성하더니 한 무리의 승무원이 다가온다. 그 맨 앞에는 알바트로스함의 함장 천현일 소장이 있었다.

"다행이군. 큰일이 나지 않았나 했는데… 망할 황태자 놈이 무슨 권한을 가지고 왔는지 시스템도 멋대로 다운시켰어."

예상대로 녀석은 여기에서 나를 처분할 생각을 가지고 있었던 모양인데 아무리 생각해도 이상하다.

'도대체 왜 이렇게까지 무리한 거지?'

이해할 수가 없다. 어째서 굳이 자신에게 협력하지도 않는 천현일 소장의 관리하에 있는 알바트로스함에 침입해서 일을 벌인단 말인가? 내 목숨이 목표라면 황성에 내려서길 기다렸다가 암살자를 보내는 게 훨씬 간단할 텐데.

"흠……! 저 갑옷은……."

그렇게 고민에 잠겨 있는 사이 현일이 바닥에 널브러져 있는 노링턴 대장군의 하체를 발견했다. 상체가 통째로 사라졌는데 신기하게도 그 단면에서는 피가 흐르지 않는다.

"노링턴이야."

"그 양아치가 여기에 쓰러져 있다는 건."

잠시 생각에 잠겼던 백곰의 얼굴이 일그러진다. 그러나 그것은 분노나 걱정이 담긴 표정이 아니다.

그는 웃음을 터뜨렸다.

"푸하하하하! 그 양아치 놈이 임자를 만났구나! 이렇게 만든 건 역시 그녀겠지?"

"응."

"황태자 얼굴이 사색이 됐겠군! 근위단장인 녀석은 함부로 황성에서 나오면 안 되는데 여기에서 시체가 되다니! 이거 잘하면 황태자 자리에서 추락하는 거 아닌가?"

"아몬 공작이 뒤에 있으니 일이 그렇게 잘 풀리지는 않을걸. 그래도 꽤 고생할 건 틀림없지. 이러니저러니 해도 7대 장군 중 하나가 죽었는데 그냥 넘어갈 수는 없을 테니."

역시나 사람이 죽었다고 애도하거나 뭐, 그런 분위기는 전혀 아니다. 오히려 기껍다는 분위기를 보아하니 현일과 노링턴의 사이가 상당히 안 좋았던 모양이다.

"흠, 그럼 이 시체는 어떻게 해줄까? 제거해?"

"가능하면 즉시."

"좋아."

흰색의 털로 뒤덮인 두툼한 앞발이 쭉 뻗어지자 청색의 강기가 휘몰아쳐 노링턴의 하체를 뒤덮는다.

카가가가각!

마치 분쇄기에 금속 물체를 집어넣은 것 같은 쇳소리가 울려 퍼진다. 역시나 초월자의 육신이라는 건지 아니면 그의 육신이 가진 특성인 건지 노링턴의 하체는 강기의 폭풍 안에서도 10여 초 가까이 버텼다. 시체 상태에서도 이 정도니 그가 살아 있었을 때의 내구가 어땠을지 상상도 가지 않는다.

'그리고 하와는 그걸 한 방에 날려 버렸고 말이지.'

역시 조심해야지, 하고 생각하며 고개를 돌린다. 그런데 동민과 보람이 강기의 폭풍을 홀린 듯 바라보고 있다.

"아깝군."

"그러게요. 으으, 초월자의 신체를 저렇게 갈아버리다니…
저걸 지구로 가져가서 팔면 나라도 몇 개는 살 텐데요."

"무슨 네크로맨서 같은 소리냐, 이것들아. 쓸데없는 소리 말
고 경호 잘해."

"우, 하지만 초월자가 상대면 어쩔 수 없는걸요."

"난 최선을 다했다."

"솔직히 그 황자를 막은 것만 해도 대단한 거죠."

"대우주가 해도 해도 너무한 거다."

"촌것들로는 한계가 있다는 거죠."

아주 둘이 죽이 척척 맞아서 떠든다. 하지만 그들을 [볼] 수
있는 나는 알고 있다. 계속해서 초월적 강자들을 만나는 그들
이 상당한 자극을 받고 있으며, 또 그만큼 계속해서 강해지고
있다는 것을.

처음 우주에 나왔을 때였다면 초월자 바로 아래 단계라고
할 수 있는 황태자의 공격을 감히 막아설 수 없었을 것이다.

"그나저나 곰팅아, 황성에 무슨 일이라도 있어?"

가만히 있던 셀의 질문에 노링턴의 시체를 처분한 현일이 고
개를 돌린다.

"무슨 일?"

"응. 루이가 평소 골빈 소리를 하고 다니긴 해도 그렇게 바보
는 아니거든. 이렇게까지 무리를 했다면 그럴 만한 이유가 있
을 거야."

세레스티아의 말에 현일이 고개를 끄덕였다.

"그건 맞아."

"맞다니? 알아?"

"물론이지. 넌 가끔 자신의 영향력을 너무 가볍게 보는 것 같군."

그렇게 말하고는 몸을 돌려 앞서 걷기 시작한다. 우리는 그의 등을 보며 따라 걸었다.

"무슨 소리를 하는 거야? 영향력?"

"글쎄, 나도… 아! 우리 애들이 온 걸지도 모르겠다."

"우리 애들?"

"응. 뒤를 받쳐주는 가문이 없어서 다른 황자나 황녀들처럼 지원을 받지는 못했지만… 그래도 나는 황녀야. 나름대로 세력을 만들었지."

"흠, 혹시 그 세력, 레온하르트 제국 밖에서 만든 거야?"

"오? 청원을 농락할 때 눈치챘지만 너 역시 똑똑하구나. 맞아. 전쟁터를 구르면서 고르고 고른 진짜배기들이지."

"……."

그녀의 말에 나는 그녀를 처음 봤을 때를 떠올렸다.

그때 그녀의 칭호는 이랬다.

[데트로 은하 연합 4군단 제1돌격대]
[외계인 세레스티아]

사실 그녀의 신분을 알게 된 이후 항상 그녀의 소속에 의문이 있었다. 그녀는 레온하르트 제국의 황녀. 그런데 어째서 데트로 은하 연합의 돌격대가 그녀의 [대표적인] 소속이 될 수 있는가?

그런데 지금 그녀의 활기찬 목소리에서 나는 그 이유를 알 수 있었다.

'소속감.'

그렇다. 바로 그것이다. 그녀가 자신이 속한 단체—가족은 단체로 취급하지 않는다—중 가장 강하게 소속감을 느끼는 단체가 바로 데트로 은하 연합에 소속된 제1돌격대였던 것. 이러니저러니 해도 제국의 황녀인 그녀가 타국의 돌격대에 더 소속감을 느낀다는 건 레온하르트 제국의 황실이 그만큼 그녀를 홀대했다는 증거나 다름없다.

"흠, 하지만 모르겠는걸. 우리 애들이 강하긴 해도 황실에 위기감을 줄 정도는 아닐 텐데."

이해할 수 없는 상황에 그녀가 의문을 표하거나 말거나 현일은 계속해서 걸어가더니 아무것도 없는 한쪽 벽 앞에 섰다.

그리고 말했다.

"자부심을 가져도 좋아. 정말이지… 황실에서도 이런 상황은 상상도 못 했을 거야."

"무슨 말을 하고 싶은 거야?"

기이이잉—

의문을 표하는 세레스티아의 목소리를 묻어버리며 한쪽 벽이 통째로 열리기 시작한다.

그리고.

와아아아——!!!

함성이 터진다. 외부에서 봤을 때는 상상조차 못 했던 푸른색의 하늘, 끝이 보이지 않을 정도로 펼쳐진 금빛의 화원, 그리고 그 너머에 보이는 황금빛 성.

하지만 그런 것들이 문제가 아니었다.

"이건……."

"인사라도 해줘."

산만한 덩치의 백곰은 정말 재미있다는 듯 웃으며 우리를 돌아보았다. 그의 어깨 너머로 셀 수 없이 많은 우주선과 그보다 수천 배는 더 많은 가지각색의 외계인들의 모습이 보였다.

그가 말했다.

"온 우주에서 모여든 너의 팬들이다."

*　　★　　*

미움받아 본 적이 있는가?

사실 알고는 있었다. 자신이 열광하는 연예인이 결혼한다는데 팬들이 그걸 반기는 경우가 그리 흔할 리 없으니까. 그 둘이 정말 누구라도 인정할 수밖에 없는 이상적인 커플이거나, 혹은 그 연예인이 이미 나이가 많아서 '맞아, 우리 언니 이미 너무 늦었어' 라든가, '오빠, 홀아비 냄새 나요!' 뭐, 이런 말이 나오는 상황이 아닌 이상 반드시 거기에 반발하는 분위기가 되는 게 정상이다.

지구의 아이돌끼리 연애설만 터져도 그 팬들이 들불처럼 들고 일어나 상대방을 공격하거나 테러를 가하고 악플을 다는 일이 벌어진다. 과거 검증은 기본이고 소속사에 항의할 정도로 격하게 반응한다.

하물며 세레스티아는 젊고 생기발랄한 미모의 우주 아이돌.

팬들이 어떤 심정일지는 설명할 필요조차 없었다.

"무서워요……."

"피부가 따갑군… 우주선에서와는 전혀 다른 분위기야."

물론 알바트로스함에는 세레스티아의 팬이 많았다. 자국의 황녀가 우주 아이돌이라는 칭호가 붙을 정도로 전 우주에 이름을 퍼뜨렸으니 국민들이 그녀의 팬이 되는 건 너무나 자연스러운 흐름일 테니까. 그녀의 별칭이라고 할 수 있는 [별빛의 여왕]은 일종의 상징이나 마찬가지라 다른 연예인들과 비교하는 것 자체가 모욕일 정도로 커다란 의미를 가지고 있을 정도였다.

하지만 그렇다 하더라도, 알바트로스함의 승무원 전부가 그녀의 광팬인 것은 아니다. 음악에 별 관심이 없는 이들도 있고 아이돌 같은 걸 싫어하는 이도 있다. 혹은 좋아하긴 하는데 그리 몰입하지 않은 경우도 있다.

그리고 무엇보다 알바트로스함에서 나는 모두의 목숨을 구한 영웅이었다. 선내에 타고 있던 대부분의 승무원이 알게 모르게 부채 의식을 가지고 있는 상태였기 때문에 그녀와의 결혼 결정을 발표한 것이나 다름없는 상태에서도 별다른 고생을 하지 않았다. 좀 신경 쓰이는 수준, 딱 그 정도의 시선만을 받았다.

그러나… 전 우주에서 거르고 걸러진, 오직 그녀를 보겠다는 목적 하나로 머나먼 우주를 가로지른 세레스티아의 팬들에게 있어 나는 누구인가?

듣도 보도 못한 잡것.

그렇다. 그 듣도 보도 못한 잡것이 그들의 여왕을 차지했다.

쩌억―!

시야가 일그러진다. 알바트로스함의 드워프 소녀, 권혜란을 갈궈서 다시 받아낸 안경 형태의 마도병기 우자트가 깨지며 난 소리다.

"으아… 살기 때문에 안경에 금이 갔어요."

"유형화된 살기도 아니고 그저 순수한 살기일 뿐인데."

"과연 대우주. 빠돌이 수준이 지구와 차원이 다르네요."

태연한 표정과 목소리였지만 보람도, 동민도 식은땀을 줄줄 흘리고 있다. 그러다 문득 나를 보고 묻는다.

"그나저나 선배, 괜찮아요?"

"뭐가?"

"'뭐가?' 라니요. 당연히 살기죠. 공격 행위를 할 생각은 없 는지 기파를 싣지도 않았는데 안경이 깨질 정도라고요."

"그러고 보면 지나칠 정도로 멀쩡하군. 나는 살기의 여파만 으로 손이 떨리는데… 생각보다 의연한 성격이었어."

"이게 성격 정도로 해결될 문제예요?"

신기하다는 표정으로 수군거리는 둘의 목소리를 들으며 주 변을 둘러본다. 농담이 아니라 당장에라도 나를 찢어 죽이고 싶어 하는 게 완연히 느껴지는 시선이 폭풍우처럼 주변에 휘몰 아치고 있다. 분노, 질투, 짜증, 원망이 가득한 시선들.

'하지만 버틸 만하다는 게 문제야.'

나는 내 정신에 부정적인 영향을 끼치는 모든 간섭에 면역이다. 나를 납치한 비인들은 약물까지 쓰고도 내 정신에 간섭하는 데 실패했고 초월자의 눈까지 속일 수 있었던 신성의 파편조차 내 시선에서 벗어나지 못했다. 내가 무언가를 보거나 느낀 후 부정적인 영향을 받았다면 그건 [나 스스로]가 절망감이나 위압감을 느껴서 그런 것이지 내 정신 자체가 상대방에게 제압당해서가 아니라고 확언할 수 있을 정도로 내 정신 방벽은 완벽하다 할 수 있다.

그렇기에 지금처럼 단단히 마음먹고 나온 상황에서는 그 어떤 압박도 나에게 소용이 없다. 하물며 순수한 시선만으로 몰아치는 살기 정도는 간지럽지도 않은 수준. 나에게 피해를 주려면 달려와서 주먹으로 때려야지 고작 노려보는 걸로는 아무것도 할 수 없다.

쩌저적!!

"아, 나⋯⋯."

이제는 완전히 부서져 시야까지 가려 버리는 우자트를 그냥 벗어버렸다. 외부의 정보를 받아들이는 기능 때문에 더 민감한 건가? 하고 의아해하고 있을 때였다.

탁!

분위기가 돌변한다. 해일처럼 몰아치고 있던 살기의 파도가 마치 모세를 만나 갈라지는 것처럼 사방으로 흩어져 사라진다. 살기에 고통받지는 않아도 그 존재 자체는 감지할 수 있었기에 그 과정을 너무나 선명히 느낄 수 있었다.

"이건 무슨 난장판이야? 괜찮아?"

세레스티아가 내 오른팔을 안아 들자 그녀의 슬림한 몸매가 의심 갈 정도로 풍만한 감촉이 상박에 와 닿는다. 심지어 그녀는 그냥 나에게 말을 건 것이 아니라, 그 숨결이 느껴질 정도로 밀착해 내 귓가에 속삭였다.

쿠오오오오오—!!

살기가 휘몰아친다!!

"야… 왜 쓸데없이 자극하고 그래."

"어머, 결혼을 약속한 연인을 살짝 안은 게 무슨 자극이야?"

답지 않게 예쁜 척을 하며 더욱 찰싹 들러붙는다. 나도 인간이고 또 남자인지라 솔직히 싫지는 않았는데… 문제는 그걸 수천 명의 팬이 실시간으로 목도하며 살기를 피워 올리고 있다는 점이다.

'이것 참, 이렇게나 다양한 종류의 외계인들에게 미움받는 날이 올 줄이야.'

거대한 광장에 모인 팬 중 인간은 약 30~40%에 불과하다. 바꿔 말하자면, 세레스티아의 팬 중 절반이 넘는 숫자가 인간 외의 존재라는 뜻.

사실 이건 상상하지 못한 경우다.

전 우주에 존재하는 지성체의 70%가 인간형이라는 문제 때문만은 아니다. 단지 확률의 문제였다면 그냥 가까운 은하에 존재하는 외계인들이 대부분 인간의 형태가 아니라고 생각하면 그만이니까.

그러나 여기 모인 이들은 랜덤한 조건에 따라 모인 것이 아니다. 그들은 세레스티아에게 열광하는, 일종의 팬클럽 같은 게 아닌가?

'어째서… 인간 미소녀인 세레스티아의 팬 중 인간의 비율이 이리 낮은 거지?'

비인들을 이끌던 대주술사 모르네는 세레스티아와 결혼하라는 청원의 협박에 진심으로 혐오감을 보였다. 세레스티아는 빛나는 외모의 소유자이지만, 그런 미모 따윈 심미안 자체가 다른 상대에게 먼지만큼의 가치도 없기 때문이다. 최고의 미모를 가진 하마 암컷을 인간이 성적인 대상으로 볼 리 만무하듯 그 역시 세레스티아를 전혀 성적인 대상으로 보지 않았던 것.

그런데 지금 분위기를 보니 그때와는 상황이 다르다.

'설마 세레스티아의 미모가 어느 정도 통용되는 종족들이 있는 건가? 종이 달라도 인간이 고양이를 귀여워할 수 있는 것처럼?'

그렇게 의문을 떠올리고 있을 때였다.

"잠깐―! 잠시만요―!"

팬클럽(?) 사이에서 웅성웅성 소란이 일더니 그들을 헤치고 한 무리의 인파가 우리를 향해 다가온다. 턱시도를 입은 금발의 사내가 이끌고 있는 그들은 전원 인간으로 이루어져 있다.

"황성에 오신 것을 환영합니다, 2황녀님. 꼭 3년 만이군요."

"그러게. 오랜만이야, 렉스. 그래도 오늘은 말을 높여주는구나."

"하, 하하. 무, 무슨 말씀을……."

전체적으로 미끈미끈한 인상의 미남이 입술 끝을 파르르 떨며 고개를 숙인다. 아무래도 그는 수없이 많은 외계인―그것도 그녀의 열렬한 팬들—에게 둘러싸여 세레스티아를 마주해야 하는 상황이 몹시 불편한 모양이었다.

"누구야?"

"시종장이야. 황실의 대소사를 관리하지."

"렉스 발렌타인 백작이오."

세레스티아와 대화를 나눌 때와는 사뭇 다른 톤의 목소리로 자신을 소개한다. 세레스티아의 눈썹이 꿈틀거렸다.

"예의를 지켜, 렉스. 그는 내 남편감이야."

"아직 결정된 일은 아닙니다."

"결정된 일이 아니다? 지금 이 문제를 나 말고 결정할 사람이 있나?"

"황녀님… 그건 이런 곳에서 꺼낼 화제가 아닙니다."

"아니면? 아무도 못 보는 밀실에서 겁박당하며 꺼낼 화제인가?"

"그건."

렉스는 전체적으로 띠꺼운 세레스티아의 태도에 쩔쩔맸다. 뒷배가 없는 세레스티아는 레온하르트 황실에서 그리 대접받는 위치가 아니지만… 미치지 않은 이상 그녀의 팬클럽 한가운데에서 그녀를 겁박할 수는 없다. [별빛의 여왕]이 레온하르트 황실에게 핍박받고 있다는 것을 전 우주에 소문낼 생각이 아니라면 말이다.

'아니, 그걸 떠나서… 애초에 어떻게 이런 구도가 마련된 거지?'

온 우주에서 그녀의 팬들이 모였다고 해도 그들을 전부 황실에 데려올 이유는 어디에도 없다. 지금 분위기를 보니 오히려 그들은 여기 모여든 팬들을 불편해하는 것 같은데 그렇다면 그들이 세레스티아를 만나는 상황을 막는 게 오히려 정상적인 상황,

그러나 황실은 그러지 않았다.

'아니, 이 경우에는 '그러지 못했다' 라는 게 합리적인 판단이겠지.'

레온하르트 황실에서도 원로 대우를 받는 볼티몬조차 세레스티아의 광팬이었을 정도니 분명 황실 내부에 그녀의 팬이 더 존재할 것이다. 하물며 국민들은? 세레스티아는 레온하르트 제국을 넘어 전 우주에 이름을 떨친 대스타니 그녀를 자랑스러워하는 이들이 많은 게 당연하다.

대충 상황이 파악되기 시작한다.

한국에는 독보적인 클래스를 가진, 그러니까 자국 내에서 [국민 MC]나 [국민 여동생], 혹은 [월드 스타] 같은 호칭을 공인받은 연예인들이 있다.

당연하지만 이들은 아무런 권력이 없다. 엄밀하게 말하면 이들은 그냥 돈 좀 많고 유명한 일반인에 불과하다.

그러나 만약⋯ 정부에서 그들을 불합리한 이유로 탄압한다면 어떻게 될까? 절대 납득할 수 없는 이유로 그, 혹은 그녀를 파멸로 몰아간다면?

하물며 세레스티아는 레온하르트 제국 내에서 저 세 명을 다 합친 것이나 다름없는, 거기에 [황녀]라는 혈통까지 지닌 완전체.

그리고 무엇보다.

'우주에서 모여들었다는 이 팬들… 심상치가 않다. 이건 힘으로 강압해서 쫓아낼 수 있는 수준이 아냐.'

다른 황족과 그들을 지원하고 있는 귀족들 입장에서는 그야말로 뒤통수를 얻어맞은 격이다. 그 누구도 갑자기 그녀에게 이런 지지 세력이 생길 거라고 예상치 못했을 것이다.

"어, 어쨌든 자세한 이야기는 들어가서 하겠습니다."

"싫은데?"

세레스티아는 장난스럽게 대꾸했지만 렉스는 못 들은 척 자신을 따라온 금빛 갑주의 기사들을 바라보았다.

"황녀님을 모셔라!"

"예!"

십여 명의 기사가 동시에 대답하고는 세레스티아를 향해 다가온다. 그러나 그들의 앞을 천현일 소장이 막아선다.

"이런, 이런. 납치야?"

"…당신은 황실의 행사에 간섭할 수 없소, 천현일 소장. 황실과의 계약을 위반할 생각이오?"

"물론 그럴 수는 없지. 나는 그녀와 매우 매우 깊은 친분을 가진 사이지만 내 모든 걸 다 바칠 정도는 아니거든."

현일의 대답에 렉스의 표정이 밝아진다.

"그렇다면."

"하지만."

피식 웃으며 현일이 턱짓으로 그의 뒤를 가리켰다.

"과연 저 녀석도 그럴까?"

저벅.

한 걸음 내디딘다. 나는 보지 못했음에도 그 장면을 선명하게 그려낼 수 있었다. 너무나 강대한 존재감이 약간은 어수선하던 주변 분위기를 단숨에 짓눌러 정적이 찾아오게 만들었다.

"착각이겠지만."

묵직한 목소리로 검은 머리칼의 사나이가 말한다.

"지금 마치 여왕님을 끌고 가려는 것처럼 보이는군."

그는 훤칠한 키에 검은 장발을 허리까지 늘어뜨린 미남자였는데 그 분위기가 매우 진중하고 무겁다. 검은 머리칼은 마치 흐릿한 햇빛 아래의 음영(陰影)처럼 일렁이고 그 어둠 너머로 언뜻언뜻 수없이 많은 별과 은하의 모습이 비친다.

그는 인간의 모습을 하고 있었지만 인간이 아니었다. 나는 그의 인간형 너머로 그의 진실한 모습을 볼 수 있었다.

그것은 거대한 용(龍).

나는 그 안에 내재된 거대한 그림자를 발견하고 그 이름을 읊조렸다.

"쉐도우 드래곤(Shadow Dragon)."

내 말을 들은 렉스의 표정이 굳는다.

"노블레스……."

그것은 태어날 때부터 특별한 힘을 가지고 태어나는 초월종(超越種)을 지칭하는 단어이다. 우주를 지배한다고까지 일컬어지는 [연합]을 지탱하는 두 기둥 중 하나인 노블레스는 단체로서든 개체로서든 절대로 무시할 수 없는 존재. 하물며 그 중 용종이라면 단지 태어나 나이를 먹는 것만으로 초월지경에 오르는 무시무시한 존재들이다.

"당신은 누구죠?"

아무래도 세레스티아 역시 그를 보는 건 처음인 듯 의문을 표한다. 그런데 그런 그녀의 말에 무시무시한 존재감을 뿜어내던 그가 고개를 숙였다.

"말을 낮추십시오, 여왕님. 저는 당신의 검. 평소처럼 대해 주시면 됩니다."

"평소처럼이라니, 그게 무……."

알 수 없다는 표정으로 반문하려다가 멈칫한다.

"당신의 검? 너 설마……?"

"네. 제2대 별빛기사단장 어둑서니입니다. 지금까지처럼 어둑이라고 불러주시면 됩니다."

아무래도 아는 사이인 모양이었지만 자세한 사정을 알 수 없어 현일을 돌아본다.

"별빛기사단장은 또 뭐예요?"

"뭐긴 뭐야, 별빛기사단의 단장이지."

성의 없는 답변에 눈살을 찌푸린다.

"무슨 답변을 그렇게… 그럼 별빛기사단은 뭔데요?"

"팬클럽 이름."

"……."

뭔가 무력 단체 같은 건 줄 알았다가 기막혀 할 말을 잊는다. 아니, 아무리 그래도 그렇지 그림자 용, 쉐도우 드래곤이 팬클럽 회장이라고?

'아니, 이게 무슨 아이돌 팬미팅에 UN 사무총장 찾아오는 소리야!'

다행인지 불행인지 기막혀하는 건 나뿐이 아닌 것 같았다.

"아니, 이게 무슨 소리야. 어둑이 네가 노블레스였다고? 내가 팬 사이트 관리를 노블레스한테 시켰단 말이야?"

"기뻐서 한 일이니 찝찝해하실 필요 없습니다."

"아니, 아무리 그래도… 하, 오라는 대원들은 안 오고 웬 그림자 용."

절레절레 고개를 흔드는 그녀의 모습을 뒤쪽으로 밀려난 렉스가 초조한 얼굴로 보고 있다. 그는 잠시 어둑서니의 눈치를 살피다가 세레스티아를 보며 말했다.

"황녀님… 설마 외세를 끌어들이실 생각입니까?"

아무래도 상당히 위험하게 몰아갈 수 있는 이야기를 꺼내 압박해 보려는 모양이었지만 세레스티아는 눈썹 하나 까딱하지 않는다.

"그냥 팬클럽이 모인 거지 외세는 무슨. 어둑서니."

"예, 황녀님."

고개를 돌려 바라보자 다시 예를 갖춘다. 명색이 노블레스라는 녀석이 여왕님, 여왕님 하면서 떠드는 것도 그렇지만 자신의 팬클럽 회장이 노블레스라는 게 밝혀졌는데 잠깐 놀랐을 뿐 금세 말을 놓아버리는 세레스티아도 보통은 아니다.

'그런데 지금 노블레스가 내 근처에 있는 건 좀 위험하지 않나?'

현재 나를 지켜주고 있는 하와는 연합의 대적(大敵)이라 불리는 리전의 수장이고 노블레스는 그 연합의 중심 세력이다.

물론 상급 이상의 신, 언터쳐블은 그 이름 그대로 함부로 건

드릴 수 없는 존재이기에 그녀를 방치한다 해도 잘못은 아니다. 보고하지 않은 것 또한, 상대를 강제할 수 있는 그녀의 힘을 생각했을 때 변명할 여지는 얼마든지 있으니 별다른 문제는 되지 않을 것이라고 했다.

'하지만 대놓고 노블레스와 접촉해도 괜찮은 건가?'

그러나 내가 그런 고민을 하는 걸 아는지 모르는지 세레스티아는 제법 친숙한 태도로 어둑서니와 대화를 나누고 있다.

"혹시 내가 결혼할 거라는 사실을 들었어?"

"예. 여왕님께서 위험하다는 소식을 듣고 날아오다 통합망에 올라온 정보를 접하게 되었죠. 여기 이렇게 많은 이가 모여든 이유는 물론 여왕님의 위험 때문이기도 하지만… 동시에 결혼 소식 때문인 이도 많습니다. 저기에 모인 단원 중에는 테딘 은하 출신도 있지요."

"…그 먼 데서?"

"예. 결혼 소식을 듣자마자 모든 걸 내팽개치고 왔더군요. 사실 여기 있는 인원도 아직 다 모인 것은 아닙니다."

차분한 설명에 세레스티아가 어깨를 으쓱인다.

"활동도 고작 1년밖에 안 했는데 말이야."

"그 1년이야말로 저희가 가장 행복했던 시기지요."

정중한 어둑서니의 목소리에 세레스티아가 고개를 절레절레 흔들었다. 그리고 그러다 무슨 생각이 들었는지 다시 묻는다.

"반응은 어때?"

"반응 말입니까?"

"그래. 내가 결혼한다는 소식을 들은 팬들의 반응."

눈을 반짝이는 그녀의 모습에 내심 투덜거린다.

'그걸 질문이라고 하냐?'

그녀가 옆에 다가온 이후로는 살기가 직접적으로 쏘아지지는 못하고 있는 상황이다. 아무래도 그녀에게 먼지만큼의 피해도 주고 싶지 않은 모양이니까.

그러나 불길이란 게 꼭 이쪽으로 덮쳐야만 무서운 것이 아니라는 것을 알았다. 그녀는 방화벽에 막혀 넘어오지 못하고 있지만, 저 멀리서 활활 타고 있는 살기를 보는 것만으로 기가 질릴 정도인 것.

농담이 아니라 이글이글 끓어오르는 살기 때문에 팬들의 위쪽 공간이 일그러져 보인다.

"좋지 않습니다. 감히 여왕께 어울릴 반려가 없다고 생각하는 것들이라."

"그럼 넌 어때? 내가 결혼할 거라는 사실에 실망감을 느꼈어?"

"물론입니다. 혹시라도 외부의 강압 같은 것 때문에 벌어진 일이라면 그를 죽여 버리겠다고 결심했죠."

아무런 표정 변화 없이 차분한 목소리로 말하지만 그 내용은 실로 살벌. 그러나 세레스티아는 당황하지 않고 웃으며 말했다.

"그래서 지금 그를 본 판단은?"

"…제가 오만했습니다. 제가 제 잣대로 함부로 여왕님의 눈을 판단했군요."

그렇게 말하며 새까만 눈으로 나를 응시한다. 어둠조차 빨아들일 것 같은 그의 눈동자를 마주하는 순간, 나는 그것만으로도 진 것 같은 기분이 들었다.

'아, 드럽게 잘생겼네.'

나도 그렇게 못난 얼굴은 아니다. 키도 제법 훤칠한 편이고 이목구비도 뚜렷해서 옷만 잘 차려입는다면 충분히 훈남의 영역을 노려볼 수 있는 수준이니까.

그러나… 내 앞에 있는 이 그림자 용은 옷을 잘 차려입는 게 아니라 어디서 주운 넝마 같은 걸 대충 걸쳐도 빛이 나는 외모다. 일반인 중에서 준수한 수준에 불과한 나와는 감히 비교조차 할 수 없었다.

"흐응~ 그렇단 말이지."

그리고 그렇게 말하며 나를 바라보는 세레스티아는 그런 그보다도 더 돋보이는 외모의 소유자. 이 빛나듯 아름다워 보이는 선남선녀가 마주하고 있으니 나 같은 오징어는 어디 구석에 박혀 있어야 할 것 같은 기분이었다.

솔직히 척 봐도 이 둘이 커플이지 세상 누가 거기에 나를 가져다 댈 생각을 하겠는가? 아마 그녀와 내가 같이 걸어도 커플로 안 보이고 연예인과 그녀를 보조하는 매니저 정도로 보일 것이다.

와락.

"뭐야?"

그런데 그때 잠시 떨어졌던 세레스티아가 다시 내 팔을 껴안는다. 난데없는 행동에 의문을 표했지만 그녀는 신경 쓰지 않고 어둑서니에게 말했다.

"우리를 위로 올려줘."

"명령대로."

대답과 동시에 발밑의 그림자가 벌떡 일어나더니 우리의 몸이 수십 미터나 치솟았다. 신기한 건 이렇게나 급작스럽게 움직이는데도 몸에 걸리는 부하가 전혀 없다는 점이다.

"아아."

여전히 내 팔을 껴안고 있는 세레스티아가 가볍게 목을 푼다. 그리고 그러자 그녀의 기운이 주변과 공명하기 시작한다.

[오랜만이야. 왜 이렇게들 몰려왔어?]

마치 귓가에 속삭이는 것 같은 소리다. 그리고 그 소리를 들은 건 나뿐이 아닌 듯 잠시 침묵을 지키던 팬들이 떠들기 시작한다.

"여왕님을 지키러 왔습니다!"

"여왕님, 보고 싶었어요!"

"군인 같은 거 하지 마요!!"

"진짜 결혼하는 거 아니죠?!"

엄청난 소란이다. 귀가 멍멍해질 정도의 외침에 세레스티아가 답한다.

[마음은 고맙지만.]

거기서 슬쩍 나를 바라보더니 다시 말을 이었다.

[너무 늦었어, 이것들아! 난 이미 위험에서 탈출했거든! 그리

고 3일 뒤에 결혼할 거야!]

폭탄선언에 양동이로 물을 끼얹은 것 같은 침묵이 내려앉는다. 잠시 멍하니 허공을 바라보던 시선들이 이내 그녀에게 안겨 있는 나에게로 향한다.

미움받아 본 적이 있는가?

쿠오오오오—

지금 난.

내 인생에 받을 모든 미움을 몰아 받고 있다.

"아니, 이런… 흡!"

심지어 나는 그 상황을 따지지도 못했다. 내 팔을 안고 있던 세레스티아가 가볍게 내 몸을 기울여 버렸기 때문이다.

정신 차리고 보니 어느새 내 시야 가득히 그녀의 파란 눈동자가 들어차 있었다.

'아.'

홀린 듯 그녀의 푸른 눈동자를 바라본다. 바다 같은 눈동자라는 직유는 많이 들어보았지만 그녀만큼 그 말이 잘 어울리는 눈동자는 본 적이 없다.

나는 그녀를 밀쳐내지 못했다. 그녀의 팬들이 가득한 상황에서 그녀를 밀치면 일이 더 커질 거라는 위기감 때문만은 아니다. 입술에 와 닿는 감촉, 내 목을 감고 있는 그녀의 팔, 숨결, 심장 소리. 그 모든 것이 내 움직임을 막았다.

'한심하군. 그녀가 나에게 마음이 없다는 걸 알면서도……'

한시적으로나마 부부가 되었지만 우리는 서로서로 너무나

잘 알고 있다.

우리에게는 연애 감정이라는 것이 없다.

물론 내가 그녀를 보고 흔들린 것을 인정한다. 그것은 사실이다. 하지만 그렇다 하더라도 그것은 감정의 교류나 떨림이 아닌, 그저 단순한 발정에 불과했다.

'게다가 그녀는 내가 피해야 할 모든 요소를 다 가진 존재야.'

그리고 무엇보다 그녀는 보통 여자가 아니다. 아름답고, 빛나며 무엇보다 야망을 가슴에 품은 이 소녀는 평범한 삶을 살았으며, 또 그렇게 살길 원하는 나에게 없는 치열함이라는 게 있었으니까.

그녀가 구체적으로 나에게 털어놓은 적은 없지만, 나는 그것을 너무나 확연하게 느낄 수 있다. 그녀는 나와 함께할 수 없는 삶의 방식을 가지고 있다.

'계약이야. 명심하자. 선을 넘는 순간 망하는 거야.'

거듭 다짐하며 조심스레 그녀와 떨어진다. 이런 상황은 그녀로서도 흔치 않은지 약간은 상기된 볼이 보인다.

나는 그녀의 숨결이 느껴질 정도로 가까운 거리에서 속삭였다.

"이 바보야, 날 죽일 셈이냐?"

"흐응? 어째서 그런 생각을 한 거야?"

"어째서라니, 지금 네 팬들이."

그러나 그 순간.

환호성이 터져 나왔다.

"멋지다, 여왕!"

"다시 한 번 반하겠어!"

"여왕님――――!!"

엄청난 환호성에 귀가 멍멍하다. 나는 어이가 없어서 주변을 둘러보았다.

'뭐여, 대체.'

도대체 어떤 사고의 흐름으로 여기서 환호성이 터지는 건지 이해할 수가 없다. 설마 세레스티아는 이 반응을 예상하고 일을 벌인 건가?

[어디 가지 말고 기다리다가 결혼식 참석해라!]

이어지는 그 말에 모두가 '예, 여왕님!' 하고 복창한다. 모두가 저러니 저들이 이상한 건지 내가 이상한 건지를 모르겠다.

"이것 참."

어쨌거나 단숨에 변한 상황에 헛웃음 짓는다. 우리를 떠받치고 있던 그림자는 어느새 그 크기를 줄여 우리를 바닥에 내려놓았다.

―즐거운가?

그리고 그때.

―행복한가?

[나]에게 말을 거는 존재가 있었다.

끼이이이익―!

순간 칠판을 손톱으로 긁는 듯 거슬리는 소리가 세상을 뒤덮었다. 환호하고 있던 세레스티아의 팬들이 당황해 두리번거리기 시작하고 한결같이 차분하던 분위기의 그림자 용 어둑서니조차 놀란 표정을 짓는다.

―즐거운가? 행복한가? 그분의 피를 가지고 인간의 환호성 사이에 있는가?

파란색 하늘이 찢어발겨지고 그 틈 사이로 거대한 눈동자가 모습을 드러낸다. 상대가 눈동자만으로 이루어진 존재라는 말이 아니다. 그 틈 사이로 나타난 존재가 너무나 커서 하늘 가득히 보이는 것은 오직 그의 눈동자뿐이었다.

"이, 이게 뭐야?!"

"막… 크악?!"

"살려줘!"

땅이 한 차례 출렁이더니 온갖 금속으로 이루어진 거대한 팔이 만들어져 사방을 휩쓸기 시작한다. 우주 곳곳에서 모여든 만큼 광장에 모여 있던 이들 대부분이 강력한 능력자이거나 만만치 않은 개인화기를 가지고 있었지만, 그중 누구도 그 거대한 팔을 막아서지 못하고 학살당한다. 환호로 가득하던 광장은 한순간에 피와 시체가 들어 찬 죽음의 공간이 되었다.

쿵!

그리고 그렇게 만들어진 공터 위로 [무언가]가 내려섰다.

그렇다. 그건 [무언가]라고밖에 표현할 말이 없었다. 마치 어린아이가 허공에 회색 크레파스를 죽죽 그어 그려낸 것처럼, 그 형태를 제대로 묘사할 수 없는 무언가가 우리를, 아니, 정확히는 그들 사이에 있는 나를 직시했다.

"아……."

엄청난 충격에 신음했다. 그저 마주하는 것만으로 마음이 흔들리고 정신이 아찔하다. 틀림없이 나는 모든 정신계 간섭에 면역일 텐데도, 그를 보는 순간 온갖 공포가 떠올라 무너져 내릴 것만 같았다.

미움받아 본 적 있는가?

―드디어 만났군.

온 세상의 미움과 증오가 바로 거기에 있었다.

"물러서십시오, 여왕님!"

경고와 함께 어둑서니가 뛰쳐나간다. 그림자로 이루어진 그의 머리칼이 부풀어 올라 전신을 뒤덮더니 삽시간에 그 크기를 수십 배 이상 불린다.

[크르르르―――!!]

그림자로 이루어진 거대한 용이 나타나 포효한다. 100m는 되어 보이는 신장에 그 거대한 육체 전부를 실체화된 염(念)으로 둘러싼 그의 모습은 마치 살아 있는 재앙의 화신이라도 되는 것처럼 살벌하다.

사실 그림자 용이라 하면 용종 중에서도 가장 강력한 존재 중 하나다. 그림자로 이루어진 육신을 가지고 있기에 물리적인 피해에 면역이나 다름없는데 그 그림자에 담겨 있는 강력한 사념의 힘으로 인해 악의적인 영력에 저항하는 힘마저 가지고 있기 때문이다.

번식률이 너무 낮아 전 우주에서도 그 숫자가 많지 않지만 정상적인 과정을 거쳐 성장한 그림자 용은 성룡이 되는 것만으로 어지간한 고룡에 필적하는 능력을 가진다. 귀족을 넘어서 왕족에 가까운 종으로 용황족(Kaiser Dragon)의 핵심 세력이라 할 만한 힘을 가진 존재.

그러나 상대가 너무 안 좋았다.

―까불지 마라, 버러지!

강철의 팔이 휘둘러지자 그것만으로 그림자로 이루어진 날개가 뜯어지고 그 단면에서 폭포수 같은 암흑의 정수가 쏟아져 나온다. 더욱더 크게 몸을 키우고 있던 어둑서니는 단박에 쓰러져 바닥을 뒹굴었다.

그에게로부터 경악에 찬 고함 소리가 들린다.

[아담……!! 이렇게 전면에서 움직이다니 미쳤군! 드래고니안에서 이 일을 좌시하지 않을 것이다! 선계나 신계의 신들 역시 마찬가지고!]

물질계에서 직접 활동하지는 않지만 노블레스나 엘로힘에도 언터처블을 뛰어넘는 최상위급 초월자들이 존재한다. 죽음을 불러온다는 죽음의 용, 크롬 크루어히(Crom Cruach)나 전대 용신(龍神)으로 현재에는 마법의 신의 자리를 차지한 염룡(炎龍) 카인, 혹은 세계(世界)의 화신(化身)이라 불리는 지저스 슈퍼스타(Jesus Superstar)나 깨달은 자 붓다(Buddha)등이 그들이다.

그들은 자연법칙과 명리를 초월해 물질계를 떠난 존재이지만 우주적인 재앙이 발생할 시 종종 그 모습을 보이곤 했다. 물질계에 얼마 남지 않은 최상위급 초월자가 어느 선을 넘는다면 당연히 움직이겠지.

그러나 우주에 몇 남지 않은 최상급 초월자이자 우주를 지배하는 연합의 대적은 전신이 일그러질 정도로 기운을 폭발시키며 말했다.

—상관없어.

콰득! 하는 소리와 함께 그림자 용의 몸이 터져 나간다. 우리 뒤쪽에 서 있던 현일이 경악하며 우리 몸을 붙잡았다.

"물러서야… 컥?!"

새하얀 팔로 나와 세레스티아를 안았던 현일의 모습이 사라진다. 이어 쿵, 하는 소리에 고개를 돌려 보니 그가 우리 뒤편에 착륙해 있던 알바트로스함의 외벽에 박혀 있는 모습이 보인다. 이내 파편을 헤치고 나오는 그였지만, 제대로 움직이기는 힘들어 보인다.

"도망가요! 변신!"

"제기… 랄!!"

보람과 동민이 아담의 앞을 가로막는다. 당연한 말이지만, 문자 그대로 자살행위였다.

콰득! 퍽!

뼈 부러지는 소리와 함께 보람과 동민이 쓰러진다.

"안 돼! 도망쳐!"

"으아악!"

육신이 폭발하고 대지가 터져 나간다. 황성에 있는 온갖 기기가 뭉쳐 만들어진 걸로 파악되는 금속 손들이 휘둘러질 때마다 모든 것이 파괴된다. 심지어 그중 하나가 빛을 뿜어내자 저 뒤에 있던 황성의 절반 이상이 날아갔다. 황성에서 금빛 기운이 피어올라 그걸 막으려 했지만 역부족이다.

황실 안에서 대여섯 명의 초월자가 메뚜기처럼 튀어나왔지만 그들 역시 1분을 버티지 못하고 몰살당했다.

"맙… 소사."

세레스티아는 파괴되는 황실과 학살당하는 사람들의 모습에 망연자실한 표정을 지었다. 언제나 당당하던 그녀가 엄청난 충격을 받은 것으로 보였지만, 안타깝게도 그녀를 위로할 시간이 없다.

어느새 정신 차리고 보니 우리 일행을 제외한 모든 이가 시체가 되어 쓰러져 있었다.

'어라?'

그런데 순간 의문이 들었다.

'우리 일행만 살았다고?'

전투력으로 치자면 그림자 용 어둑서니가 아무래도 천현일 소장보다는 더 낫다. 그런데 아담과 마주한 어둑서니는 단박에 살해당한 반면 현일은 빈사 상태가 되었을 뿐 목숨이 위험해 보이지는 않는다.

"으으… 괜찮아요?"

"멀쩡하다."

그뿐인가. 바닥에 쓰러져 있던 보람과 동민이 일어선다. 부상을 입었지만 그리 심각하지 않은 수준. 당연한 말이지만 그게 그들의 능력이 뛰어나서이기 때문일 리는 없다.

'봐줬다고?'

그러나 이해할 수 없다. 나를 바라보고 있는 회색의 인영(人影)에게서 느껴지는 증오와 질투는 가슴이 먹먹해질 정도로 살벌하다. 그런데 그런 그가 어째서 나는 물론이고 내 주변 사람들만 골라서 해치지 않는다는 말인가?

"멈춰, 아담! 이미 늦었어!"

그리고 그렇게 주변 모든 것을 파괴한 아담의 앞을 하와가 막아선다. 어디서 나타나는지 보지도 못했다. 그냥 정신 차리고 보니 그녀가 앞에 있다.

―닥쳐.

"제발 진정해. 너도 알고 있잖아……."

―닥… 쳐!!

외침과 동시에 공간이 일그러진다. 내 앞에 서 있는 하와와 아담 사이의 공간이 막대한 힘의 충돌에 뒤틀리는 것.

그러나 그것도 잠시뿐이었다.

"꺄악—!!"

비명 소리와 함께 하와의 몸이 뒤쪽으로 튕겨 나간다.

그리고 우리 앞에 아담이 다가왔다.

끼이익—! 쿵!

사방을 돌아다니며 학살을 진행하던 수십 개의 금속 팔 역시 주변에 내려선다. 내 앞을 가로막듯 보람과 동민이 섰지만, 아담이 회색의 팔을 가볍게 내젓는 것만으로 좌우로 날아가 버렸다.

"하하… 이것 참."

그리고 그 모습에 세레스티아가 허탈한 웃음을 흘린다.

"죽어도 이루겠다는 각오를 세우고 치열하게 살았는데… 이런 허탈한 결말이라니."

퍽!

마지막으로 그녀 역시 수십 미터나 날아가 바닥을 뒹군다. 가차 없는 공격이었지만, 나는 날아가 쓰러진 세레스티아의 몸이 움찔움찔 떨리는 것을 보았다.

'착각이 아니야. 죽이지 않고 있어.'

나와 친분이 있는 모든 이가 죽지 않고 살아 있다. 천현일 소장도, 동민도, 보람도, 심지어 황성이 거의 다 파괴된 상태에서도 알바트로스함은 어느 정도 무사하다.

'하지만 왜? 나에게 더 큰 고통을 주려고?'

쾅!!!

순간 내 양옆으로 강철의 주먹이 떨어져 내린다. 몰아치는 풍압으로 비틀거리다 주저앉는다.

—어째서.

다시 쾅, 하고 폭음이 인다. 강철 주먹이 내 주위 바닥을 후려치고 있다.

—어째서!

주위의 모든 것이 모조리 파괴되기 시작한다. 강철 주먹이 휘둘러지면 그 어떤 것도 버티지 못한다. 그림자 용인 어둑서니의 육체까지 단번에 파괴되었다는 걸 생각해 보면, 잔뜩 만들어진 저 강철 손들에 뭔가 특별한 힘이 깃들어 있는 모양이다.

쾅!

다시금 바닥을 내려친다. 그러나 결과적으로, 그는 나에게 그 어떤 피해도 입히지 않았다.

"…이봐?"

그리고 그사이 어떻게든 그가 뿜어내는 악의에 적응해 그를 마주 본다. 마치 허공에 회색 크레파스를 직직 그어 만든 것 같은 모습을 하고 있는 그가 새빨갛게 타오르는 눈으로 나를 노려보고 있다.

—네가 밉다.

원망과 증오, 질투와 혼란이 느껴진다. 모든 것을 초월한 최상급 신이 아니라, 울며 방황하는 아이 같은 감정의 폭풍이다.

—네가 밉다.

토해내는 것 같은 목소리. 그리고 그것을 마지막으로 그의 모습이 사라지고.

끼리리릭—!

사방으로 튕겨 나갔던 보람과 동민이 날아와 내 앞으로 선다. 어느새 옆에는 세레스티아가 서 있다. 알바트로스함을 부수며 박혔던 천현일 소장도 제자리로 돌아오고, 부서지고, 박살 나고, 온몸이 뜯겨 죽어 나갔던 사람들이 멀쩡한 모습으로 일어나기 시작한다.

파괴된 황성이 복구되고 튀쳐나왔던 초월자들은 안으로 돌아갔다. 강처럼 흐르던 핏물이 사라지고 찢어졌던 하늘 역시 파란 하늘로 돌아간다.

"이런… 미친……."

신음한다.

시간이——

뒤로 돌아가고 있었다.

"대하야"

망연자실해 서 있다. 아담이 벌인 끔찍한 참상과 힘도 무서웠지만, 시간까지 돌릴 수 있을 줄은 몰랐다.

"대하야?"

어느새 주변은 아담이 나타나기 전 상황으로 되돌아와 있었다. 비명을 내지르며 죽어갔던 사람들이 아무것도 모른다는 표정으로 환호를 내뱉고 있다.

'초월적인 힘 앞에서 모든 것이 무의미하군.'

허탈함이 밀려온다. 인간이 만든 제국, 문명, 세력, 그 모든 것은 초월적인 힘 앞에서 아무런 소용이 없다는 것을 두 눈으로 직접 봤기 때문이다. 이론적으로야 예전부터 그들의 힘을 알고 있었지만, 실제로 그들이 장난처럼 제국 클래스의 국가를 파괴하고 또 복구하는 모습을 보니 일순간 힘이 쭉 빠질 정도다.

"너… 기분 많이 나빠?"

"음?"

느닷없는 말에 고개를 돌린다. 거기에는 평소와 다르게 약간 시무룩해 보이는 표정의 세레스티아가 있었다.

그녀가 사과한다.

"미안. 내가 지나쳤어. 사람들이 다 똑같은 건 아닌데… 너무 일방적으로 밀어붙였나 봐."

"음? 엉?"

순간 그녀의 말을 따라가지 못하고 의아해하자 마침내 세레스티아가 울상을 짓는다.

"그, 그렇게 싫었어?"

그녀의 말에 나는 그제야 그녀가 나에게 한 입맞춤과 사람들 앞에서의 결혼 발표 이야기를 한다는 것을 알았다.

'아무래도 내 태도 때문인 모양이군. 헤롱헤롱하고 있었으면 상황이 좀 달랐겠어.'

그러나 나는 정색한 채 심각한 분위기를 풍기고 있었고—아담 때문이지만—아무래도 그녀는 그 모습에 실수했다는 생각을 떠올린 모양이다.

"흠, 뭐, 괜찮아. 좋기도 했고."

"그, 그렇지? 막 설레고 그랬지?"

"응."

"조, 좋아! 그러면……."

"그래도."

다시 살아나는 그녀를 보며 말한다.

"다음부터는 상의하고 해. 너무 제멋대로야."

"…네."

웬일로 고분고분한 모습이 제법 귀여웠지만 머릿속이 복잡하다.

'하지만.'

아담의 모습을 떠올린다.

'왜 그냥 간 돌아간 거지?'

나를 적대하는 거야 뭐 이해할 수도 있다. 이왕이면 서로 친해지는 게 더 좋겠지만 이미 자신이 리전을 이끌고 있는데 아버지의 다른 자식이 나타나면 싫어할 수도 있는 일 아닌가?

하지만 와서, 온갖 부담을 다 감수하고 이렇게 깽판을 쳤는데 그냥 돌아간다니.

'대체 어째서?'

그러나 그 누구도 나에게 대답해 주지 않는다.

"하아… 하아……."

세레스티아의 수많은 팬 사이에 검은 머리칼의 소녀가 주저 앉아 있다. 창백하게 질린 표정이 꽤 심상치 않았지만, 어쩐 일 인지 주위에 있는 그 누구도 그녀를 인식하지 못하는 상태.

그런데 주저앉아 있는 소녀, 하와의 앞으로 다가선 노인이 있었다.

"두 번째 경고다."

새하얀 머리칼과 수염을 가진 훤칠한 키의 노인은 몸에 착 달라붙는 턱시도를 입고 있다. 그런 그의 손에는 근사한 디자 인의 회중시계가 들려 있었는데, 그 시계의 시침과 분침이 비 정상적일 정도로 빠르게 돌고 있었다.

"왜 나한테 와서 지랄이야. 아담한테 꺼져."

"지금은 말해도 알아들을 정신이 아니더군. 꼴을 보니 오히 려 덤벼들지 않으면 다행인 느낌이라 너한테 온 거지. 이게 얼 마나 큰 배려인 줄 알지?"

"……."

그의 말은 틀림없이 사실이었기에 하와는 고개를 끄덕였다. 그리고 그런 그녀의 모습이 만족스럽다는 듯 노인이 웃는다.

"시간을 돌리는 것 자체를 뭐라고 하는 게 아니다. 그건 있 을 수 있는 일이지. 그러나… 쓸데없이 운명의 흐름을 뒤흔들 지 마라. 신계의 눈치를 보는 건 이해하지만 혹시라도 세 번째 경고를 받게 된다면."

딸깍하는 소리와 함께 회중시계를 닫은 노인이 그녀를 바라보았다.

"그때는 시계가 아니라 낫을 든 내 모습을 보게 될 것이다."

그 말을 마지막으로 그가 사라진다. 하와는 입술을 깨물었다.

"아담⋯⋯."

＊　✦　＊

지구 주위를 돌고 있는 달의 크기는 지구의 1/4에 달한다. 사실 지구의 크기에 비해 너무나 큰 위성인 달은 스스로 빛나지는 못해도 태양의 빛을 반사해 지상에 자신의 존재를 선명히 드러내 왔다.

때문에 달은 수많은 사람에게 소망의 대상이 되었으며 온갖 문화의 중심이 되었다. 시인과 문인들이 달을 소재로 노래했고 연인들은 달을 보며 사랑을 약속했다.

그런데 레온하르트 황제가 태어난 제13지구에는 달이 없다.

심지어 있다가 없어진 게 아니라 원래부터 없었다고 한다. 100개의 지구는 모두 흡사한 모습을 가지고 있으면서도 분명한 차이 역시 있었는데 13지구의 경우에는 달의 존재가 바로 그것이었던 것이다.

그리고 그런 13지구에 황금사자신의 골든 로즈(Golden rose)가 생겨났다.

레온하르트 황실의 황성이기도 한 골든 로즈는 달과 비슷한 크기를 가지고 있었지만 달보다 훨씬 더 지구에 가깝게 위치해

지면에서 보면 우리가 알고 있는 달보다 십수 배 이상 크고 선명한 모습을 보인다고 한다.

말하자면 밤중에 하늘을 올려다보면 선명하고 환한 금빛의 장미가 그 존재를 뚜렷하게 과시한다는 뜻.

그렇기에… 지구에서 그 거대한 황금 장미를 올려다보며 자란 이들은 그곳에 경외와 동경을 함께 품으며 성장한다. 레온하르트 제국의 황성에 발을 들이는 건, 지구에서 태어난 거의 대부분의 제국민이 평생 가지는 꿈이라고 할 수 있을 정도.

그러나.

'불편해… 불편하다구……'

온갖 음식들이 화려하게 펼쳐져 있다. 개중에는 산적, 불고기, 초밥, 칠면조 구이, 온갖 전이나 만두처럼 내가 아는 음식들도 있었지만 대부분 듣도 보도 못한, 나로서는 그 종류조차 제대로 알 수 없는 희귀한 음식들이다.

'아, 물론 칭호를 보면 알지만… 으, 이게 아니라.'

현실을 외면하려는 정신을 가다듬는다.

내 앞에 늘어져 있는 진수성찬은 살면서 단 한 번도 마주한 적이 없을 정도로 호화스러웠지만 그걸 마주한 나는 절대 식사를 즐길 수가 없다. 포크와 나이프를 움직이고는 있는데 그렇게 잘라낸 음식들이 입으로 들어가는지 코로 들어가는지도 모르겠다.

달그락달그락.

넓은 식당에 오직 식기 소리만이 가득하다.

식탁에는 세 남녀가 앉아 있다. 그중 하나는 어울리지 않게 정장을 입고 있는 나였고 또 한 명은 화사한 디자인의 드레스를 입어 눈부시게 빛나는 세레스티아, 그리고 마지막은.

'제기랄.'

마학과 무학을 초월경까지 단련한 강자.

황금사자신의 신혈을 각성하여 8개의 권능을 일깨운 신족.

현 레온하르트 제국의 황제.

그리고… 나의 장인어른.

'당연히 이런 상황을 예상했어야 하는데……. 나는 저능아인가??'

한탄한다. 환한 금발에 시원시원한 외모를 가진, 세레스티아의 아빠가 아니라 오빠로밖에 안 보이는 사내와 식사를 하는 이 상황 때문이다.

황당하게도 여기에 들어와 식사를 다 끝내가는 지금까지 그와 단 한마디의 대화도 나누지 못했다. 처음 의자에 앉았을 때 세레스티아가 '이 사람이에요'라고 말한 이후 계속해서 이 상황이라서 진수성찬이고 나발이고 다 얹힐 것 같다.

"놀랍군."

그가 식사를 시작한 지 장장 한 시간—더럽게 느긋하게 먹는다!—만에 꺼낸 한마디였다.

"그렇죠?"

"그래. 대체… 대체 이런 녀석을 어디서 발견한 거지?"

"34지구에서요. 우연히 관광을 가서 만났죠."

세레스티아의 말에 황제가 어이없다는 표정으로 고개를 흔들었다.

"하, 정말이지… 믿기 힘든 행운이구나."

"제가 좀 천운을 타고나긴 했죠."

뻐기는 듯한 세레스티아의 목소리에 뭔가 대화의 방향이 이상하다는 것을 깨닫고 고개를 갸웃거린다. 왜냐하면 난 당연히 그가 '이 결혼 절대 용납 못 해!'라고 고함을 지르고 거기에 맞선 세레스티아가 '시끄러워요! 내 인생에 왜 아빠가 참견이에요?!'라고 반항하면 '뭐야?!' 하는 분노와 함께 개판이 펼쳐질 거라고 예상하고 있었기 때문이다. 결국 최종적으로는 딸자식 키워봐야 소용없다는 교훈(?)으로 대화가 마무리되고 말이다.

오버하는 거 아니냐고 생각할 수 있겠지만 객관적인 시각으로 본다면 충분히 짐작할 수 있는 상황이다. 어느 날 자신의 딸이, 그것도 전 우주적으로 인기를 끌고 있는 절세 미소녀가 웬 듣도 보도 못한 남자를 데려와서 3일 뒤에 결혼하겠다는데 그걸 좋게 받아들일 부모가 세상에 어디 있겠는가?

그러나 현 레온하르트 제국의 황제, 앙겔로스 3세는 아무런 감정의 표출 없이 나를 바라보며 물었다.

"이름이 관대하라고 했나?"

"아, 네."

"자신이 품고 있는 신혈의 존재를 알고 있겠지?"

"…어렴풋이는."

사실 어렴풋이가 아니라 비교적 정확히 파악하고 있었지만 굳이 그걸 입에 담기는 애매하다.

문명과 정보의 신.

그것은 신계에서도 보기 힘든 초고위 신이다. 개념을 지배하는 신들의 경우 그 개념이 광범위하고 거대할수록 강력하다는 것을 생각하면, [문명]이라는 단어가 얼마나 무시무시한지 알 수 있으리라.

'물론 모든 문명은 아닌 것 같아. 내 친부가 지배하는 개념은… 아무래도 과학 문명 쪽이겠지.'

그러나 그 정도만 해도 지나칠 정도의 거물이다. 세레스티아와 황제 역시 언터쳐블의 혈통을 이은 신족들이지만… 상급신, 그것도 지배하는 [개념]이 없는 짐승신의 혈통과 [문명]이라는 개념을 가진 최상급 신의 혈통은 전혀 다른 차원의 의미를 가진다. 괜한 자기 PR로 일을 복잡하게 만들 이유가 없으니 가만히 있는 게 상책인 것.

그런데 그렇게 입조심하는 나를 향해 앙겔로스 3세가 물었다.

"그렇다면 각성률은 알고 있나?"

"…각성률?"

"모르는 건가… 렉스를 보내줘야겠군."

뭔가 알 수 없는 소리를 하는 황제를 향해 세레스티아가 말한다.

"그건 제가 알아서 할 테니 관여하지 마세요."

"알아서 한다고?"

"네. 언제부터 챙겨주셨다고 그래요?"

"……."

순간 싸늘해지는 분위기에 당황한다. 뭐야, 그냥 무난히 대화하기에 괜찮은 줄 알았는데 역시 사이가 안 좋나?

그러나 이내 황제가 고개를 끄덕인다.

"맞는 말이군. 모두 네 말에 따르겠다."

"그러면?"

"그래, 나는 이 결혼에."

순간 황제가 웃었다. 우주에서도 그리 흔치 않은 제국 클레스의 국가를 지배하는 강대한 권력자답지 않은 쓴웃음이었다.

"찬성한다."

그리고 그것으로 나와 세레스티아의 결혼이 확정되었다.

＊　＊　＊

황제와의 접견을 끝내고 나와 보람과 동민을 만났다.

"분위기는 어땠어요?"

"숨이 막혔어."

"반대하던가?"

"차라리 그러면 다행이지… 승낙이야."

고개를 절레절레 흔들며 앞으로 나서자 보람이 가볍게 손가락을 딱! 딱! 딱! 하고 튕겼고, 그에 따라 주변의 마나가 움직여 내 몸을 훑고 지나가는 모습이 보인다. 황제를 만나러 가느라 잠시 풀었던 결계를 다시 걸어준 것이다.

"지금 와서 좀 늦은 질문일지 모르지만, 지금도 '그녀'가 널 지키고 있나?"

"흠, 여기서 말해도 되나?"

"누가 엿듣는 것에 대한 문제라면 걱정하지 마라."

그렇게 말하며 동민이 자신의 손에 들린 금강저를 보였다.

"제석천의 시야가 우리를 비추고 있다. 설사 초월자라고 해도 우리의 대화를 엿들을 수는 없어."

"…그런 기능도 있었어?"

"원래는 없었지만 그때 이후로 개방되었지. 제대로 다룰 수 있게 된 건 최근부터고."

당연한 말이지만 그때라 하면 내가 금강저를 열었을 때를 말한다. 친부의 유품이라는 내 열쇠는 모든 봉인과 제약을 해제하는 힘을 가지고 있었다.

"뭐, 그렇다면 문제없겠지. 사정이 있어서 내 목숨을 보전해 주기로 약속했어. 아마 한동안은 지속될 거야."

"역시 그랬군. 그래서 그 장군이 죽은 건가."

잘되었다는 듯 고개를 끄덕이는 동민의 모습에 신기해한다. 처음에는 사방이 꽉 막힌 녀석이라고 생각했는데 이 혼란한 와중에도 비교적 유연하게 잘 대처하고 있다는 생각이 들었기 때문이다.

'지구에서는 나름대로 최상급의 전투 능력을 가지고 있던 녀석들이 초월자들을 마구 만났는데도 크게 흔들림이 없단 말이지.'

초월자들의 절대적인 힘 앞에 하위의 능력자는 아무런 의미가 없다. 그들은 지구에서 적이 별로 없을 정도로 강대한 힘을 가진 존재들이었지만, 대우주에 나와서는 그저 그런 존재에 불과한 것이다.

하지만 그럼에도 보람과 동민은 별로 괴로워하거나 방황하는 모습을 보이지 않는다. 심각한 박탈감을 느껴도 이상할 게 없는 상황인데도. 그러니 기묘하게 느껴질 지경이다.

'마치 다른 초월적인 존재들을 봐오기라도 한 것처럼 말이야.'

신기했지만 굳이 그 감정을 내색할 필요는 없었기에 고개를 돌린다.

"그러고 보니 보람이 너는 뭐 없어? 너도 내가 열어줬었잖아."

"아, 그건 여전히 대기 상태예요. 완전 개방하지 않았거든요."

"왜? 동민을 보니 하면 좋은 영향이… 아하."

의문을 표하려다가 말을 멈춘다. 왜냐하면 동민의 봉인을 풀었을 때 일어났던 현상을 기억하기 때문이다.

'부작용 같은 게 있을 수 있겠군.'

열쇠로 제석천의 금강저를 열었을 때 동민은 자신의 무기에 육신을 빼앗겨 폭주했다. 내가 원거리에서 다시 금강저를 잠그는 일을 할 수 없었다면, 아마 그는 우리 전부를 살해하고 죽을 때까지 주변을 박살 냈을 것이다.

물론 그렇게 된다면 내가 다시 봉인을 활성화하면 그만이지만 그녀도 그와 똑같은 부작용을 겪는다고 누가 장담할 수 있을 것인가?

"기다렸어?"

그리고 그때 즈음 세레스티아가 문을 열고 내 옆에 섰다. 어느새 옷을 갈아입은 것인지 아까처럼 화려한 드레스가 아닌 평상복 차림이다.

"이제 어딜 가는 거야?"

"아, 물론 [별빛]으로 가야지."

"별빛?"

"내 궁(宮)의 이름이야. 원래 이름은 성광궁(星光宮)인데 그냥 별빛이라고 부르지."

그렇게 말하며 황제를 만났던, [알현실]이라 불리는 건물 앞에 준비되어 있던 차량에 올라탄다. 당연히 운전수가 있을 줄 알았는데 운전대를 잡은 건 세레스티아 본인이었다.

웅—

나직한 울림과 함께 떠오른 반중력 자동차가 빠른 속도로 이동한다. 세레스티아는 능숙하게 차량을 운전해 녹음이 가득한 숲과 수십 개의 건물을 가로질러 수십 킬로미터 이상 이동했다. 말이 좋아 반중력 자동차지 비행선이나 다름없는 물건이라서 10분도 채 지나지 않아 은빛으로 반짝이는 거대한 은빛 빌딩에 도착했다.

"여기야?"

"응, 별빛."

그녀의 대답에 100층… 아니, 적어도 200층은 되어 보이는 까마득한 높이의 빌딩을 쳐다본다.

"아니, 이게… 무슨 궁이야? 그냥 고층 빌딩이잖아?"

"상징적인 이름이지, 뭐."

대수롭지 않다는 듯 답하며 조종간을 당기자 하늘을 날고 있는 반중력 자동차가 더 높이 날아올라 빌딩 중간에 도착한다. 은빛으로 빛나는 빌딩은 한쪽 외벽을 열어 자동차를 받아들인다.

슈우웅.

부드럽게 자동자를 착륙시킨 세레스티아가 차에서 내렸다.

당연한 말이지만 나와 일행 역시 그 뒤를 따랐다.

"아, 혹시 보람과 동민을 따로 대기시킬 수 있을까? 한동안 호위를 데려갈 수 없는 자리에 방문해야 해서."

보람과 동민이 언제나 내 뒤를 따라다닌다는 것을 아는 세레스티아가 조심스럽게 부탁한다. 아무래도 황제를 만날 때처럼 호위가 붙어 있으면 난감한 상황이 종종 있을 수 있기 때문인 것 같았다.

"괜찮나?"

동민이 나에게 묻는다. 나는 고개를 끄덕였다.

"쉬고 있어."

"그러지. 혹 문제가 생기면 바로 부르고."

이미 언제든 보람과 동민을 불러들일 수 있는 부적을 받아 소지하고 있는 상태다. 물론 이 부적들이 모든 상황에서 발동할지 확신할 수는 없지만, 최악의 상황에는 하와가 목숨을 건져줄 테니 그렇게까지는 위험하지 않다는 게 내 판단이었다.

그리고 무엇보다.

[지고의 마탑 수호결계반]
[성장기 강보람]

[백두신맥]
[성장기 김동민]

둘 다 상태 타이틀이 이래서 억지로 호위를 시키기도 좀 미묘했다. 뭔가 훈련을 해야 될 시기라고 해야 할까? 언제나 원리 원칙에 따라 움직이는 동민조차 호위에서 빠지는 상황에 혹하는 걸 보니 아무래도 내 느낌이 정확한 분위기.

나는 내심 투덜거렸다.

'뭐야, 이것들. 호위하라고 우주로 보낸 거 아니었어? 왠지 해외 유학 느낌이……'

물론 정확히 말하자면 해외(海外) 유학이 아니라 외계(外界) 유학이긴 하지만 뭐, 어쨌든 간에 말이다.

내가 그렇게 투덜거리는 사이 세레스티아가 고개를 돌려 말한다.

"레미, 이 둘을 숙소로 안내해 줘."

"예, 황녀님."

착륙장에 기다리고 있던 5명의 여인 중 하나가 정중히 고개를 숙이더니 보람과 동민을 데리고 사라진다.

"오랜만입니다, 황녀님."

"오랜만입니다."

"오랜만이에요!"

"으으, 그놈의 군 생활 좀 그만하시면 안 돼요? 전쟁터에 뛰어들었다는 소식을 들을 때마다 심장이 터져서 죽어버릴 것 같아요!"

보람과 동민이 사라지자 차분한 분위기를 유지하고 있던 네 명의 여인이 '우와왕~' 하며 세레스티아에게 달려들었다. 세레스티아는 호탕하게 웃으며 그녀들을 하나하나 안아주었다.

"하하하, 다들 잘 지냈어?"

"물론이죠. 별빛의 영역에서 나갈 생각도 안 하는데 누가 뭘 어쩌겠어요?"

"무엇보다 황녀님이 없으면 그분들도 저희 따위는 건들 생각조차 안 해요. 아무래도 민감한 시기니 황제 폐하의 눈 밖에 나고 싶어 하는 이도 없었고요."

상당히 친근한 사이인 듯 반가운 분위기가 물씬 풍긴다. 그리고 그런 그녀들을 향해 세레스티아가 말했다.

"이 녀석이야. 이름은 관대하."

너무나 간결한 소개에 네 쌍의, 아니, 어느새 보람과 동민을 안내하고 돌아온 레미라는 여인까지 합쳐 다섯 쌍의 눈이 나를 응시한다.

잠시 모두가 눈의 대화를 하더니, 그중 가장 훤칠하게 키가 큰 검은 정장의 여인이 앞으로 나선다.

나이는 20대 중반, 아니, 후반 정도일까. 세레스티아에 비하면 물론 빛이 바래지만, 그렇다 하더라도 몹시 화려한 외모를 가지고 있는 여인이다. 다만 옷차림만은 매우 심플해서 [단정]이라는 단어에 자신을 완벽하게 맞춰낸 것 같은 모습을 하고 있다.

"처음 뵙겠습니다, 관대하 님. 제 이름은 다이애나고 왼쪽부터 레미, 델리, 로이나, 세피입니다. 여기 있는 우리들은 지금부터 당신을 담당할 스태프죠."

"스태프?"

"원래는 내 매니저 겸 코디네이터야."

세레스티아의 말에 다이애나가 고개를 끄덕였다.

"물론 그 일도 병행하고 있습니다만 지금부터는 당신을 황녀님과 나란히 세웠을 때 어떻게 보일지에 대해서 조정하는 것이 주 업무가 되겠지요. 그래서 말인데 그 대충 깎은 머리카락은 용서할 수가 없군요."

그렇게 말하며 고개를 돌리자 노란색 머리칼의 소녀가 고개를 끄덕이고 나에게 다가온다. 기본적으로 귀여움이 넘치는 아이돌에 가까운 외모였으나 입고 있는 것은 십수 개의 주머니가 주렁주렁 달린 작업복이다. 거기에는 온갖 종류의 가위와 빗, 그리고 여러 색의 약품이 담긴 약통들이 들어 있었는데 모두 깔끔하게 정리되어 있다.

"레미라고 합니다. 헤어스타일을 관리해요. 잠시 조정을 좀 해야 하니 가만히 계셔주실 수 있나요?"

"아, 으응."

"감사합니다~!"

화사하게 웃으며 양손을 움직인다. 그리고 그러자.

키리링!

그녀의 작업복에 달려 있던 가위를 포함한 요상한 도구들이 벌 떼가 날아오르듯 솟구치더니 순식간에 내 머리를 자르고 감으며 휘몰아치기 시작했다.

"델리라고 합니다. 의상을 손봐 드리겠습니다."

"로이나입니다. 메이크업을 해드릴게요."

"세피입니다. 잠시 소품을 착용시켜 볼 테니 가만히 계세요."

얼굴에 뭐가 끼얹어지더니 내 몸을 뒤덮고 있던 옷이 살아 있는 듯 꿈틀거린다. 어느새 신발은 벗겨지고 없고 온갖 시계와 목걸이 등이 걸렸다 사라졌다를 반복한다.

"이, 이게 뭐야?"

"후후, 포기해. 나도 무대 나갈 때마다 너랑 똑같은 처지니까."

"아니, 아무리 그래도 그렇지……."

황당하게도 내 앞에 있는 여인들은 자신의 이능을 미용 쪽으로 특화시킨 것으로 보인다. 심지어 그 경지가 상당할 정도라니. 아무리 이능이 일상인 대우주라지만 이건 좀 너무하는 거 아닌가?

'그나저나.'

농락이라고는 했지만 완벽한 제어하에 움직이고 있는 그녀들이었던 만큼 나는 별문제 없이 몸을 맡긴 채 그녀들을 관찰할 수 있었다. 최근 들어 칭호를 보는 능력이 발전해서 자연스럽게 그녀들의 [감정] 상태가 보인다.

"흠, 여기서 이런 말하기도 좀 그렇지만."

그리고 그렇기에 나는 그녀들에게 물었다.

"왜 이렇게 다들 화났어?"

키긱!

순간 허공을 휘몰아치던 가위의 궤도가 크게 흔들리는 바람에 하마터면 커다란 땜빵이 생길 뻔했지만 다시금 발동된 염동력이 마치 실드처럼 내 육신을 보호한다.

"무슨 말씀을 하시는 겁니까?"

"말 그대로지. 다들 엄청 화가 났는데."

"그게 무슨… 아닙니다."

"맞는데."

"아닙니다. 왜 그런 생각을 하는 겁니까?"

납득할 수 없다는 반응에 어깨를 으쓱인다. 고개를 돌려보자 악동처럼 웃고 있는 세레스티아의 모습이 보인다.

"이 녀석들이 그렇게 화났어?"

"응, 날 완전 찢어 죽일 기세인데."

짜증 난, 화난, 몹시 화난, 원망함, 살의 충전… 그런 칭호들이 보인다. 특히나 세 보이는 살의 충전은 다이애나의 것이다.

하지만 그러면서도 그 모든 감정을 완전히 숨기고 있다는 점이 대단하다. 칭호를 볼 수 있는 능력이 아니었다면, 나는 그녀들의 상태를 꿈에도 짐작하지 못했으리라.

"흠, 내가 논의도 없이 남편감을 데려왔기 때문일까?"

"좀 억울한데. 그러면 당연히 원망의 대상은 너 아냐?"

장난스러운 대화에 다이애나가 한숨을 쉰다.

"…그렇게 느끼셨다면 정말 죄송합니다."

"아니, 뭐, 이해가 안 가는 건 아니야. 아무래도 내가 세레스티아에게 별로 안 어울려 보이겠지?"

"그런 문제는 아닙니다. 어차피 황녀님과 어울리는 남자는 세상에 없으니까요."

"오."

작게 휘파람을 분다. 왜냐하면 지금 그녀의 말이 진심이라는 것을 알았기 때문이다.

'하지만 아무리 그래도 그렇지 타인을 대상으로 이렇게 대책 없는 애정을 품을 수 있다니.'

약간 황당했지만 세레스티아의 매력과 미모를 생각해 보면 이해 못 할 바도 아니었기에 고개를 끄덕인다. 다만 세레스티아는 그 모습이 마음에 들지 않는 듯 다이애나를 보며 투덜거린다.

"으이그, 너… 쓸데없는 소리 좀 하지 마."

"죄송합니다."

"음?"

잠시 고개를 갸웃거린다. 아부하지 말라는 것도 아니고 쓸데없는 소리라니, 설마 그녀 스스로도 자신과 어울리는 남자가 세상에 없다고 생각한단 말인가?

"다 됐습니다."

잠시 잡념을 떠올리는 사이 치장이 마무리된다. 다이애나가 허공에 손을 문지르듯 움직이자 허공이 잠시 일렁거리더니 내 모습을 비춘다.

"…오."

놀라 말을 멈춘다. 거기에는 놀랄 정도로 말쑥한 내 모습이 있었다. 무슨 뷰티 프로그램 같은 곳이었다면 '이게 나……?' 하면서 호들갑을 떨 정도로 외양이 달라져 있었던 것이다.

피부 톤은 무슨 사진 보정 프로그램으로 손본 것처럼 밝아져 잡티 하나 보이지 않고, 그리 길지 않은 머리칼은 깔끔하게 정리되어 부드러운 느낌을 준다. 약간 어색하던 정장은 몸에 착 달라붙는 슈트가 되어 근사한 분위기를 만들어내고, 팔목에는 척 봐도 보통 물건이 아닌 걸로 파악되는 시계가 채워져 있다. 더불어 어느새 신었는지 알 수 없을 정도로 편한 착용감을 가진 구두까지.

그러나 그렇게 나를 코디해 준 여인들의 표정은 그다지 밝지 않았다.

"나름대로 최선을 다했지만……."

"역시……."

"역시 뭐?"

뭔가 미묘한 분위기에 반문하자 세레스티아가 웃으며 답한다.

"꾸며봤자 볼품없다는 소리지, 뭐."

"은근히 심한 소리 하네, 이게……."

그러나 아무리 기분 나쁘다 해도 그것이 현실이다. 네 여인의 코디로 내 모습은 꽤나 그럴싸해졌지만, 아무리 그럴싸해져봐야 세레스티아와 어울리는 모습이 되는 건 불가능하기 때문이다. 태양 옆의 반딧불이나 태양 옆의 가로등이나 안 보이는 건 매한가지니 이렇게 꾸미는 정도로는 한계가 있는 상황.

하지만 세레스티아는 걱정 말라는 표정으로 말했다.

"키랑 체격은 충분하니 상관없어. 귀족이나 황족을 만날 때라면 모를까 어차피 촬영 때는 원판을 드러낼 생각이 없으니까."

"원판을 드러낼 생각이 없다고?"

영문을 알 수 없는 소리에 의아해하자 세레스티아가 잠시 한심하다는 표정으로 나를 보다가 고개를 돌렸다.

"자, 그럼 다들 나가서 할 일을 해주겠어? 다이애나만 따라오고."

"네, 황녀님."

네 명의 여인이 동시에 예를 표하고 방을 나서자 세레스티아는 더 안쪽에 있던 복도를 따라 천천히 걸으며 말했다.

"평범하게 살 거라고 했잖아, 바보야. 전 우주에 얼굴 팔리면 그런 일이 가능할 것 같아?"

"그건… 확실히 그렇군."

고개를 끄덕인다. 우리의 결혼은 일종의 계약 결혼이고 이미 이혼 서류도 작성한 상태이다. 결혼 후 3개월이 지나 이혼이 완료되면 나는 지구로 돌아가 대우주와 상관없는 삶을 살게 되는 것이다.

그러나… 지구라고 외계와 전혀 상관없는 장소가 아니다. 실제로 관광 패키지로 놀러 왔던 세레스티아를 만난 장소도 바로 지구가 아니던가? 괜히 지나가던 외계인이 나를 알아보고 접근하면 여러모로 곤란하다.

"질문이 늦었지만… 뭐 하려고 이렇게 꾸며주는 거야?"

"방금 말했다시피 촬영 때문에 그래. 레온하르트 황족의 결혼은 절대로 가벼운 의미가 아니야. 인터뷰도 해야 하고 다른 황족들도 만나야 하지."

"혹시 녀석들이 반대하고 깽판을 놓을 수도 있어?"

아무래도 세레스티아가 레온하르트 황실과 사이가 좋지 않은 느낌이었기에 걱정하자 세레스티아가 답한다.

"물론 그럴 수도 있겠지만 그냥 무시하면 돼. 솔직히 약간 걱정했지만… 아버지가 허락한 시점에서 모든 게 끝난 거나 다름없어. 이러니저러니 해도 레온하르트 제국은 절대군주제니 절차만 지키면 그 누구도 딴죽을 걸 수 없거든."

천천히 걸어 인공적으로 꾸며진 정원을 지나치며 생각을 정리한다.

그녀와 한 '계약'의 내용은 매우 단순하다.

나와 그녀가 결혼을 한다. 3개월을 함께 산다. 그리고 그 후에 이혼한다.

이런 과정이 필요한 것은 레온하르트 제국의 황족이 태어날 때부터 황실에 예속된 존재이기 때문이다. 어느 정도의 자유는 존재하지만, 최종적으로는 황실의 지시를 어길 수 없는 형태의 제약이 존재했던 것.

황족은 태어나고, 살아가고, 마침내 결혼하고 죽는 것까지 황실의 설계 아래에서 움직여야 한다.

때문에 별빛의 여왕이라는, [아이돌]로서의 영향력으로 황실의 설계에서 탈출하여 군 생활을 한 세레스티아는 더없이 이질적인 존재라고 한다. 황족들이 대체적으로 그녀를 별로 좋아하지 않는 것 역시 이런 이유 때문이라던가.

그때 그녀가 청혼했을 때 나눴던 대화를 떠올린다.

"그런데 거기에서 탈출할 방법이 딱 두 가지 있어."
"두 가지나?"
"그래. 그중 하나는 초월지경에 오르는 것이고, 또 하나는."
"…결혼이군."
"그렇지. 당연하지만 아무나하고는 안 돼."

즉, 그녀가 나에게 청혼한 것은 나에게 깃든 신성의 존재를 깨달았기 때문이다. 하긴 눈치채지 못하는 게 이상하긴 했다. 초월지경은커녕 별다른 이능도 습득하지 못한 내가 아레스에 탑승하여 절대적인 신위를 보였다.

그건 누가 봐도 신족으로서의 [권능]이다.

"너에게는 아무런 책임도 지우지 않을 거야. 잠깐만 결혼하고 이혼해서 나를 자유의 몸으로 만들어주기만 하면 돼. 그리고 그 후 황실에서 수여한 우주선이랑 막대한 재산을 가지고 금의환향하면 되는 거야! 이 정도면 완전 남는 장사 아냐?"

확실히 틀린 말은 아니다. 남는 장사였다. 그리고 무엇보다 나는 그녀에게 빚을 진 상태였기에 그녀의 말에 동의했었다.

"그럼 이틀 동안 인터뷰하고 귀족들을 만나고 삼 일 후 결혼식을 올리면 된다?"

"그렇지. 그리고 그 후 결혼 생활을 3개월만 유지해 주면 돼. 그럼 다 끝이야. 3개월이 넘으면 아무 말 안 하고 그냥 떠나도 돼."

"…잠시, 잠시만, 황녀님. 지금 무슨 말씀이시죠? 떠난다니."

그때 우리의 대화에 다이애나가 끼어든다. 나는 세레스티아를 바라보았다.

"괜찮아?"

"아, 물론이지. 믿을 수 있는 녀석이야."

"하긴, 바로 아래 사람들한테까지 숨기고 일을 진행하기는 조금 어렵……."

쿵!

그런데 그 순간 땅이 울렸다. 뭔가가 이 별빛이라는 빌딩과 충돌했다… 는 그런 느낌은 분명히 아니었다.

"뭐야, 이거. 느낌이 아주 먼데?"

"잠시만 기다려 주십시오."

알 수 없는 현상에 다이애나가 심각한 얼굴로 눈을 감는다. 뭔가 정신 계열 능력을 가진 것인지 세레스티아 역시 차분한 눈동자로 그녀를 바라보고 있다.

"…맙소사."

잠시 후 눈을 뜬 다이애나가 신음하는 모습에 세레스티아가 묻는다.

"무슨 일이야?"

"화, 황제… 황제 폐하께서."

믿을 수 없다는 표정으로 덜덜 떨고 있다. 세레스티아의 표정이 굳는다.

"아버지가 뭐?"

"황제 폐하께서."

거기까지 말하고 흡, 하고 심호흡한다. 망연자실한 표정으로 그녀가 말했다.

"…승하하셨습니다."

왕관을 위하여 ✴ ＊ ＊

레온하르트 제국은 절대군주제다.

지구보다 훨씬 더 발전된, 그러니까 미래 세계나 다름없는 레온하르트 제국이 절대군주제라는 사실이 좀 이상하게 느껴질지 모르지만 아무래도 우주에서는 종종 존재하는 방식인 모양이다.

"물론 지구의 중세 시대 따위랑은 상황이 달라. 귀족이 아니라 하더라도 자유와 평등은 충분히 누리고 살고 귀족이나 황족이라고 하위 계급을 깔아뭉갤 권리는 없으니까. 무엇보다 모든 계급은 철저한 혈통주의인 동시에… 능력주의야."

"…어떻게 혈통주의랑 능력주의가 공존할 수 있어?"

"그야 혈통이 능력을 가지니까."

그리고 황족은 그 정점에 위치한다. 상급 신 중에서도 강력한 힘을 가지고 있다는 황금사자신의 힘을 이은 그들은 빼어난 외모와 높은 지능, 강건한 육신, 그리고 드높은 영력과 권능을 가지고 태어나 레온하르트 제국을 이끌 존재로 키워진다.

"내가 이런 말을 할 처지는 아니지만… 불공평하군."

혈통의 힘을 타고나 태어날 때부터 지도자의 운명을 가진 이들이 있다는 사실이 놀랍다. 지구보다 훨씬 발전된 사회인만큼 시민 의식도 훨씬 더 깨어 있을 텐데 태어날 때부터 자신들과 다른 이 불합리한 계층을 용납한단 말인가? 초월자라거나 하는 이들이야 문자 그대로 초월한 존재라지만, 이런 특별한 계층은 그냥 그 피를 가지고 태어났을 뿐인데 지도자가 되다니.

그러나 세레스티아는 무슨 바보 같은 소리를 하느냐는 표정이다.

"세상은 원래 불공평해, 바보야. 설마 너희 34지구는 모든 인류가 같은 선에서 시작해서 노력으로만 결정되는 삶을 산다고 말하고 싶은 거야?"

"……."

반박할 수 없다. 물론 지구에는 귀족도, 황족도 존재하지 않지만 그렇다고 사람들이 평등한 삶을 살아가는 건 아니기 때문이다.

많은 사람이 태어날 때부터 운명이 갈린다. 태어나는 나라에 따라 갈리고 자신의 부모가 누구냐에 따라 또 갈린다. 민주주의 사회에 계층 따위는 없다고 말하는 사람도 분명히 있을 수 있지만, 그렇다 하더라도 일용직 노동자의 자식과 대기업 회장의 자식을 같은 계층이고 평등한 관계라고 말하는 것은 기만이다.

"네가 무슨 생각을 하는지는 알겠지만 애초에 레온하르트 제국은 초대 황제 폐하가 없었으면 성립조차 될 수 없는 국가야. 고작 300년밖에 지나지 않은 데다 제대로 기록된 역사이기 때문에 국민들 모두가 그 사실을 알고 있지. 비록 이렇게."

"엉망이 되었다 하더라도?"

"…그래."

타닥, 타다닥.

나와 대화를 나누면서도 쉴 새 없이 타자를 치고 있다. 그녀의 앞에 떠 있는 온갖 자료를 정리하고 내용을 파악한 뒤 서류를 결재하고 담당 부서에 명령을 내린다.

"하지만 생각한 것보다 평화롭단 말이지."

나는 황제가 죽었다는 사실에 최악의 상황을 상상했다. 세레스티아와 나의 결혼을 황제에게 인정받은 지 고작 몇 시간도 지나지 않아 그가 죽었으니 세레스티아가 세웠던 순탄한 계획이 모조리 어그러졌다는 것을 깨달았기 때문이다.

솔직히 말해서 당장 세레스티아의 본거지인 [별빛]에 미사일이 날아왔어도 별로 놀라지 않았을 정도였는데 뜻밖에도 외부에서의 그 어떤 공격도 없다.

"지금까지 몇 명의 황제가 죽었는지 벌써 잊었어? 황제가 죽는 상황에 대한 시스템은 벌써 100년 전부터 마련되어 있었어."

"…애초에 황제가 죽는 걸 감안하고 짜놓은 시스템이 있다고?"

"그래. 다만 솔직히 지금 상황은 나도 상상 못 했어. 지금까지의 황제들과 다르게 아버지는 황권을 완전히 휘어잡았다고 생각했… 다이애나! 레논 제약에 대한 개별 조사는 없어?"

설명하다 말고 고개를 돌리자 그녀의 옆에서 홀로그램 창을 띄워 여러 자료를 검토하고 있던 다이애나가 고개를 흔들었다.

"레논 제약이 저희 [별빛]에 소속된 기업이라고는 하나 자금을 지원하던 정도에 불과하기에 제대로 된 감시 체계는 되어 있지 않습니다."

"감찰부는?"

"완벽한 신뢰가 불가능합니다. 이미 황태자의 영향력이 너무나 크니까요."

"역시 그런가⋯⋯."

고민에 빠진 그녀의 모습에 묻는다.

"뭔가 문제라도 있는 거야? 아니, 그보다 지금 뭘 하고 있는 거야?"

"유산 방어. 아버지가 돌아가시면서 내 앞으로 책정된 유산이 발생했어. 황궁으로 걸어 들어가기 전에 그것들을 다 추스르고 들어가야 해."

"누가 황제를 해쳤는지부터 알아봐야 하는 거 아냐?"

내 질문에 세레스티아의 옆에 서 있던 다이애나가 설명했다.

"보고와 원로원의 발표에 따르면 출처 미상의 영자폭탄이 터지면서 폐하가 기거하고 있던 황궁이 통째로 날아갔다고 합니다. 범인은 아직 밝혀지지 않았지만 용의자에는 대부분의 황족이 다 들어가죠."

"뭐? 그럼 설마."

"그래. 나는 유산 상속인인 동시에 용의자이기도 해. 오늘 저녁에 만나러 갈 황족들이 다 그렇고."

설명하면서도 눈앞에 떠 있는 자료들에서 눈을 떼지 못한다. 나는 그중 하나를 가리켰다.

"아, 방금 넘긴 페이지에서 스물다섯 번째 문단, 함정 조항이다."

"뭐?"

한참 페이지를 넘기던 세레스티아가 깜짝 놀라 페이지를 앞으로 넘겼다. 그녀는 나에게 '뭐가 함정이라는 거야?' 라고 묻는 대신 내가 말한 부분을 침착하게 읽고 또 읽었다.

"다이애나, 부다 건설의 평균 이익률이 얼마나 되지?"

"4.87%입니다. 플랜트가 5.36%, 에너지가 5.25%, 토목이 5.10%로 상대적으로 높은 이익률을 보였고 건축은 3% 이하죠."

"그래, 그럼… 아! 그렇구나! 이 망할 놈들이 자재값 상승하고 영업 비용을 전혀 감안하지 않았어! 이 자료대로라면 1~3%씩 이익률이 떨어지고, 특히 투자 개발형 사업하고 민자 사업은 외형상 수익률이 0.43%랑 0%잖아? 장사가 잘되는 거랑 별개로 공사를 할수록 손해야! 특히 테라포밍 같은 걸 한번 진행하면 적자가 어마어마해!"

'…와.'

먼지만큼의 힌트를 줬을 뿐인데도 순식간에 답을 찾아내는 세레스티아의 모습에 혀를 내두른다. 그녀는 아름다운 외모의 아이돌이지만 막상 실무에 들어가니 무서울 정도로 유능했다. 지금도 너무 단시간 내에 과도한 일을 몰아서 해야 했기 때문에 놓친 것이지 시간에 여유가 있었다면 스스로도 찾아낼 수 있었을 거라고 생각될 정도다.

"대하! 더, 이런 오류 더 없었어?"

"지금까지는 자세히 보지 못해서… 오른쪽 벽에 전부 띄워 줄래?"

"다이애나."

"예? 하지만."

"하지만은 무슨. 이 녀석이 내 남편감이라는 걸 벌써 잊었어? 시간 없으니 빨리 띄워!"

세레스티아의 닦달을 이겨내지 못한 다이애나가 패드를 조작하자 오른쪽 화면이 훅, 하고 어두워지더니 그 위로 수십 장의 문서가 떠오른다.

내가 문서들을 읽기 시작하자 세레스티아 역시 자기가 살펴보던 서류로 돌아간다. 내가 문서들을 체크하는 동안 남은 작업을 더 하려던 모양이지만, 애초에 지금 이 작업이 그리 길게 이어질 이유가 없다.

그냥 슥 훑어보면 끝이다.

"2번, 7번, 11번, 23번, 40번, 그리고… 52번. 세 개는 악의적인 장난질이고 두 개는 자료를 좀 빼먹었어. 마지막은 좀 이상한데? 오히려 너한테 과할 정도로 이득이야."

당연한 말이지만 서류나 계약서에 담긴 내용이 뭔지 정확하게 파악하지는 못했다. 내가 무슨 기업의 오너 같은 것도 아닌데 이런 우주적인 규모의 사업의 보고서나 계약서, 그리고 재무표 따위를 읽을 줄 알 리가 없으니까.

그러나 나는 칭호를 볼 수 있다.

예전 옆집 아주머니가 버렸던 쓰레기의 칭호를 본 것처럼,

기가스들의 칭호와 인공지능의 칭호를 본 것처럼 나는 사물의 칭호 역시 확인하는 게 가능하다.

즉, 뭔가 [문제]가 있는 서류나 문서라면 나는 그걸 보는 순간 알 수 있다는 뜻이다.

"아니, 이건… 읽는 것 같지도 않은데."

당혹스러워하는 다이애나와 달리 세레스티아는 눈을 반짝이고 있다.

"와, 대하 너, 취직 안 할래, 취직? 아니, 그 정도가 아니라 내가 회사 몇 개 줄게."

"쓸데없는 소리 하지 마시고 마무리나 해, 마무리나. 시간 없다면서."

내 말에 '핫' 하는 소리를 내더니 내가 골라낸 문서들을 확인한다. 옆에 서 있는 다이애나가 어리둥절해하는 것과 다르게 일말의 망설임도 없는 태도다.

'역시 이 녀석은… 어느 정도 짐작하고 있군.'

세레스티아는 내가 신혈을 가지고 있다는 것을 알고 있었고, 그 상태에서 나를 만나기 위해 알바트로스함에 찾아왔던 하와를 만났다.

사실 정보가 이 정도 주어졌으면 정답에 근접한 추론을 해내는 게 오히려 당연하다. 무엇보다 그녀는 내가 [명령]하는 모습을 직접 보지 않았던가?

'기계신(機械神) 디카르마(Dekarma).'

정보와 문명의 신이라는 어마무지한 신위가 아니더라도 그는 여전히 최상급 신이며 한때 강대한 힘과 권능으로 전 우주를 두려움에 떨게 하던 존재다. 연합의 대적인 리전의 수호신이던 그의 혈통이라면, 사실 어떤 권능을 가지고 있어도 이상할 게 없다. 오히려 지금 내 힘이 너무 약한 편이라 할 수 있겠지.

"하지만 아무래도 심각하긴 한데… 이쯤 되면 거의 공격이야. 이런 것들을 가신이라고 부를 수 있어?"

"황법에 따른 가신일 뿐 실제로 승복하고 있지 않으니 어쩔 수 없어."

황족과 귀족이 존재한다고 귀족들이 무슨 영지를 가지거나 하는 것은 아니다. 제국을 소유하는 것은 오직 황제뿐이고 그 아래의 황족들과 귀족들이 가지는 것은 영토가 아니라 기업, 부동산, 지적재산권 등이었다.

"즉, 귀족이라는 건 일종의… 재벌 가문이로군?"

"극단적으로 말하자면 그렇지. 그리고 황족들은 해당 가문이나 기업 중 일부의 주인이 되는 방식이고."

그런데 황제가 죽으면서 세레스티아 앞으로 발생된 유산이라 할 수 있는 기업들이 딴마음을 먹었다는 뜻이다. 세레스티아가 막대한 재산과 부를 얻어 그녀의 영향력이 더욱 강해지는 것을 막고 싶은 다른 황족들이 손을 쓴 것이다.

"황녀님, 슬슬 시간입니다."

"벌써? 뭐, 다행히 대충 정리되었으니… 준비해 줘. 아차, 총의 봉인을 풀었지?"

"예."

"가져다줄래?"

"금방 다녀오겠습니다."

꾸벅 고개를 숙인 다이애나가 방을 나서는 모습을 보며 고개를 돌린다. 전혀 뜬금없는 단어의 등장에 의아해졌기 때문이다.

"총?"

"덕분에 시간에 여유가 생긴 것도 겸해서 선물이야."

그녀의 말과 함께 방을 나섰던 다이애나가 신발 가게에서 흔히 봐왔던 사이즈의 상자를 들고 왔다. 다만 재질은 나무였고, 꽤나 고급스럽게 장식되어 있다.

딸깍.

딱히 사양할 필요가 없던 만큼 망설임 없이 열어준다. 상자 안에는 전체적으로 심플한 디자인의 검은색 권총이 놓여 있었다.

"…리볼버?"

황당해한다. 아니, 대우주 시대에 이 무슨 시대착오적인 디자인이란 말인가? 세레스티아는 그런 내 반응을 짐작한 듯 웃으며 말했다.

"이름은 쉐도우 스토커. 그렇게 보여도 첨단 병기야. 캔딜러 성인들이 황제 폐하께 드렸던 선물 중 하나지."

"허, 이게 첨단 병기라니."

상자 안에 있던 검은색의 권총, 쉐도우 스토커를 잡아 든다. 순간 상자를 들고 있던 다이애나가 움찔하는 게 느껴진다.

세레스티아가 설명했다.

"원래는 내가 쓰려고 받았지만 아무래도 맞지 않아 봉인했던 물건이야. 나는 마탄술(魔彈術)을 연마해서 마총 계열이 아니면 힘을 발휘하기 힘들거든."

"마총이 아니면 이건 뭔데?"

"그야 당연히 순수한 과학기술로 만들어진 물건이지. 황제 폐하께 이걸 선물한 캔딜러 성인이 그랬다더라고."

피식 웃으며 세레스티아가 말했다.

"그것이야말로 4문명의 결정체라고 말이야."

"4문명의 결정체라……."

어떤 문명이 지성을 깨우치고 문명을 꽃피우면 제1문명이 시작된다. 사실 명확한 기준은 모르겠다. 불의 발견이 그 기준이라 말하는 이들도 있고 사실 더 근본적인 기준은 행성 에너지의 이용이라는 사람도 있는데 확실한 가설은 아니니까.

어쨌든 그렇게 발전한 지성체들이 자신의 행성 전체, 혹은 대부분을 장악하는 정보망과 네트워크를 완성하면 제2문명에 들어선다. 지구의 경우에는 인터넷과 전파의 발견이 바로 그것.

그리고 이어 자신이 살고 있던 행성에서 벗어나 다른 항성, 다른 은하로 넘어가는 게 가능해지는 시점에서 그들은 제3문명에 들어서게 된다. 내 고향인 34지구의 경우 간신히 지구를 벗어나 달이나 가는 정도이니 아직 3문명에 들어서지 못한, 한 2문명의 막바지 정도 되는 수준이라 할 수 있겠지.

그리고 4문명은…….

"아, 참고로 말하자면 우리 레온하르트 제국은 아직 3문명이야."

"흠? 그럼 이렇게 선물을 줄 게 아니라 가져가서 연구하는 게 좋지 않아? 다음 문명으로 넘어갈 수 있는 기술적 단서가 될지도 모르는데."

내 말에 세레스티아가 고개를 흔든다.

"바보야, 문명 레벨을 그렇게 쉽게 넘길 수 있으면 누가 걱정을 하겠어? 그건 중세 시대 인물이 반도체를 얻으면 그걸 해석해서 뭔가 얻어낼 수 있다는 것과 똑같은 소리야."

즉, 충분한 인프라나 지식이 없다면 상위 문명의 물건을 얻어봐야 별다른 소용이 없다는 말이다. 한 단계의 문명 차이는 고작 100~200년 수준이 아니기 때문에 단서를 얻어봐야 해석이 불가능하며, 그렇기에 이렇게 결과물을 이용하는 것만이 가능하다는 뜻.

기이잉—

귀를 기울여 보니 작은 기동음이 들린다. 감촉은 통짜 쇠로 만들어진 리볼버였지만, 아무래도 그 내부는 꽤나 복잡한 모양이다.

"저기, 황녀님. 쉐도우 스토커를 쓸 수 있다는 건."

"그런 건 아냐. 하지만 기밀이니 묻지 말아줄래?"

"…알겠습니다."

더 따지지 않고 꾸벅 고개를 숙이는 다이애나의 모습에 묻는다.

"뭐야, 이거 아무나 못 쓰는 거야?"

"황제 폐하께 드린 선물이었으니 당연하지. 황족이 아니면 사용할 수 없어."

"그렇군."

별다른 감흥 없이 고개를 끄덕인다. 정보와 문명의 신이라는 신위에서의 문명이 [기계 문명] 혹은 [과학 문명] 위에 성립된 존재들은 나를 거스르기 어렵다는 점을 이미 알고 있었기 때문이다.

'과학과 마학의 합작품인 기가스들도 그러는데 순수한 기계라면 더 말할 것도 없지.'

간단히 수긍하며 쉐도우 스토커를 살핀다.

[토르 공방]
[다재다능 쉐도우 스토커]

'무슨 사람 같은 칭호네.'

신기해하며 쉐도우 스토커의 칭호를 살피니 쉐도우 스토커의 사용법이 자연스럽게 머리로 스며들었다.

"음."

"어? 왜 그래. 문제라도 있어?"

"아냐. 이거 꽤 느낌이 좋은데?"

나는 세피라는 녀석이 소품 삼아 내 팔에 채워놓았던 고급 시계를 벗어버리고 거기에 쉐도우 스토커를 가져다 대었다. 그리고 그러자.

위이잉— 철컥!

한순간 쉐도우 스토커가 빠르게 재조립되더니 순식간에 근사한 디자인의 금속 시계로 변해 손목을 차지한다. 검은색 광택이 흘러 꽤 고급스러워 보이는 모습이다.

"오, 무슨 트랜스포머 같다."

"뭐야, 그건."

"어라? 여기에는 그거 없어? 아니면 너무 고전 영화라 잊힌 건가."

장난스러운 내 말과 다르게 다이애나의 표정은 심각하다. 약간 혼란해 보이기까지 하다.

"…황녀님."

"묻지 말랬지?"

가볍게 고개를 흔들어 다이애나의 입을 다물게 한 세레스티아가 나를 바라본다. 나는 고개를 끄덕였다.

"좋아, 그럼 이제 가자."

"사용법에 대한 설명은 괜찮아?"

약간 눈치를 살피는 그녀의 모습에 웃는다.

"뻔히 알면서 묻기는. 선물 고마워."

"별말씀을. 아, 이제 진짜 시간 없다. 금방 옷 갈아입을 테니까 잠깐 앉아 있어."

그렇게 말하고 몸을 돌려 방을 나간다. 다이애나도 그녀의 뒤를 따르고, 어느새 방에는 나 혼자 남았다.

그리고 그때였다.

지직—

"음?"

허공이 일렁이는가 싶더니 양팔을 훤히 드러낸 판금 갑옷의 사내가 모습을 드러낸다. 치렁치렁 늘어뜨린 회색 머리칼과 선이 굵은 미남형의 얼굴은 나에게 매우 익숙하다.

"아레스?"

[오! 성공했어!]

언뜻 험악해 보이는 아레스의 얼굴이 환해진다. 그러나 그 직후 깜짝 놀란 듯 표정을 수습하며 얼굴을 일그러뜨린다.

[너 이 자식! 연락 한 번을 안 해?]

"어차피 위성 궤도를 돌며 대기하고 있었잖아?"

[그래도 가끔 연락을 해야지! 황성의 방해 때문에 [시선]을 내려보낼 수는 없지만 매개체가 있다면 이야기 정도는 할 수 있다고!]

"매개체라니… 아하."

나는 왼팔을 들어 손목에 채워진 쉐도우 스토커를 바라보았다. 아무래도 이건 단순한 병기가 아니라 통신 기능 역시 가지고 있는 모양이다.

[뭐, 어쨌든 시간이 없으니 그 시계에 이야기 좀 해줘. 다행히 자아(自我)가 없는 단순 인공지능이니 자리를 낼 수 있겠다.]

서두르는 아레스의 모습에 고개를 갸웃거린다.

"자리를 낸다고? 그리고 무슨 이야기를 해달라는 건데?"

[별거 없어. 방어를 열라고 그래.]

아레스의 말에 고개를 끄덕인다. 무슨 말인지 잘 모르겠지만 녀석이 나에게 해가 되는 일을 할 리는 없었다.

"방어를 열어라, 쉐도우 스토커."

팟!

순간 내 앞에 서 있던 아레스의 [시선]이 사라진다. 그러나 그렇다고 조용해진 건 아니다.

[좋아! 성공이군.]

"뭐야, 만병지왕이야?"

[말하자면 그렇지.]

신기하게도 내 [내부]에서 아레스의 목소리가 들린다. 그건 지금까지 들어온 영언(靈言)과는 느낌이 좀 달랐다. 마치 어떤 신호가 내 뼈를 타고 올라와 뇌에 직접 전해지는 느낌이다.

[오, 사이즈도 작은 주제에 기능이 꽤 많군. 페어링 기능도 있는데… 좋아, 우자트도 인식된다.]

잠시 혼자 중얼중얼더니 내 시야에 아레스가 떠오른다.

"오, 이건 뭐야. 안경으로만 비치는구나."

세레스티아의 팬들이 뿜어내는 살기 때문에 깨졌지만 자가 복구 기능으로 원래 모습을 되찾은 우자트를 썼다 벗었다 하면서 아레스의 모습을 살핀다. 아레스가 의기양양한 표정을 짓는다.

[좋아, 이거라면 황족들이나 감시체계에 들키지 않고 완벽한 통신이 가능하다.]

'나는 이렇게 말하면 되고?'

가만히 마음속으로 말하자 아레스가 고개를 끄덕인다.

[그래, 그러면 되지. 그리고.]

딸깍.

아레스가 뭔가 주절주절 더 떠들려고 시동을 거는데 방문이 열린다. 세레스티아인가 했는데 들어온 것은 노란색 머리칼에 작업복을 입고 있는 작은 체구의 소녀였다. 아까 내 머리를 만져주었을 때와 같은 작업복이다.

"마지막으로 스타일 체크하러 왔어요."

"아, 고마워. 이름이 레미였지."

"네, 앉으세요."

화사하게 웃던 아까와는 조금 다른 분위기다. 약간은 딱딱하고 사무적인 분위기로 내 모습을 꼼꼼히 살피더니 머리를 정리하는 레미. 나는 잠시 그녀에게 머리를 맡긴 채 눈을 감고 있다가 벗어놓은 고급 시계를 넘겨주었다.

"마침 잘 왔어. 이거 다시 가져가 줄래?"

"어려울 것 없죠. 그런데 새로운 시계라니⋯⋯."

"셀이 선물이라며 주더라고."

별로 특이할 것도 없는 말이었는데 내 머리를 정리하던 레미의 손길이 우뚝 멈춘다.

"뭐야, 다한 거야?"

"너⋯ 후우, 후우."

깊은 심호흡 소리에 의아해한다. 뭐야, 선물 좀 받았다는 게 그렇게 충격적인 일인가?

그러나 내가 뭔가 더 묻기 전에 레미가 내 귓가에 속삭였다.

"⋯착각하지 마."

"음?"

서늘한 목소리에 의문을 표한다. 여전히 머리에 가위가 닿아 있어 돌아보기 애매한 상태에서 레미가 말한다.

"지금은⋯ 단지 필요에 의한 상황일 뿐이야, 황녀님은."

뭔가를 꾹 참으며 서서히 풀어내는 느낌으로 레미가 말했다.

"황녀님은 너를 사랑하지 않아."

뚝뚝 끊어지는 목소리에는 원망까지 담겨 있다. 나는 순간 그녀가 왜 이렇게까지 감정을 드러내는지 궁금했지만, 굳이 그걸 알려고 노력할 필요는 없을 거란 생각이 들었다.

"무슨 당연한 소리를."

순간적으로 웃음이 나온다.

세레스티아가 나를 사랑하지 않는다는 말을 무슨 비밀을 말해주듯 속삭인 그녀의 태도가 불쾌하다기보다 신기하다. 설마 내가 그렇게까지 멍청해 보인단 말인가?

'사랑은 무슨.'

세레스티아는 단 한 번도 나를 [그런] 눈으로 본 적이 없다. 처음 만났을 때도, 점점 친해져 갈 때에도, 그리고 무엇보다 함께 고난을 헤치고 나오던 그 순간에까지도 그랬다. 심지어 나는 칭호를 볼 수 있는 능력으로 그걸 계속해서 재확인하는 게 가능한 존재가 아니던가?

물론 그녀는 나를 좋아한다.

그러나 나는 알고 있다. 그녀가 나에게 가지는 호감은 절대 이성을 향한 종류의 것이 아니라는 것을.

"죽어도 이루겠다는 각오를 세우고 치열하게 살았는데… 이런 허탈한 결말이라니."

이미 [사라져 버린 시간]에서의 그녀를 떠올린다. 아담이 나타나 황성을 포함한 골든 로즈의 절반 이상을 파괴하고 그 안에 있는 초월자들을 학살하던 때 그녀가 보였던 그 복잡한 시선.

이제는 부부까지 될 상황이 되었다지만… 여전히 나는 그녀를 모른다. 그녀의 성장 과정이 어떤지, 어째서 [황녀]라는 직위에도 불구하고 배경이 없는지, 어째서 [아이돌]이라는 황녀답지 않은 일을 해서라도 황실에서 탈출해야 했는지.

그리고 왜 스스로 군대에 들어가 전쟁터를 뒹굴었는지.

'그러고 보면 정말 아는 게 하나도 없군.'

어쩌면 당연하다. 나 스스로가 그것들을 알고 싶어 하지 않았으니까. 칭호를 볼 수 있는 나라면… 시간이 충분하다는 전제하에 그 모든 정보를 얻어낼 수 있었을 텐데도 그러지 않던 것이다.

"당연한… 소리?"

"그래. 아마 이야기를 듣게 되겠지만… 나는 잠시 그녀와 계약을 맺은 것뿐이니 일이 정리가 되면 그녀와 헤어질 거야. 어차피 서로 사랑의 감정도 없으니까."

"서로? 서로 없다고? 그녀를 사랑하지 않는다고?"

순간 그녀의 목소리에 분노가 실려 어리둥절한 기분이 되었지만 고개를 끄덕인다. 분위기를 보아하니 어차피 머리를 더 만질 것 같지도 않아 몸을 일으켰다.

"빚이 있어서 잠시 돕는 것이니 너무 민감하게 생각하지 마. 나는…….."

"웃기지 마!"

"……?"

난데없는 고함에 고개를 돌리자 얼굴이 새빨갛게 달아오른 레미가 나를 쏘아보고 있는 모습이 보인다.

"그녀를 사랑하지 않는다고? 그녀와 결혼하면서? 어떻게 그녀를 사랑하지 않을 수가 있어! 그녀는… 황녀님은!"

"…레미."

"……?!"

순간 들려온 목소리에 고함을 지르던 레미가 얼어붙은 것처럼 멈춘다. 그녀의 뒤에는 소리 없이 다가온 세레스티아가 있었다.

"근신하고 있어."

"황녀님, 저, 저는."

"한동안 널 보고 싶지 않다."

"……."

세상이 무너진 것 같은 표정으로 잠시 멍하니 있다가, 간신히 몸을 움직여 방을 빠져나간다. 세레스티아가 말했다.

"미안해."

"그래, 미안해야지. 결혼을 하면서 여자 문제를 정리 안 하다니."

"그건… 미안. 제일 얌전하던 레미가 설마 이럴 줄이야. 뭐라 할 말이 없어."

연신 고개를 숙이는 그녀의 모습에 고개를 흔들었다.

"팬들의 시선이 수십 배는 더 무서웠으니 됐어. 귀여운 여자한테 원망을 받는 건 좀 슬프지만 어쩔 수 없지."

"으으, 미안. 녀석들이 워낙에."

삐빅!

거기까지 말했을 때 문득 기계음이 울린다. 세레스티아가 표정을 굳혔다.

"슬슬 나가야 해."

"그래. 다른 황족들 얼굴이나 보러 가볼까."

굳이 방금 전의 화제를 더 길게 이어가고 싶지 않았기에 고개를 끄덕인다. 무기를 가지게 되어서일까? 불안하던 초반에 비해 심적으로 많이 안정되어 있는 상태. 나는 손을 내밀었고 단정한 디자인의 흑색 드레스로 우아하게 치장한 세레스티아가 자연스레 그 손을 잡는다.

"하지만 조심해. 아까 보고서를 볼 때도 그랬지만."

천천히 걸으며 그녀가 말했다.

"이건 다른 방식의 전쟁이니까."

대회의실로 나아간다.

우리가 겪어야만 할, 새로운 전장이었다.

$$* \quad \bigstar \quad *$$

레온하르트 제국의 원형, 지구연방(地球聯邦)은 초대 황제의 초월적인 카리스마가 없었다면 성립조차 되기 힘든 단체였다. 일종의 시공 결계 안에서 문명을 발전시켜 막 우주로 나오게 된 지구인들에게 '자신들과 비슷한 다른 지구' 라는 것은 당연히 경계의 대상이었기 때문이다. 만일 정상적인 절차를 거쳐 만났다면 그들 사이에서는 전쟁이 벌어졌을 거라는 예측이 지배적일 정도.

그러나… 우주로 내던져진 그들이 마주해야 했던 상황은 너무나도 가혹했다.

대전쟁(The Great War).

후에 레온하르트 제국의 주력 상품으로 유명한 전투 시뮬레이션의 이름이 되기도 한 그 전란의 파도 앞에 47개의 지구 전부가 괴멸에 가까운 타격을 입었다. 힘을 합하지 않는다면 그들 모두가 멸망의 길에 들어설 수도 있는 상황이었던 만큼 그들은 신적인 힘을 가진 초대 황제의 아래에서 거대한 세력을 이룰 수밖에 없었다.

그리고 그렇기에 레온하르트 제국은 그 모든 권력이 황제에게 집중되어 있었다.

그렇다. '있었' 다.

"이제는 아니란 말이야?"

"응. 초대께서 잠드시면서 모든 것이 바뀌었지."

레온하르트 황제는 종전 후 약 30년간 제국을 통치하였지만 결국 버티지 못하고 쓰러지게 되었다. 전쟁 중 그의 적이었던 상위 신들에게 받은 저주를 끝끝내 치유하지 못했던 것이다.

그가 저주의 힘에 의해 끝없는 잠에 빠지게 되자 그와 함께 하던 황금사자신마저도 제국을 떠나게 되었다. 초월적인 힘과 인망, 그리고 명성으로 47개의 지구를 이끌던 존재가 한순간에 사라져 버린 것이다.

"황족들은? 초대 황제가 낳은 자식이 셋이나 되었다고 들었는데."

"그래봤자 초대에 한참 못 미치지."

중급 초월자였던 레온하르트 황제와 상급 초월자, 그러니까 언터쳐블인 황금사자신 사이에서 태어난 황족들은 빼어난 매력과 능력을 가지고 있었다.

하지만 그래봐야 그들은 필멸자(必滅子).

신의 피를 이은 특별한 존재라 하더라도 그들만의 힘으로

47개의 행성과 수천 개의 국가를 모두 통솔하기에는 모자라다. 이미 47개의 지구에는 상당한 수의 초월자들이 존재하고 그들은 각자의 지역에서 확고한 세력과 권위를 가지고 있었으니까.

황실의 통제력이 약해지는 건 필연이다.

레온하르트 황제 아래에서 숨죽이고 있던 수많은 유력자들은 시간이 지나면 지날수록 점점 더 큰 권리를 요구하기 시작했다. 그리고 그 결과 오직 황족만이 존재했던 레온하르트 제국에 귀족(貴族)들이 생겼다.

각 지구의 최고위 지도자들, 그러니까 전쟁 시 자신의 행성을 이끌던 대통령들을 비롯한 정치가나 막대한 재산을 가지고 있던 기업인, 혹은 거대 재벌 등이 스스로를 귀족이라고 칭하기 시작한 것이다.

이는 레온하르트 황실이 전혀 원하지 않는 흐름이었지만, 지도력도, 무력도 부족하던 제3대 황제는 그것을 막지 못했다. 자신의 형이었던 2대 황제가 스스로를 귀족이라 부르는 존재들에게 암살당하는 모습을 눈으로 보았기에 더욱 그러했다.

그 후 귀족들의 힘은 점점 커져만 갔다. 혼인과 출산을 반복하면서 황족의 숫자는 점점 늘어났지만, 그들은 황족의 후예인 동시에 귀족가의 후예이기도 했다. 황족들이 높은 확률로 귀족 가문의, 혹은 그들이 주선한 상대를 반려로 맞이했기 때문이다.

"물론 역대 황제들도 마냥 당하지만은 않았어. 선계의 강자 청원과 계약하여 혈통을 관리하도록 하고 상당수의 귀족을 포섭하여 자신의 사람들로 만들었지."

"즉, 귀족들 사이에 파벌이 생겼다는 거야?"

"말하자면 그렇지. 이해하기 쉽게 설명하자면 귀족파와 황제파로 나뉘어 있다고 할 수 있어."

대회의실로 이동하며 세레스티아의 설명을 듣는다. 나는 레온하르트 제국이 건국 때부터 황족-귀족-평민의 구분이 있었을 줄 알았는데 아무래도 귀족은 중간에 새로 생겼던 모양이다.

"아, 그러고 보니 황제의 죽음에 대해서는 누가 조사하는 거야?"

"일반적인 사건이라면 당연히 검찰과 경찰들이 나서겠지만… 지금의 경우에는 원로원이 움직일 거야. 현재 외부의 압력을 받지 않고 독자적인 수사가 가능한 건 오직 그들뿐이니까."

쭉 뻗은 복도를 도보로 이동한다. 비록 주변에 사람이 많지는 않았지만 그렇다고 오가는 사람이 아예 없는 것도 아니었는데 세레스티아는 별로 신경 쓰지 않고 이것저것 설명해 주는 상황이다.

"오, 4황녀께서 오셨군."

그리고 그때, 우리 옆쪽으로 지나가던 한 무리의 사람이 중얼거리는 소리가 들린다. 대회의실에는 경호원을 데리고 올 수 없다는 점을 생각할 때 저들 전부가 한가락 하는 귀족들일 것이다.

"잠깐, 설마 옆에 따라 가는 사람이?"

"허허, 말은 들었지만 설마설마하니……."

"정말 결혼하는 거요? 진짜로?"

불신에 가득한 목소리를 들으며 그들을 지나친다. 세레스티아 녀석이 팬들을 엄청나게 모아놓고 일을 저질러 준 덕택에 꽤나 화제인 모양이다.

"시선이 따가운데."

"아무래도 그렇겠지. 가진 권한은 개뿔 없어도 황족 중에 제일 유명한 건 나니까."

"잘났다, 이것아."

투덜거리며 계속 걷는다. 잠시 침묵을 지키던 세레스티아는 이내 나직한 목소리로 속삭였다.

"다시 한 번 말하는 거지만… 전부 무시해. 개가 짖는다고 생각하면 될 거야."

"아무리 도발하고 깔본다 해도?"

"이런 상황에 처하게 된 건 정말 미안하지만 아버지가 돌아가신 이상 어쩔 수 없어. 다행히 사건이 벌어지기 전에 우리 결혼을 허락한다는 공문이 내려온 덕에 최악의 상황은 면했지만 오히려 그렇기에 어떻게든 이 회의실 안에서 꼬투리를 잡으려 들 거야."

그녀의 말에 주변을 둘러본다. 여기저기에서 시선이 느껴진다.

"그러면 암살자를 보내거나 대놓고 덤비거나 할 수도 있지 않아?"

"그럴 수는 없어. 황제가 시해당한 이 비상시국에 불법적으로 무력을 사용하는 건 정치적으로 어마어마한 부담을 지게 되거든. 이 자리를 마련한 원로원의 분노에도 맞닥뜨려야 할 테고. 그리고 무엇보다."

거기까지 말하고 문득 피식 웃는 세레스티아의 모습에 의아해한다.

"무엇보다?"

"저 밖에 내 팬을 자처하는 노블레스가 와 있잖아? 돈과 권력으로 자칭하는 가짜 말고 전 우주에서도 인정받는 진짜 귀족이."

"아하."

잠시 잊고 있던 그림자 용을 떠올리고 고개를 끄덕인다. 그러고 보니 황성 밖에는 여전히 그녀의 [기사단]이 버티고 있다. 레온하르트 제국 입장에서야 외세에 불과하기 때문에 황성 안에는 들어오지 못했지만, 그녀가 험한 꼴을 당했다는 사실이 알려진다면 절대 가만히 있지 않을 것이다.

"뭐, 솔직히 무력으로 치면 어림도 없어. 어둑서니가 노블레스라고 해도 레온하르트 제국 역시 만만치 않은 저력을 가지고 있으니까. 어둑서니랑 일대일로 싸워도 이길 강자가 2명은 존재하는 데다 숫자에서는 상대도 안 되고."

"하지만 문제가 힘만은 아니겠지?"

"당연하지. 명분 없이 건드릴 수 있는 녀석이 아니야."

"배경이 문제라 이거군."

"그렇지."

고개를 끄덕이는 녀석의 모습에 문득 한 가지 가정이 떠오른다.

"셀, 녀석들을 끌어들이는 건 안 돼?"

"녀석들?"

"네 팬들 말이야. 어둑서니뿐만 아니라 나머지 팬들까지 모두. 사실 그들 정도면 충분히 괜찮은 세력 아냐?"

말이 좋아 팬클럽이지 단순한 빠돌이 집단이 아니다. 가장 눈에 띄는 건 당연히 노블레스인 어둑서니이지만, 나머지 역시 먼 우주에서 온 이들로 하나하나가 무시할 수 없는 출신이나 재력을 가진 존재일 것이다. 아무리 대우주라 하더라도 항성 간 이동이나 은하 간 이동을 할 수 있는 우주선이 자가용처럼 흔할 리는 없으니까.

'무엇보다 녀석들이 골든 로즈에 내려와 있었다는 게 그 증거지.'

세레스티아가 힘을 가지는 걸 달가워하지 않는 황족과 귀족들이 상당한데도 그들이 착륙하는 걸 막지 못했다는 것은 그들의 면면이 절대 예사롭지 않다는 뜻. 그리고 그런 그들이 뒤를 받쳐준다면 세력이 없는 세레스티아라도 충분한 힘을 발휘할 수 있지 않을까?

제법 괜찮은 생각인 것 같은데 뜻밖에도 세레스티아는 푹, 하고 한숨 쉬었다.

"이 바보야, 팬들은 내 부하가 아냐. 고용인도 아니지. 아무리 열광적인 지지를 받고 있다 하더라도… 본질을 잊으면 안 돼."

"본질?"

의문을 표하자 또각또각 걷고 있던 세레스티아가 우뚝 멈춘다. 나 역시 따라 멈추자 그녀가 나를 돌아보았다.

"사실은 내가 그들에 대해 아무것도 모른다는 본질."

"……."

"또한 그들이 나와 완전한 남이라는 본질."

또렷한 눈동자로 나를 바라본다. 그리고 그때 반대편에서 금발의 중년 남성이 다가온다.

"셀."

"삼촌."

세레스티아가 반가운 얼굴로 그에게 다가가 폭, 하고 안긴다. 그 역시 사람 좋은 미소를 지으며 세레스티아의 머리를 쓰다듬는다.

'뭐야, 친아빠보다도 친해 보이는군.'

앙겔로스 3세와 만났을 때와는 전혀 다른 분위기에 신기해하는 나와 마찬가지로 그 역시 굉장히 미묘한 표정으로 나를 보고 있다.

"이 녀석이냐?"

"응, 내 남편인 관대하야."

"남편이라······."

말끝을 흐리며 내 전신을 샅샅이 살피는 그의 모습은 제법 날카로웠지만 나는 별다른 표정 변화 없이 그것을 받아들였다. 생각해 오던 온갖 상황에 비하면 훨씬 양호한 반응이다.

"셀, 소개 좀 해줄래?"

"응응. 우리 삼촌이야. 내 마법 스승님이기도 하지."

"삼촌이라······."

일반적으로 삼촌이라 하면 아버지의 형제 중 결혼하지 않은 대상을 부르는 호칭이다. 결혼을 하게 되면 큰아버지나 작은아버지로 부르는 게 보통이니 아마도 그는 미혼이라는 뜻이겠지.

'결혼도 강제라고 들었는데… 설마 초월지경에 들어서 벗어

난 건 아니겠지?'

떠오르는 가정에 헛웃음 지으며 인사한다.

"만나서 반갑습니다. 관대하입니다."

"로스타 레온하르트다."

그렇게 자기를 소개하고 나를 빤히 바라본다. 다행이라면 다행인 것은 그 시선에 별다른 적의가 없다는 점.

나는 자연스럽게 그의 칭호를 확인했다.

[전투기술부]
[부여 초월자 로스타]

'으아, 정말 초월경에 올라서 결혼을 안 했잖아?'

다만 전투 관련으로는 보이지 않는다. 그가 장관직을 맡고 있다는 전투기술부의 업무가 대전쟁과 기가스 관리라고 했었으니 아무래도 일종의 기술자라고 할 수 있겠지.

"그나저나 분위기는 어때요?"

"그건… 아니, 일단 안으로 들어가자. 이런 데에서 할 이야기는 아니니."

휙, 하고 몸을 돌리는 로스타의 뒤를 따라 걷는다.

황실에 중요한 안건이 생길 때마다 개방된다는 대회의실은 기본적으로 거대하고 복잡한 구조를 가진 곳이었다. 솔직한 심정으로 말하자면 무슨 미궁에 들어온 기분이라 입구에 줄이라도 매고 와야 하는 게 아닌가, 하는 생각이 들 정도였는데 세레스티아도 로스타도 꽤 익숙한 듯 거침없이 사람들을 헤치고 나아가고 있다.

"우글우글하네. 제국의 모든 귀족이 다 모인 것 같아."

"그만큼 큰일이니까. 긴급 소집이 열려서 자작 이상의 모든 귀족이 소집되었어. 지금 이 안에 모인 귀족만 천 명이 넘을 거다."

레온하르트 제국의 핵심 인물 중 하나인 로스타와 같이 걷기 시작하자 다른 일행들이 너도나도 예를 표한다. 잠깐 사이에 한 100명 정도는 지나친 것 같은데 별로 기억에 남는 이는 없었다.

그런데 그때 새롭게 모습을 드러낸 한 무리의 일행에게서 나직한 목소리가 들려온다.

"저 녀석이 설마 그겁니까?"

"허허, 저렇게 안 어울리는 커플은 처음 보는군. 봉황과 펭귄이 나란히 선 꼴이야."

"도대체 별빛은 무슨 생각으로 저런 남자를 데려온 걸까요?"

"그렇게 비싼 척 고귀한 척하더니 기껏 데려온 남자가 저런 천것이라니."

"역시 피는 못 속인다니까요."

수근수근 속닥속닥. 자기들끼리 비밀 이야기를 하는 것처럼 대화하는 모습에 헛웃음을 짓는다.

어이가 없다. 왜냐하면 저 귀족이라는 녀석들이 나한테도 빤히 들리도록 떠들고 있었기 때문이다.

'이것들이?'

나는 극히 일반적인 인간에 가까운 신체 능력을 가지고 있었고 보통 사람보다 귀가 밝다거나 하는 특수 능력 따위 가지고 있지 못하다.

즉, 나에게 들린다면 누구에게나 들린다. 하물며 여기 있는 귀족 중 태반이 고위 능력자가 아니던가?

"참아."

그리고 그런 내 손을 세레스티아의 손이 잡는다.

"아까 했던 말 기억하지?"

"…물론이지."

순순히 고개를 끄덕인다. 명색이 귀족이라는 녀석들이 너무 졸렬하게 자극해서 황당했던 거지 그걸로 분노가 치밀어 오른다거나 하지는 않는다. 애초에 나는 그렇게 자기애가 강한 성격이 아니었기 때문이다.

다만 찜찜한 것은.

'나야 그렇다 쳐도… 세레스티아까지 이렇게 공개적으로 무시한다고?'

레온하르트 제국은 엄연한 신분제 국가이고 당연히 황족은 귀족보다 더 위에 있다. 민주주의 국가에서 살던 나는 익숙하지 못한 문화이지만 그것이 바로 이곳의 [질서]인 것이다.

'그런데 그럼에도 그걸 어그러뜨리고 있다는 건 그걸 감수하겠다는 뜻인가? 아니면.'

순간 떠오른 생각에 눈살을 찌푸린다.

'새로운 질서를 만들겠다는 뜻인가……'

거기까지 생각이 진행되자 절로 한숨이 새어 나온다. 만약 내 가설이 사실이라면 나는 정말 최악의 타이밍에 황성에 들른 것이다. 재수 없으면 고래 싸움에 끼어든 새우처럼 등이 터져 버릴 수 있었다.

'원인은 다르지만 결과는 세레스티아의 판단과 다를 게 없군. 지금 건수를 잡혀서는 안 돼. 잘못하면 괜히 적만 늘어난다.'

나는 슬쩍 고개를 돌려 수군거리는 귀족들의 칭호를 확인한다.

[아몬 공작가]
[어글러 파르테르]

[아몬 공작가]
[어글러 세타라]

"큭큭, 어글러가 뭐야, 어글러가."

"대하야?"

실소하는 내 모습에 세레스티아가 눈을 동그랗게 떴지만 대답하는 대신 고개를 끄덕인다. 괜한 도발에 발끈할 생각은 없었지만 그냥 순순히 들어주는 것도 짜증 난다.

'내가 이런 성격이던가?'

문득 그런 생각이 들었지만 무시하고 말한다.

"그리고 보면 아몬 공작가랑은 정말 사이가 안 좋은 모양이구나. 지구에서도 살육 병기인가 하는 녀석들을 보내서 암살하려고 하더니 여기서는 이런 수작이라니."

나직한 목소리에 수군거리던 귀족들의 얼굴이 대번에 굳는다.

"무, 무슨 소리를 하는지 모르겠군요. 우리가 왜 아몬 공작가라는 겁니까? 저희는 세나 백작가의……."

"당신들 이야기 한 거 아닙니다만. 그리고 그것보다."

녀석들의 말을 끊고 피식 웃는다.

"우리 대화 중이었습니까?"

"……."

가볍게 무안을 주자 얼굴이 시뻘겋게 달아오른 채 뒤로 물러선다. 뭔가 따지고 싶은 표정이었지만 내 옆에 있는 로스타와 세레스티아는 정통 황족이다. 비난도 대놓고 못 해서 자기들끼리 수군거리는 녀석들이 이제 와서 말을 걸 수는 없다.

그런데 놀란 건 그들뿐이 아니었는지 여태 가만히 있던 로스타 역시 묘한 표정으로 나를 바라본다.

"살육 병기라니, 그게 무슨 소리지?"

뭔가 알고 있는 듯 심각한 물음이었지만 어깨를 으쓱일 뿐 대답하지 않는다. 그러고 보니 이 아저씨도 세레스티아하고 친한 척은 다 한 주제에 그녀가 비난받는 걸 막아주지 않았다. 은근히 밉상이다.

"말해줘, 대하야. 몇 없는 아군이야."

"몇 없는 아군치고는 영 마음에 안 드는데."

"아이잉~ 그러지 말구."

세레스티아가 드물게도 애교를 부리며 내 목 즈음에 머리를 비볐다. 그리고 그러자 뒤에서 '어헉!', '으악!' 등의 비명이 터져 나온다. 심각한 표정을 짓고 있던 로스타마저 놀라서 그녀를 돌아본다.

"세, 셀? 지금 너 뭐 하는 거니?"

"뭐 하긴요, 남편한테 하는 깜찍한 애교~♡"

당당하게 웃으며 하트를 뿅~ 하고 쏜다. 그 모습은 틀림없이, 뭐라 반박할 수 없을 정도로 귀여웠지만, 그걸 바라보는 로스타의 얼굴은 창백하게 질려 있다.

'뭐야, 답지 않은 짓이라고는 하지만 세레스티아가 애교 좀 떠는 게 이렇게까지 충격적인 일인가?'

어이가 없어서 묻는다.

"너, 평소 이미지 관리를 어떻게 했기에 반응이 이래?"

"어떻게 했긴, 고고한 여왕처럼 했지."

"그런 것치고는 대하는 태도들이 마음에 안 드는데 말이지."

"흥, 그거야 내 노력이나 인생과 전혀 상관없는 일이니 관심 없어. 뭐, 어쨌든 그만 이동하자. 앞장서, 삼촌."

"그, 그러지."

다시 이동하는 두 황족을 따라 대회의실 중앙부에 위치한 좌석으로 이동한다. 대회의실의 구조는 극장과도 비슷했는데 다만 그 크기가 훨씬 크고 좌석이 여섯 자리씩 나뉘어 있다. 좌석끼리 어깨 높이의 격벽으로 분리되어 있는 데다 그 안에 테이블까지 설치되어 있어 최소한의 개인 공간을 보장하는 구조다.

"그나저나 다시 묻고 싶군. 살육 병기라는 건 무슨 소리지?"

"말 그대로죠. 지구에 쉬러 왔던 세레스티아를 습격했던 녀석들이 있었거든요."

난 지구에서의 일을 떠올렸다. [살육 병기]라는 칭호, 그리고 [황녀를 죽이러 온]이라는 칭호.

그때는 아몬 공작가라는 게 어디인지 몰라서 상황을 알 수 없었지만 이제 와서 그 단체를 다시 보니 대충 감이 온다.

"셀, 또 공격당했던 거냐?"

"뭐, 그렇지. 그래서 성계신이 지정한 성지(聖地)였던 대하 집에 들르게 되었고… 거기서 바로 알바트로스함으로 가게 됐어. 성계신이 직접 날려줬거든."

"거기에 대한 이야기는 대충 들었지만… 이야기가 비어 있군. 그렇다면 대체 어떤 근거로 그 습격자들이 아몬 공작가 소속인 걸 안 거지? 그리 쉽게 단서를 흘릴 녀석들이 아닐 텐데."

당연한 의문이었지만 대답하지 않는다. 내가 어느 정도나마 신뢰하는 건 세레스티아지 태어나서 처음 만난 이 아저씨가 아니었다.

"그건."

"그건?"

"비밀입니다."

"……."

내 상쾌한 발언에 로스타의 얼굴이 일그러진다.

"이봐, 너 뭔가 상황을 잘못 이해하고 있나 본데……."

약간은 으르렁거린다는 느낌으로 나를 바라본다. 악의(惡意)는 없다. 아마도 기선을 제압하고 싶은 모양.

그러나 그때 세레스티아가 끼어들었다.

"말 들어, 삼촌. 비밀이라잖아."

"아니, 지금 이게 비밀이라고 쓱 넘어갈 문제야? 지금 상황이?"

"삼촌."

세레스티아의 시선이 서늘해진다.

"두 번 말하게 할 거야?"

"……."

쌀쌀맞은 목소리에 로스타의 눈초리가 축 처진다. 제법 중후하던 인상이 싹 사라지고 비 맞은 강아지처럼 처량한 표정이 되었지만 세레스티아는 꿈쩍도 하지 않는다.

"쓸데없는 데 집착하지 말고 할 일이나 해."

"으, 으으… 딸자식 키워봐야 소용없어……."

"누가 딸이야, 누가."

어이없다는 표정을 지으며 절레절레 고개를 흔든다.

그때였다.

"집정관(Consul)님께서 들어오십니다."

귓속을 파고드는 것 같은 또렷한 목소리와 함께 웅성웅성하던 대회의실이 단숨에 침묵에 잠겨든다. 고개를 돌려 정면에 위치한 단상을 바라보자 그 중앙으로 걸어 올라가는 노인의 모습이 보인다.

어쩐 일인지 세레스티아와 로스타의 표정이 딱딱하게 굳는다.

"이런……."

"맙소사, 당했군."

당혹스러운 그들의 표정에 나 역시 단상에 내려선 노인의 모습을 바라보았다. 180… 아니, 190은 되어 보이는 훤칠한 키를 가진 그는 도저히 노인의 것으로 보기 힘든 넓은 어깨와 탄탄한 근육을 가지고 있다. 전신을 타고 흐르는 패도적인 기세는 주변 모든 것을 짓누르는 수준.

그러나 문제는 그런 것들이 아니다.

"…아이고."

설명이 필요 없었다. 칭호를 보는 순간 나 역시 절로 신음이 나왔다.

거기에는 나로서도 모를 수가 없는 이름이 있었기 때문이다.

[아몬 공작가]

[신검의 주인 아몬]

불과 몇 분 전에 입에 담았던 이름이 거기에 있었다. 세레스티아를 공격했던, 말하자면 [적]이나 다름없는 이름이.

더불어 거슬리는 것은 초월자로 보이는 그가 능력 관련 칭호가 아니라 다른 칭호를 달고 있다는 점이다. 뭔가 강력한 특성을 가지고 있는 것 같았다.

"어떻게 된 거예요, 삼촌. 삼촌도 원로원 소속 아니었어요?"

"그렇긴 하다만… 완전히 배제되었군. 원로원 멤버 중 절반 이상을 모아서 날치기로 통과시킨 모양이야."

속삭이는 둘의 대화에 끼어든다.

"그러니까 원래 집정관이라는 직위를 가진 게 저 노인이 아니라는 말입니까?"

"당연하지. 집정관은 대대로 순혈의 황족만이 맡을 수 있었어. 물론 아몬 역시 황족의 피를 이은 건 사실이지만… 아니, 그보다 마켈란 형님은 어쩐 거지?"

당혹스러운 목소리를 내면서도 일어나 따지지 않는다. 아무

208 당신의 머리 위에

래도 여기에서 섣불리 움직이면 위험하다는 것을 느끼고 있는 것 같았다.

[여기 있는 분 중 본인을 아는 사람도 있을 테고 이야기로만 들어본 사람도 있겠구려. 만나서 반갑소. 페일 아몬이요.]

또렷한 목소리에 대회의실을 짓누르듯 퍼져 나갔다. 목소리 자체에 담긴 힘이 상당해서 그 넓은 대회의장이 침묵으로 가득 차 있다.

[전 집정관이셨던 마켈란 님께서 불의의 습격으로 사고를 입어 원로원 투표 끝에 잠시 집정관 역할을 맡게 되었소.]

"불의의 습격이라니! 설마 황제 폐하뿐만 아니라 집정관님도 당하셨단 말입니까?"

"아니, 그보다 흉수는 밝혀진 겁니까? 이번에도 황족 간의 골육상쟁은 아니겠지요?"

"영자폭탄이 터졌다고 들었습니다! 조사 결과는 어떤가요?"

여기저기에서 질문이 터져 나오기 시작하면서 조용하던 대회의실이 시장통처럼 시끄러워진다. 그야말로 난잡한 분위기였지만, 나는 그걸 보고 있는 아몬이 만족스러워하고 있다는 것을 느꼈다.

"느낌이 안 좋은데."

"확실히……. 삼촌, 페인 공작가 놈들은 어디에 있어? 황태자를 비롯한 언니, 오빠들은?"

"없다. 이것들, 애초에 참석하지 않을 생각인 것 같은데?"

"…설마."

"그래, 힘겨루기다. 귀족파가 황제파와 본격적인 대립을 시작한 거야."

"하지만."

"그래, 있을 수 없는 일이지. 황제가 죽은 이 상황에서 무슨 자신감으로 원로원까지 장악한 귀족파와 싸우려는 거지? 명분도 없는데?"

세레스티아는 원로원의 소집을 무시할 수 없다고 말했다. 황제가 피살된 상황에서 그들의 소집을 무시하면 용의 선상에 오를 수 있고, 어쩌면 결혼 자체를 인정하지 않을 수 있다는 위험 때문이다.

'하지만 상황이 바뀌었군.'

원로원의 소집을 황제파에 속해 있는 귀족과 대부분의 황족이 불응했다. 일종의 보이콧을 해버린 것.

그런데 그런 회의장에 황족인 세레스티아와 로스타가 들어 왔다.

"당했어. 이렇게 완벽하게 따돌림 당하다니⋯⋯. 미안해. 설마 삼촌까지 휩쓸려 버릴 줄은 몰랐어."

"새삼스럽게 사과 같은 거 할 필요 없어. 하지만 이해할 수가 없군. 내가 그렇게나 만만해 보였나?"

로스타의 눈이 서늘해진다. 전투기술부의 장관이자 초월자인, 심지어 레온하르트 제국의 실세 중의 하나이기도 한 그를 황제파가 너무나 쉽게 방치한 상황 때문일 것이다.

"삼촌."

"그래, 일단 나가야 해. 내가 정치질을 너무 안 하긴 했군. 당장 담당 부서를 마련해야겠어."

벅벅 이를 갈며 몸을 일으킨다. 다행히도 주변이 웅성웅성 시끄러운 상태였기에 조용히 빠져나간다면 별문제가 없는 상황이다. 물론 회의 중간에 나가는 걸 통제하는 이들이 있을 테지만 초월자인 로스타는 어지간한 방해로 막을 수 없는 존재이니까.

그런데 그때.

[우리 레온하르트 제국의 자랑인 별빛의 여왕께서도 자리를 빛내주고 계시구려. 황제 폐하와 가장 마지막에 만났다고 들었는데… 심심한 위로의 말씀을 드리오.]

단상에 있던 아몬이 우리에게 말을 걸었다. 그야말로 전조조차 없던, 기습이나 다름없는 공격이었다.

"…젠장."

의자에서 일어났던 로스타가 나직이 신음하며 다시 자리에 앉는다.

대회의장의 모든 시선이 우리에게로 몰려 있었다.

"정보가 없어도 너무 없는데……."

세레스티아가 인상을 찡그리며 나직하게 중얼거린다.

그렇다. 정보가 없다. 배경도 없고 세력 자체가 다른 귀족이나 황족들과 상대가 안 되는 세레스티아는 아무래도 거대 세력을 상대할 때 제대로 된 정보를 얻기가 어렵기 때문이다. 6황자와 싸웠을 때나 황태자와 급작스럽게 맞닥뜨렸을 때 그들이 낭패를 본 것은 나라는 변수 때문이었을 뿐 개인이나 다름없는 세레스티아는 정보전에서 압도적으로 뒤지고 있다.

6황자 때도 그렇지만 세레스티아가 알바트로스함에서 내려

팬들과 마주치기 직전 황태자가 끼어들었던 것 역시 절묘한 타이밍. 만약 그 순간 제대로 저항할 수 없어 그들의 뜻대로 되었다면 그 많은 팬도, 노블레스도 세레스티아에게 아무런 도움을 주지 못했을 것이다. 얼굴도 마주치지 못한 상황이니 레온하르트 황실에서 그녀를 빼돌렸는지 아니면 그녀가 자기 뜻대로 떠난 것인지 알 수 없었을 테니까.

'심지어 지금은 적들이 짠 판에 휩쓸린 상태란 말이지.'

때문에 지금 상황은 더없이 위험하다. 조금만 처신을 잘못해도 적들의 음모에 휘말리게 되리라.

[걱정해 주셔서 고맙군요, 공작. 하지만 저에 대한 걱정보다 더 중요한 일이 있지 않나요?]

다행히 이런 경우가 한두 번이 아니었는지 세레스티아는 침착하게 대응했다.

[더 중요한 일이라?]

[…이상한 질문이군요, 공작. 지금 이 순간 아버지를 해친 시해범을 밝히는 일보다 더 중요한 일이 있나요?]

단도직입적으로 찌르고 들어간다. 즉, 황제를 죽인 범인부터 밝히거나 그 수사 내용부터 밝혀야지 무슨 엉뚱한 소리만 하고 있냐는 뜻이다. 실제로 단상에 올라온 그가 좌석에 앉아 있는 세레스티아에게 굳이 일대일로 대화를 건 것 자체가 정상적인 상황이 아니지 않은가? 무슨 Q&A 시간도 아니고 말이다.

[옳은 말이요. 역시 별빛의 여왕께서는 총명하시군.]

고개를 끄덕이며 수긍한다. 그러나 그 순간 나는 거기에서 스쳐 지나가는 경멸을 느꼈다.

'이것 봐라?'

나는 푹신한 좌석에 몸을 묻었다. 다행인지 불행인지 그 누구도 나에게 관심이 없어 보인다. 마치 연예인과 매니저가 지나가면 사람들이 연예인만 보지 매니저는 있는지 없는지도 잘 모르는 것과 같다.

'마음을 정확하게 볼 수 있으면 좋을 텐데.'

아무리 칭호가 만능이라도 대상의 [목적]이나 [계획]을 구체적으로 보여주지는 않는다. 수많은 칭호를 다 살펴본다면 그걸 추리해 낼만 한 단서들이 나타날지도 모르지만, 내 앞에 묶어놓고 수십 분 동안 조사할 게 아니라면 그렇게 하기는 어렵겠지.

'아쉬운 대로 가장 효과적인 분류를 해야 해.'

고민한다. [능력], [감정], [상태] 등… 가급적 하나의 칭호로 직접적인 정보를 얻을 수 있는 그런 키워드가 필요했다. 한 방에 적들의 모든 음모를 파헤치지는 못하더라도 최소 한 가지 이상의 정보를 파악할 수 있는.

내가 그렇게 고민하고 있는 사이에도 세레스티아는 계속 대화 중이었다.

[원로원에서는 상황을 어디까지 파악했는지 알고 싶군요. 범인을 찾았나요?]

[물론 아직은 아니오.]

흔들림조차 없는 차분한 대답. 그리고 그 순간 나는 적당한 키워드를 찾았다.

'진위.'

슬쩍 몸을 기울인다. 세레스티아의 뒤에 숨어 작게 속삭였다. 대회의실의 좌석들은 파트별로 소리가 새어 나가지 않게 하는 기능이 있었기에 굳이 필요한 행동은 아니었지만 독순술 같은 걸 하는 놈들이 있을지 모르니 가급적 안 보이는 방향이 좋았다.

"거짓말이야."

내 말에 세레스티아가 잠시 멈칫한다. 그러나 이내 아무런 표정 변화 없이 아몬 공작을 바라보았다.

[설마 당신들이 벌인 일은 아니겠지요.]

[…….]

한순간 여유로운 태도를 보이고 있던 아몬 공작조차도 대답을 못 했다. 단상에 서 있던 다른 원로들은 물론이고 귀족들도 경악한 표정으로 세레스티아를 바라보았다. 그만큼이나 파괴적이고 위험천만한 질문이었다.

'이 녀석.'

다른 사람들은, 심지어 그녀의 삼촌인 로스타마저도 세레스티아를 미친 사람 보듯 했지만 오직 나만은 그녀가 어째서 그런 위험한 질문을 던졌는지 알 수 있었다. 내 능력을 빠르게 파악한 그녀가 가장 핵심적이고 어디에서도 쉽게 접할 수 없는 정보를 얻기 위해 모험을 한 것이다.

그리고 그 결과는.

[황제 폐하를 잃은 슬픔으로 흥분하셨구려……. 무례이기는 하지만 넘어가겠소.]

[즉, 무관하다는 말이군요.]

[물론이요.]

단호하고 흔들림 없는 대답. 세상 누구도 그를 의심할 수 없을 것 같을 정도로 뚜렷한 시선.

그러나 나는 고개를 흔들었다. 그의 머리 위에 이렇게 써져 있다.

[아몬 공작가]
[거짓말하는 아몬]

"거짓말……."

진실을 안 것은 좋은데 상황이 암담하다. 이곳은 원로원의 소집으로 모인 귀족들이 가득한 자리이니 말하자면 우리는 적진 한가운데에 있는 셈이었기 때문이다.

공작이 저렇게 거짓말을 늘어놓고 있는 걸 보면 여기 있는 귀족들이 황제를 죽이는 데 참여한 것 같지는 않다. 하긴 반역이나 다름없는 짓이니 어찌 공개적으로 그런 짓을 저지르겠는가?

그러나 아몬 공작과 세레스티아 사이에 갈등이 생긴다면 그들이 우리를 도울 리 없다. 정무관 최고 지위이며 행정 및 군사의 대권을 장악하고 있는 원로원의 수장인 집정관과 별다른 배경도 없이 그저 황녀로서 가진 약간의 세력이 전부인 세레스티아 사이에는 엄청난 간격이 존재하기 때문이다.

[다행이군요. 그렇다면 더 빠른 수사와 그 정보의 공개를 요청해도 될까요?]

[물론이요.]

뭔가 큰일이 나지 않을까 조마조마하게 보고 있었는데 세레스티아는 의외로 순조롭게 대화를 마치고 자리에 앉았다. 그녀가 오히려 너무 세게 나오니 꼬투리를 잡으려던 아몬 공작이 한발 물러서는 것으로 보인다.

"다행히 무사히 넘겼군⋯⋯. 그나저나."

옆에서 조용히 있던 로스타가 눈을 가늘게 뜨며 나를 바라본다.

"그게 무슨 말이지? 거짓말이라니?"

"말 그대로야. 대하는 상대방이 하는 말의 진위를 파악하는 능력이 있거든."

차분한 세레스티아의 설명에 로스타가 인상을 찡그린다.

"정보 계열 능력이라면 섣부른 판단이라고 말하고 싶다. 그런 잡기들은 오롯이 완성된 초월자에게 통하지 않아. 무엇보다 경지도 별로 높지 않은 것 같은 녀석의 말을 듣고 이런 위험천만한⋯⋯."

"삼촌."

로스타의 말을 가볍게 자르며 세레스티아가 한숨을 쉰다.

"내가 바보로 보여? 더불어 우리 결혼을 허락했던 아버지도 바보 멍청이고? 도대체 왜 이 녀석을 평범한 인간이라고 생각하는 거야?"

"뭐? 하지만."

나는 이해할 수 없다는 표정으로 내 쪽을 바라보는 금발의 중년에게 어깨를 으쓱였다. 그는 다시 세레스티아를 바라보았다.

"아무리 봐도 평범한 인간이잖아?"

아무래도 나에게서 '뭔가'를 느끼는 건 황족 중에서도 특별한 눈을 가진 이들뿐인 것 같다.

'하긴.'

내 육체는 극히 일반적인 인간의 그것이고 내가 가진 영력 또한 초보 능력자의 수준을 벗어나지 못한다. 보통의 시선으로 보면 평범한 인간으로 보이는 게 오히려 정상이겠지.

오히려 신기한 건 초월자인 그조차 그걸 못 알아본다는 점이다. 경지와 상관없는 힘이라는 것일까?

"상황 복잡하니까 쓸데없는 소리 하지 말고 그 말이 사실이라는 가정하에 이야기해 봐. 저 녀석들이 아버지를 죽였다면… 대체 무슨 이득을 노린 걸까?"

"이득이라."

아직 납득하지 못한 표정이면서도 로스타는 순순히 생각에 잠겨들었다. 그러나 그것도 잠깐. 고민은 그리 길게 이어지지 못한다.

"…없는데?"

"없다고?"

"그래. 아무리 생각해도 없다. 설사 녀석들이 반역을 노렸다고 하더라도… 지금은 타이밍이 좋지 않아. 하필 수많은 외부인에 노블레스까지 이 행성에 온 상태에서 일을 벌인다는 건 비합리적인 일이니까. 아무리 차단하려고 노력해도 정보가 새어 나가는 상황을 막을 수가 없다고."

대우주에는 수많은 이능이 존재하며 그 숫자는 감히 가늠조차 할 수 없을 정도다. 특정 학문으로 정립된 이능에서부터 특수한 환경에서 깨어나는 초능력, 그리고 황족들이 그러하듯 혈통으로 깨닫는 권능까지.

그리고 그것들 중 가장 막기 힘든 방식이 바로 정보 그 자체를 읽어내는 정보 관련 능력들이다. 예를 들어 미래를 볼 수 있는 예지능력이라든가, 특정 사물이나 장소의 과거를 보는 사이코메트리 능력이라든가.

심지어 정보 관련에는 [비밀을 들을 수 있는] 해괴한 종류의 능력마저 존재한다. [문 뒤의 악마]라는 능력으로 극히 희귀하다는 예지능력보다도 더 귀한 능력이라고 들었다.

'그렇군. 녀석들은 셀의 팬클럽 중에 그런 능력자들이 있을지도 모르니 두려워할 수밖에 없어.'

정보 관련 능력을 가진 존재들이 가장 성공할 수 있는 직업은 무엇일까?

바로 기자다.

온갖 고위 능력자가 넘쳐나는 대우주에서 제대로 된 기자로 성공하려면 정보 관련 능력은 필수라고 할 수 있다. 소문이지만 우주 최대의 언론사로 유명한 [호루스]의 보도국장은 국장실에 앉아 다른 은하에 존재하는 문서를 읽어낼 수 있을 정도라고 하니 더 말해 무엇하겠는가?

그리고 그렇다면⋯ 우주 아이돌이라는 엄청난 명칭을 가진 세레스티아가 위험에 빠졌다는 사실에 몰려든 팬들 중에 기자가 섞여 있을 가능성은 너무나 높다. 아니, 높은 정도가 아니라 반드시 기자가 있을 것이다. 어쩌면 생각보다 훨씬 많을지도 모른다.

"하지만 그럼에도 죽였어. 그건 확실한 사실이지."

흔들림 없는 말투에는 확신이 가득하지만 로스타는 동의하지 않았다.

"정신 차려라, 셀. 이 녀석이 엄청난 조종사라는 것은 알지만 이건 전혀 별개의 문제야. 탐욕스러운 귀족들이라도, 아니, 오히려 탐욕스러운 귀족들이기에 이런 일을 저지를 이유가 없다는 걸 잊어서 안 돼."

단호하게 고개를 흔든다. 세레스티아가 뭐라 하든 자체적으로 판단을 내린 것. 그런데 그때였다.

"확실히 그렇소."

세레스티아도, 나도 아닌 새로운 목소리가 끼어든다.

"하지만 문제는 세상 모든 일이 다 정해진 계획에 따라 벌어지는 건 아니라는 점이지."

"······!"

나는 깜짝 놀라 좌석에서 벌떡 몸을 일으켰다. 그것은 익숙한, 나에게 너무나도 익숙한 목소리였다.

"너는······?"

"오랜만이구려."

그는 반짝이는 금발에 푸른 눈동자를 가진 전형적인 서양인이다. 예순, 혹은 일흔 정도의 나이로 보이며 특이하게도 동양풍의 비단옷을 입고 백우선을 들고 있다.

"청원······."

신음하며 주변을 둘러본다. 그의 등장에도 주변에는 아무런 반응이 없다.

아니, 아무런 반응이 없는 정도를 넘어서ㅡ

"그렇게 둘러볼 필요 없소. 시간을 정지시켰으니까."

"또 시간 정지냐……."

기가 막혀서 중얼거렸지만 사실 그렇게까지 경악할 일은 아니다. 시간 역행이라는 어마어마한 이적에 비하면 시간을 멈추는 것 따위는(?) 사소한 일에 불과할 테니까.

촤라락!

그런데 내 앞에 도착한 청원이 갑자기 무슨 막대기 비슷한 것들이 들어 있는 통을 꺼내더니 허공에 뿌렸다. 그러자 그 안에 있던 막대기들이 허공에 휘리릭 떠오르더니 일정한 규칙성을 만들며 멈췄다.

청원의 얼굴이 험악하게 찡그려진다.

"아직도 마찬가지라고? 모든 인과의 흐름에서 벗어나 정지된 시간 속에서만 움직이는데도……?"

이해할 수 없다는 듯 중얼거리는 청원의 칭호를 바라본다.

[봉래도]

[죽을 팔자 좌자]

나는 열쇠를 이용해 스스로의 혈통을 각성시켰을 때를 떠올렸다. 그때의 난 다시 약해지기 전에 청원을 잡아 후환을 없애려고 그의 미래를 찾아보았지만, 오직 그의 [죽음]만을 읽을 수 있을 뿐 그 어떤 정보도 얻어내지 못했다. 그가 왜 죽는지, 누가 죽이는지 전혀 알 수가 없었던 것이다.

'죽을 운명.'

그렇다. 저 칭호가 뜻하는 바가 그것이다. 예지는 한 가지의 미래만을 보여주지 않는다. 분기와 온갖 변수에 따라 셀 수 없이 많은 미래를 보여주는 것.

그러나 그에게 준비된 미래는 오직 하나뿐이다.

"이럴 때가 아니군. 자네와 협상하러 왔네."

"협상 말입니까?"

"그래. 자네는 4황녀와 결혼하기로 했다지. 만약… 자네와 4황녀 사이에서 태어날 아이의 몸을 나에게 제공한다고 맹세하면 내가 자네를 돕겠네."

돌려 말하지도 않고 시간을 끌지도 않고 아주 직접적인 딜이었다. 마치 뭐에 쫓기기라도 하는 것처럼 초조해 보이는 표정으로 나를 바라보고 있다.

"제가 거기에 응할 거라고 봅니까?"

덜컹!

덜컹덜컹!

순간 어디선가 문 흔들리는 소리가 들린다.

"충분히 할 수 있네. 자네 지금 상황을 생각해 보게. 황제가 죽었고 자네는 범의 아가리 안에 들어와 있어. 이미 아몬 공작은 자네를 죽이려고 마음을 먹었다네. 4황녀는 그에게 사로잡혀 적당한 가격에 팔려 나갈 테고 자네는 시체조차 찾지 못할 거야."

덜컹덜컹덜컹!

당장 이걸 열라고, 지금 뭐 하고 있냐고 재촉하고 있다.

"그러니까 살고 싶으면 수락하라?"

"단지 사는 문제가 아니네. 사명에 묶여 있다지만 나는 중급 초월자이니 여러 가지 방법으로 자네를 도울 수 있어. 자네의 이름을 온 우주에 떨쳐 울리게 만들 수도 있네. 그리고 또."

"그러고 보니 좌자, 하나 묻고 싶은 게 있다."

"…뭐라고?"

갑자기 바뀐 말투로 불린 자신의 이름에 벼락이라도 맞은 것처럼 멍한 표정을 짓는다. 하지만 그러거나 말거나 물었다.

"지금 그 몸도 레온하르트 제국의 황족이지?"

중국 후한 말의 도인으로 금단술의 시조라는 좌자(左慈)가 서양인의 몸을 하고 있는 것부터가 이상한 일이었다. 분명 중국 출신인 그가 금발에 푸른 눈동자라니 말이나 될 법한 이야기인가?

그러나 지금에 와서는 그 금발에 청안이 어디에서 온 것인지 대충 알 것 같다. 내 곁에 있는 레온하르트 제국의 황녀. 셀레스티아의 그것과 똑같았으니까.

"분위기를 보아하니 만족할 만큼 적합하지는 못했나 보군. 나이도 빨리 먹고 점점 쇠약해지고 있던 모양이야. 오히려 그래서 여태 알아보지 못했지만."

정지된 시간 속에서 그를 보고 웃는다. 청원은, 아니, 좌자는 망연자실한 표정으로 나를 바라보고 있다.

"너, 넌 누구야. 어떻게 나를 알아볼 수 있지? 정체가 뭐야?"

"나? 글쎄?"

피식 웃는다.

덜컹덜컹.

문이 흔들린다.

하와는 내가 [아버지]로부터 물려받은 열쇠가 없다면 스스로의 혈통을 깨울 수 없다고 생각했다.

'크나큰 착각이지.'

잠겨 있던 문을 열쇠로 열면, 그다음부터는 열쇠가 필요 없다. 그냥 손잡이만 돌려도 문은 열리게 마련이다.

단서는 얼마든지 있었다. 이미 나는 한번 열쇠로 간섭한 상대를 원거리에서 다시 [닫는] 행위를 몇 번이나 해오지 않았던가?

닫는 게 가능하다면, 당연히 열 수도 있다.

덜컹덜컹.

문이 흔들린다.

"…뭔가 바뀌었구나. 넌 방금 전의 녀석이 아니다. 누구냐."

좌자가 심각한 표정으로 으르렁거리며 대여섯 장의 부적을 꺼내 든다. 하나하나가 미증유의 힘이 담긴 보패급 부적들.

그러나 [나]는 단지 웃을 뿐이다.

"내가 누구냐… 라."

그를 없애 비천한 인간 상태의 나를 보호하려던 때를 떠올린다. 나는 그를 찾을 수 없었다. 왜냐하면 오직 그의 [죽음]만이 보였기 때문이다.

그때는 그 사실이 당황스러웠지만, 이제는 그 이유를 알겠다.

"나는."

위이이잉…….

왼손에 차고 있던 쉐도우 스토커가 시계 형태에서 권총의 형태로 변형된다.

자연스럽게 그를 겨누며 말한다.

"너의 죽음이다."

퍽!

마치 주먹으로 뭔가를 가볍게 친 것 같은 소리가 났다. 별로 특별할 것도 없는, 주의 깊게 듣지 않으면 잘 들리지도 않을 그런 소리.

그러나.

"거짓말⋯⋯."

그것은 수천 년을 살아온 대신선의 마지막을 알리는 신호탄이었다.

"거짓말이야⋯⋯."

믿을 수 없다는 표정으로 자신의 가슴팍을 내려다본다. 어느새 그의 상체에는 사람 머리통 하나는 가볍게 들어갈 만한 크기의 구멍이 뚫려 있었다.

철컥!

어떤 문명이 지성을 깨닫고 문명을 꽃피우면 제1문명이 시작된다. 그리고 더 발전해 자신의 행성 전체, 혹은 대부분을 장악하는 정보망과 네트워크를 완성하면 제2문명에 들어서고, 자신이 살고 있던 행성에서 벗어나 다른 항성, 다른 은하로 넘어가는 게 가능해지면 제3문명에 들어서게 된다.

그렇다면 4문명에 들어가는 조건은 무엇일까?

'3대 속성의 제어'.

마법의 신인 카인은 마법학에서의 속성을 12개로 분류했고 다시 그중에서 세 가지를 따로 떼어내 절대 속성, 혹은 3대 속성이라고 명명했다. 이는 그것들이 다른 속성보다 명백히 상위에 존재하는, 오직 신들만이 완벽히 다룰 수 있는 특수한 속성이었기 때문이다.

시(時), 공(空), 무(無).

제4문명은 저 세 가지 요소를 실질적으로 활용하는 데 성공하면 들어설 수 있는 영역이다. 과학의 힘으로 공간을 뒤틀고, 과학의 힘으로 시간의 흐름에 간섭하며, 과학의 힘으로 소멸과 창조가 가능해지는 것.

즉, 쉐도우 스토커가 4문명의 결정체라고 불린다는 것은… 이 총이 세 개의 절대 속성 모두를 제어할 수 있다는 뜻이다.

퍽!

다시금 좌자의 몸이 흔들린다. 첫 탄이 치명타였다면, 두 번째 탄은 사망 선고나 다름이 없었는데도 좌자는 그것을 막지 못했다.

심지어 막을 능력이 있었음에도 그렇다.

"너무 많은 무리수를 뒀어. 아무리 그래도 자기방어의 사명까지 잃어버릴 정도로 설치다니."

어차피 새 몸으로 갈아탈 거라고 생각했기 때문일까? 좌자는 도저히 신선이라고 생각할 수 없을 정도로 파격적인 행보를 보였다. 그는 자신의 사명을 곡해하여 나와 세레스티아를 비인들의 함선으로 내몰았고, 그 이후에도 몇 번이고 물질계에 막대한 영향력을 행사했다. 심지어 그중 몇 개는 그의 안전이나 사명과 아무런 상관도 없었다.

이는 절대 정상적인 상황이 아니다. 신선들이 그렇게나 사명을 가볍게 여길 수 있었으면 대우주는 예전에 벌써 선인들의 손에 들어갔을 것이다.

"대체… 뭘 어떻게 한 거지? 그 총은 뭐냐? 어찌 그런 개인 화기 따위가 천간(天間) 안에서 작동할 수 있는 거지?"

당연한 말이지만 좌자가 무방비하게 모습을 드러낸 것은 아니다. 그는 자기가 사명을 무시하고 농락함으로써 생긴 페널티를 알고 있었기에 모든 인과의 흐름에서 벗어나 정지된 시간 속에서만 움직이는, 그러면서도 외부의 존재를 끌어들일 수 있는 초월경의 술법을 적용했던 것이다.

천간(天間).

그것은 좌자가 자기방어의 사명마저 사용할 수 없는 상황을 대비해 만들어낸 대안이다. 왜곡된 시간의 틈새에 만들어진 이 기묘한 공간에서는 상대와 대화만 할 수 있을 뿐 그 어떤 영향도 끼칠 수 없다. 물리적인 건 물론이고, 마법적인 능력들도, 심지어 권능마저도 전혀 발휘가 안 되는 것이다.

'말하자면 절대적인 평화 지대란 말이지.'

그러나 그것은 나에게 아무런 상관이 없었다. [모든 것]을 알고 있는 나는 그의 방비는 물론이고 그 대응법까지 자연스럽게 알고 있었기 때문이다.

철컥!

공이를 당기자 약실이 돌아가며 필요한 효과가 적용된다. 그리고 불신에 가득 찬 눈으로 나를 바라보는 좌자의 몸을 겨눈다.

그는 도망갈 수도, 막을 수도 없다. 온갖 제약으로 온몸이 꽁꽁 묶인 지금의 그는, [확정]된 자신의 미래를 바꿀 방법이 없었다.

"어이가… 없군. 설마, 설마 내가 이렇."

퍽!

유언조차 다 마치지 못한 좌자의 몸이 쓰러진다. 물질계에서 신이나 다름없다는 황제 클래스의 존재치고는 허망한 결말.

그리고 그렇게 그의 몸이 쓰러지자.

키이이…….

묘한 울림과 함께 정지해 있던 시간이 다시 흐르기 시작한다.

"정신 차려라, 셀. 이 녀석이 엄청난 조종사라는 건 알지만 이건 전혀 별개의 문제야. 탐욕스러운 귀족들이라도, 아니, 오히려 탐욕스러운 귀족들이기에 이런 일을 저지를 이유가 없다는 걸 잊어선 안 돼."

"알고 있어. 하지만 청원도 피해가지 못한 능력을 아몬 공작이 피할 거라는 생각은 도저히 안 드는걸."

"…청원에게 통할 정도의 고위 능력이라고?"

어느새 나는 정상적인 시간의 흐름으로 돌아와 있다. 주변에 있는 그 누구도, 심지어 초월자인 로스타나 아몬 공작조차도 아무런 낌새를 느끼지 못했다. 좌자의 시체 또한 시공의 미아가 되어버렸기에, 그의 존재는 긴 시간 동안 행방불명으로 남을 것이다.

'정말 허무하군.'

중국 후한 말의 도인으로 금단술의 시조가 되었으며, 후에 중급 신위를 얻어 대신선의 경지에 올랐던 좌자가 이렇게 허무하게 죽을 것이라고는 그 누구도 상상할 수 없었을 것이다. 나름의 목적을 가지고 긴 시간을 인내해 온 그였지만, 언제나 그러하듯 운명의 소용돌이를 완벽히 예측하는 것은 불가능하다.

"대하야, 일단 네가 알 수 있는 걸 간략하게 설명해 줄래?"

그렇게 잠시 멍하니 있는데 세레스티아가 말을 걸었다. 옆에 있는 로스타 역시 나를 해부하기라도 할 것처럼 노려보고 있다.

"그래. 네가 특수한 능력을 가지고 있다면 일단 확실하게 알려라. 솔직히 신뢰하기 어렵지만 네게 초월자가 하는 말의 진위마저 읽어낼 힘이 있다면 그것을."

"시끄럽군."

"그것을… 뭐라고?"

"떽떽거리지 마라, 노인. 네가 사랑했던 여자의 딸을 아껴주고 싶은 마음은 이해하지만 그게 나에게 무례할 이유는 되지 않는다."

"지금… 너, 뭐?"

순간 말문이 막힌 듯 입만 뻥긋뻥긋거린다. 그러나 알 바 아니었기에 자리에서 몸을 일으킨다.

"나가지. 여기에서는 더 볼일이 없을 것 같은데."

"저기, 대하야? 무, 물론 나도 여기 계속 있고 싶지는 않지만 지금 상황이."

"따라와라."

세레스티아의 손목을 잡고 그대로 잡아끌었다. 그녀는 당황한 듯 어, 하고 버둥거렸지만 내 손길을 쳐내거나 버티지는 못하고 그대로 끌려왔다.

"엇?"

"아니?"

여기저기에서 당황하는 목소리가 들려온다. 단상 위에 있던 아몬 공작의 표정마저 한순간 변했다.

'왜냐하면 곤란한 타이밍이니까.'

세레스티아도, 로스타도 지금은 물러서기 애매한 상황이라고 보았다. 대회의실에 있는 모든 귀족이 우리가 여기 있다는 것을 인식하였으니 지금 바로 빠져나가면 시선을 끌 것이라는 걸 알았기 때문이다.

'그러나 오히려 그렇기에 지금이 유일한 기회다. 시선을 끌고 있기에 녀석들은 아무것도 할 수 없어.'

나는 알고 있다. 그 모든 것이 보인다. 황제파의 그 알량한 수작질과 귀족파의 대응이 손에 잡힐 듯이 느껴진다.

이렇게나 뻔히 보이고 느껴지는데 거기에 당해준다는 건 있을 수 없는 일이다.

"그냥 조용히 나가. 돌아보지도 말고 그냥 뭐라 떠들든 안 보인다고 생각하면 돼."

"하지만 막으면 소용없는 일 아냐?"

"다 무시하고 억지로 나가려고 들면 결국 못 막아. 그건 명분을 잃는 일이고 우리는… 아니, 정확히 너는 그런 리스크를 감수할 정도의 거물이 아냐."

"…납득이 가면서도 성질이 나는 말인데."

입술을 삐죽 내미는 그녀를 끌고 거침없이 나아간다. 주변에서 들리는 웅성거림은 점점 커져간다.

"세상에, 4황녀가 끌려가고 있군요."

"옆에 있는 녀석은 뭐죠? 경호원?"

"아뇨, 그녀의 남편감이라고 하던데……."

"설마 그 소문이 사실이란 말인가요? 저런 것과 결혼한다고?"

멋대로들 떠들고 있다. 우리가 들을 수 있는 거리임에도 별로 상관없는 듯했다. 분명 세레스티아는 황족이었지만 그럼에도 다른 황족과 귀족들에게 무시받고 있는 것이다.

'웃기지도 않는군. 황족으로 모시고 있으면서도 차별을 하다니.'

짐작은 하고 있었지만 단 한 번도 물어본 적이 없다.

어째서 그녀는 황실에 소속감이 없는가?

어째서 황족인 그녀에겐 아무런 배경이 없는가?

어째서 그녀는 다른 황족이나 귀족들에 비해 명백한 차별을 받고 있는가?

'이건… 별로군.'

나는 묻지 않았다. 알고 싶지 않았었다. 그러나 지금 이 순간, 단지 의문을 품는 것만으로 나는 모든 것을 알 수 있었다.

신은 알고 있나니(God Knows), 세상 천지에 풀지 못할 의문은 존재하지 않는다.

우뚝.

발걸음을 멈춘다. 내게 끌려가던 세레스티아도, 얼결에 우리 뒤를 따르고 있던 로스타도 할 말 많은 표정으로 나를 바라보았지만 상황이 상황이었던 만큼 그저 바라보고 있을 뿐이다.

"…마음에 안 드는군."

나는 지금 몸을 돌려 나가는 것이 나에게 있어 최선이라는 걸 알고 있다.

아몬 공작은 세레스티아를 이용하고자 하는 욕망을 가지고 있지만 그렇다고 힘들게 소집한 대회의를 망치면서까지 그걸 고집할 생각은 없다. 세레스티아가 바보같이 대회의가 끝날 때까지 여기에 있었다면 남들의 눈이 없는 틈을 타 그녀를 억류할 생각이지만, 또 상황이 여의치 않다면 그냥 포기할 생각도 있었다.

그에게 있어 세레스티아는 딱 그 정도의 존재다.

"마음에 들지 않아."

"대하야?"

영문을 알 수 없다는 표정으로 의문을 표하는 세레스티아를 바라본다. 그녀를 보자[觀] 그녀의 인생과 내면이 보인다. 시련을 견뎌내며 힘겹게 자신의 길을 걸어온 작은 소녀의 모습이다.

"아마 이 상태가 풀리면 후회하겠지만……."

나는 웃었다.

그리고 그대로 몸을 돌린다.

"대하야?"

대회의실의 중앙부에 위치한 단상으로 걷기 시작한다. 깜짝 놀란 세레스티아가 지금까지와 달리 팔과 다리에 힘을 주었지만.

"어어?"

속절없이 끌려온다. 나는 거침없이 단상을 향해 나아갔다.

"그나저나 4황녀는 정말로 결혼식을 올릴 생각이라고 하오?"

"믿을 수 없지만 전대 황제가 허락했다고 하더군요."

"하지만 그 직후 돌아가셨는데 그게 효력이 있겠… 어어? 저기 봐요. 저것들 되돌아오는데?"

"당연하죠. 대회의 중에 나가는 몰상식한 짓을… 어디 가는 거야?"

아무도 나를 막지 못했다. 그런 [순간]이었다. 단상 근처에 아몬 공작과 그 보좌관을 빼고는 아무도 없는 순간.

"오, 4황녀님, 모두에게 할 말씀이라도 있으신 거요?"

"그게……."

세레스티아조차도 이 갑작스러운 사태에 당혹스러운 표정만을 지을 뿐 제대로 된 말을 하지 못한다. 당연하다. 갑자기 끌려왔는데 여기에서 무슨 말을 하겠는가?

그러나 상관없었다.

"아몬 공작, 나를 아나?"

"…네놈! 공작님께 무슨 건방."

"잠시 진정하게."

분노하는 보좌관을 만류하며 아몬 공작이 나를 바라본다. 나를 꿰뚫어 보기라도 할 듯 날카로운 시선이다.

"물론 알고 있네. 4황녀가 남편감이라고 데려온 천민이라 들었지. 시선 끌기용으로 질질 끌려다니는 장난감인 줄 알았는데 이제 보니 자아가 있는 인간이었던 모양이군."

나직하면서도 서늘한 목소리로 나를 모욕한다. 그의 눈에서 쏘아지는 위압감은 보통 사람이라면 정신에 크나큰 타격을 받아 정신병을 앓게 되어도 이상할 게 없을 정도로 공격적이다.

"네 판단 따위는 상관없고. 잠깐 사람들에게 내 소개를 하고 싶다."

"…허허."

문득 아몬 공작의 눈에 흥미가 깃든다.

"재미있군. 그럼 어디 그래보게나."

"공작님?!"

뒤에서 씹어 먹을 것 같은 표정으로 나를 노려보던 보좌관
이 경악해 외치거나 말거나 아몬 공작이 단상에서 내려온다.
당연하지만 그가 그럴 것이라는 사실을 이미 알고 있던 나는
한순간의 망설임도 없이 그를 지나쳤다.

"야! 지금 너 뭐 하는 거야? 왜 이런."

"기다리고 있어."

"대하야?"

당황하는 세레스티아의 손을 잠시 놓고 단상에 오른다. 셀
수 없이 많은 시선이 나에게로 날아와 꽂혔다.

시선은 다양하다. 전체적으로 불만이 가득하고, 한심하다
는 듯 나를 내려다보는 시선들이다. 개중에는 의문을 담고 있
는 것도 있었지만 짜증을 품는 것도 있었고, 일부는 질투와 시
기가 섞여 있기도 했다.

딸깍.

그리고 그런 그들 앞에서 문을 연다.

"관대하다."

내려다본다.

그들을.

아주 높은 곳에서.

그들은 저 아래 까마득한 곳에 있다. 그들이 나를 보기 위해서는, 목이 부러져라 고개를 쳐들어야 했다.

"만나서 반갑다."

시끄럽던 대회의장에 침묵이 내려앉는다.

"맙소사."

"이게 무슨……."

나와 눈을 마주친 모든 귀족이 부르르 몸을 떤다. 가까이 있던 아몬 공작이 주춤주춤 물러서고 나를 향해 으르렁거리던 보좌관은 다리에 힘이 풀려 주저앉아 버렸다. 조금 전의 여유는 씻은 듯이 사라지고 없는 상황.

나는 시선을 돌렸다. 귀족의 숫자는 총 1,132명. 지금 내 옆에 있는 아몬과 같은 공작위를 가진 녀석이 2명 더 있고, 하나의 행성을 대표하는 후작이 25명, 국가를 대표하는 백작이 대략 300여 명 자리하고 있다. 나머지는 자작이나 남작들 중에서 나름대로 힘 있는 녀석들로 채워져 있는 상태.

'어디 보자.'

나는 먼저 나에게 멸시의 시선을 보냈던 상대를 바라보았다. 지구의 시점에서 미래나 다름없는 상위 문명을 가진 레온하르트 제국이라는 것을 생각해 볼 때 굉장히 이질적인 복장을 하고 있는 사내다.

"크으……."

눈을 마주치자 신음하는 그의 모습이 보인다. 내 시선을 견디려는 듯 한껏 기세를 끌어 올리지만 어림도 없는 소리. 그의 기세는 한껏 달궈진 프라이팬에 던져진 버터처럼 가볍게 녹아버리고, 이내 내 시선에 무방비로 노출되어 이를 악물고 버텨야 했다.

"사실을 말하자면 레온하르트 제국에 대한 내 이미지는 그렇게 나쁘지 않다. 오히려 좋은 편이었지."

이를 악물고 부들부들 떠는 그의 시선에 공포가 어릴 때 즈음 시선을 돌렸다. 그가 털썩 주저앉는 모습이 언뜻 보인다.

"그러나 실제로 이 대회의실에 와서 느낀 감정은 불쾌함뿐이군."

내 시선이 움직일 때마다 적게는 수십, 많게는 수백 명의 귀족이 움츠러들고, 주저앉고, 신음을 터뜨렸다. 그들 전부가 나라는 개인에게 위압당해 흔들리고 있다. 다만 아까의 사내가 그러하듯, 모든 이가 시선을 마주하자마자 굴복하는 것은 아니었다.

다음으로 내 시선을 마주 본 이는 내가 단상에 올라섰을 때 의문과 호기심으로 나를 보았던 여인이다. 1m 80㎝에 가까운 훤칠한 키에 높게 땋아 올린 까만 머리칼을 비녀로 고정한 고풍스러운 인상의 미녀.

그녀 역시 나와 시선을 마주하자 표정을 굳혔지만, 아까의 사내와는 반응이 사뭇 다르다. 그녀는 이내 부드럽게 미소 짓고는 살짝 자세를 낮춰 예를 표했다. 내가 뿜어내는 영력에 반발심이나 적대감보다는 존경심을 느꼈다는 뜻.

그녀의 존재로 인해 그들 전부가 적은 아니라는 사실을 상기하고 영력을 갈무리한다.

"…2일 뒤 나와 셀은 부부가 된다."

아는 사람도 있고 모르는 사람도 있을 것이다. 우주 아이돌인 세레스티아의 결혼은 큰 사건이었지만, 그래봐야 가십에 불과하고 무엇보다 황제의 죽음이 그 사건을 덮었기 때문.

하지만 그들은 이제 모두 알아야 한다.

"그러니 지금 이 순간부터 다시 그녀를 깔보거나 능멸하려는 존재가 있다면⋯⋯."

타오른다. 빛이, 거대한 힘이, 헤아릴 수 없는 영력과 강대한 신성이 타올라 사방을 비추었다.

"그 책임을 제국에 묻겠다."

그들을 내려다본다. 그들은 나를 제대로 쳐다보지도 못한다. 엄청난 권력을 가진 존재이든 강대한 능력자든 상관없다. 초월지경에 다다른 세 명의 공작조차 나와 눈을 마주치지 못한다.

우웅⋯⋯.

초월적인 영력이 물결처럼 퍼져 나간다. 아무도 나를 바라보지 않았지만, 어차피 이제는 상관없다. 그들은 눈을 감아도, 정신을 잃어도 나의 존재를 선명하게 느낄 수밖에 없는 상황이었기 때문이다.

"그만⋯ 그만하시오. 아니, 그만해 주시기를 간청하겠습니다."

지치고 지친 목소리로 아몬 공작이 말한다. 어차피 할 이야기는 다 한 상태였기에 몸을 돌려 단상에서 내려온다.

"대하, 너⋯⋯."

"잠시 후에."

뭔가 할 말이 많아 보이는 세레스티아의 입을 다물게 하고 그녀의 손을 잡는다. 여기에 올 때와 마찬가지로, 그녀는 어어, 하며 끌려간다.

당연하지만 왔던 길로 나가지는 않는다. 뒤쪽으로 VIP들이 따로 다니는 길이 있었다.

"자, 잠깐!"

그리고 그 길에는 두 명의 초월자가 있었다. 대회의실에 있던 3명의 공작 중 아몬 공작을 제외한 두 명, 그리고 그중 맨처음 나와 시선을 마주쳤던 까무잡잡한 피부의 사내가 이를 악물며 따졌다.

"여, 영압… 영압을 뿜어내는 것은 연합법에 어긋난다."

영압(靈壓).

그것은 고위의 존재가 하위의 존재에게 가하는 영적인 압력이다. 영혼 그 자체의 힘으로 상대를 짓누르는 것으로, 상대와 압도적인 차이가 존재해야만 할 수 있는 행위.

사실 그의 말대로 이것은 적법(適法)한 행위가 아니다. 실제로도 연합법에서는 초월자들이 하위 능력자들 앞에서 영력을 개방하는 걸 정신 지배를 하는 것과 다를 바 없는 범법 행위로 인식하니까.

'말하자면 영적인 폭력(暴力)이지.'

초월자의 영압은 그 자체만으로도 필멸자들에게 어마어마한 영향을 준다. 굳이 초월자가 뭘 하지 않더라도 그가 스스로의 기운을 갈무리하지 않으면, 하위의 존재들은 초월자를 계속 마주하는 것만으로 자연스럽게 그에게 굴복하게 되는 것이다.

물론 그렇게나 압도적인 [효과]를 보이려면 영혼의 격이 초월자와 일반인 수준으로 벌어져 있어야 한다는 단점이 있지만, 그 내용만큼은 틀림없이 널리 알려져 있으니 이 녀석이 이렇게 따지는 것도 이상한 일은 아니겠지.

그러나 나는 별 상관 없다는 표정으로 답했다.

"그래서?"

"뭐, 뭐라고?"

"그래서 어떻게 하겠다고? 설마 연합에 달려가서 이르겠다고?"

연합법에 어긋난다. 하지만 그래서 뭘 어쩌란 말인가? 연합법에서 초월자의 영력 개방을 범죄로 인식하는 건 사실이지만, 말하자면 그건 일종의 경범죄(輕犯罪)이다. 영력을 개방하는, 단지 그뿐인 행위가 엄청난 범죄가 될 리가 없지 않은가?

당연한 말이지만 그걸 연합에 신고한다고 해서 연합에서 무슨 조치를 취해줄 리가 없다. 연합은 대우주를 하나로 묶는 상징적인 동맹이지 우주를 통합하며 치안을 유지하는 정부의 개념이 아니니까.

'그렇게까지 하면 오히려 내정간섭이지.'

연합법은 꽤나 세세하게 정해져 있지만 그건 일종의 가이드라인일 뿐 연합이 그 모든 것을 관리하지는 않는다. 그들이 직접적으로 움직이는 건 연합이라는 거대 세력 자체에 위협이 되는 아주 극단적인 경우에 한하니까.

솔직히 연합법으로 치면 초월자가 필멸자들을 학살하고 다니는 것도 안 되고 사사로이 무력을 사용하는 것도 삼가야 할 일이다. 그리고 무엇보다 레온하르트 제국과 테케아 연방이 사사건건 전쟁을 벌이는 것 역시 원칙적으로는 연합법에 위배된다. 둘 다 연합 소속이지 않던가?

"그, 그건……."

"까불지 마라."

가볍게 한 걸음 내딛자 그가 깜짝 놀라 물러선다. 사내는 강대한 전투 능력을 가진 무투 계열의 초월자였지만, 그가 긴 시간 누려온 권력과 평온한 생활은 그의 전투 본능을 녹슬게 만들었다. 단순 스펙으로만 보면 제법 강한 녀석이지만, 아마 실제로 싸우면 천현일 소장조차 이겨내지 못할 것이다.

"내가 너희를 벌하지 않는 것은 단지 '아직' 하지 않았기 때문일 뿐이다."

"……!!"

갈색의 눈동자가 한순간 크게 흔들린다. 그는 잠시 나를 빤히 바라보다가, 결국 깊은 한숨을 내쉬었다.

"세상일이란… 정말 알 수 없군. 그저 조연에 불과하다고 생각했던 4황녀께서 이런 남편감을 데려올 줄이야."

분위기가 차분하게 가라앉는다. 그는 한 발짝 뒤로 물러서더니 꾸벅 고개를 숙였다.

"나, 쉴레이만 오스만은 지금 이 순간부터 별빛 진영의 승리를 위해 모든 지원을 아끼지 않을 것을 맹세하오."

거기까지 말하고 휙 몸을 돌려 대회의실 쪽으로 돌아가 버린다. 그리고 그 모습을 싱글벙글 웃으며 보고 있던 흑발의 여인이 나를 보며 미소 짓는다.

"소개를 안 했군요. 일음(日陰) 정가(在家)를 이끌고 있는 정유리라고 합니다."

여자치고는, 아니, 어지간한 남자보다도 더 큰 180센티라는 키에 굽이 높은 구두까지 신어 나를 내려다볼 만한 그녀는 내 앞에서 자세를 낮춰 정중히 예를 취하고 있다. 강대한 힘을 몸 안에 품은 초월자이지만, 전체적으로 단아한 인상과 분위기.

그러나 그 분위기는 세레스티아의 한마디로 깨져 나간다.

"큰할머니."

"어, 어머! 호호! 호호호호!!! 자, 잠깐만요!"

다급히 세레스티아의 팔을 잡고 후다닥 한쪽으로 물러나더니 옥신각신한다. '너 진짜 이럴 거니?'라든가, '뭘요, 제 편도 안 들어줘 놓고'라든가, '내가 로스랑 상황이 같니! 친분 하나에 가문을 다 걸라니 무리한 이야기를!' 등등의 이야기가 오간다.

"실례했습니다."

그리고 어느새 다시 돌아와 단아한 분위기를 취한다. 시치미를 뚝 떼는 모습이 꽤 재미있었지만 그냥 넘어가 주었다.

"아까도 소개했었지만 관대하다."

"정말 반가워요. 솔직히 이런 상황은 꿈에도 예상하지 못했지만……."

그녀는 부드럽게 웃으며 세레스티아를 바라보더니 말을 이었다.

"2일 후 결혼식이라고 하셨지요?"

"그래."

"그렇다면 별빛 진영에 속하게 되는 기념으로 저희 정가에서 결혼식을 준비해 드리겠어요. 가장 화려하고 가장 빛나는 결혼식을 약속해 드리지요."

"그럼 고맙지."

순순히 고개를 끄덕이자 그녀 역시 한 발 뒤로 물러서서 공손히 예를 표하더니 대회의실 쪽으로 사라진다.

"…대하."

그렇게 모두들 사라져 버리자, 세레스티아가 무서운 표정으로 다가온다. 그는 이 급작스러운 사태가 별로 기쁜 것 같지 않다. 하긴, 그녀의 성정을 생각해 보면 당연한 일이다.

"응, 셀."

"너, 대하가 맞긴 한 거야?"

의심이 가득한 표정으로 바라본다. 하긴 나를 아는 사람이라면 저게 당연한 반응이겠지.

"맞아."

"'맞아'라고 해봐야……."

여전히 의혹이 풀리지 않은 눈으로 바라본다. 하지만 그렇게 쳐다봐 봤자 어쩔 수 없다. 내가 나인 걸 어떻게 증명하겠는가?

다만.

"슬슬 시간이다."

"…뭐가?"

"신데렐라의 마법이 풀릴 시간."

신데렐라는 항상 신데렐라다. 마법의 힘에 의해 드레스를 입고 마차에 탄 신데렐라와 누더기 옷을 입은 신데렐라가 아무리 다르게 보인다 해도 동일 인물이 아니라고 할 수는 없겠지.

그러나.

딸깍.

문이 닫힌 후의 나는 내가 불과 5초 전에 한 생각에 동의할
수 없었다.

"하……."

신음한다. 기억은 완전히 멀쩡하다. [내]가 한 짓들은 물론이
고 그때의 내 심리 상태라든가 읽어낸 정보 중 상당 부분이 나
에게 남아 있다.

나는 나에게 무슨 이중인격 같은 게 있는 것은 아니라는 사
실을 알았다. 그것은 틀림없이 [나]였다. 다만 문제는, 그때의
내가 완전 미친놈이라는 사실이다.

"저, 저기… 대하야?"

난데없이 바뀐 분위기에 당황한 듯 세레스티아가 조심스럽
게 내 이름을 부른다. 그러나 안타깝게도 거기에 답할 기분이
아니다.

"이런."

그저 신음한다. 눈물이 날 것 같다.

"이런, 미친……."

그리고 그대로 나는 정신을 잃었다.

결혼식 ✦ ✦ ✦

어느 날 하늘을 보고 한(漢) 왕조가 멸망할 것이라는 걸 알았다.

그는 재능 있는 사람이었다. 하늘이 내린 천재(天才)가 넘쳐나던 시기였지만, 그를 뛰어넘는 재능을 가진 자는 천하를 뒤져도 다섯이 되지 않을 정도.

하지만 그렇기에 그는 정확히 알 수 있었다.

'이제는 세속의 관직을 얻더라도 위험이 크고, 재산을 모으더라도 도적이나 군대에게 빼앗길 터이니 현세에서 영예를 구하는 것은 허망한 일일 뿐이다.'

그의 재능이라면 전란의 시대에 많은 것을 이뤄낼 수 있었을지 모르지만, 점성술을 연마해 미래를 대략적이나마 짐작할 수 있었던 그는 그 모든 것에 의미가 없다고 판단했다. 그렇기에 그는 자신의 넘치는 재능을 도교 수행에 쏟았고, 들인 노력에 충분히 어울리는 성과 또한 얻어냈다.

그는 세상의 섭리를 초월했다.

기뻤다. 그는 천하의 그 누구도 감히 마주 볼 수 없는 지고한 존재가 되었다. 선경(仙境)에 이르러 완벽한 선인이 된 것.

자유. 완벽한 자유.

그것은 그가 항상 꿈꾸던 것이었다. 그 무엇에도 얽매이지 않고 그 어떤 제약도 없는 완벽한 자유.

그러나 그것이 착각이라는 걸 깨닫는 데에는 그리 많은 시간이 필요치 않았다.

"왕의 뜻대로 하겠습니다."

"왜 갑자기 생각이 바뀌었지?"

"당신이 소신을 죽이려고 마음먹었기 때문입니다."

좌자는 자신을 초대한 위(魏)의 조조(曹操)의 마음을 읽고 그의 뜻에 따를 수밖에 없었다. 그는 단 한 단어의 진언(眞言)만으로 그는 물론이고 그의 군대까지 몰살시킬 수 있는 힘이 있었지만, 그 모든 것이 [금지]되었기 때문이다.

물론 그 후 좌자는 여러 가지 편법으로 조조를 농락하였지만… 결과적으로 그에게 아무런 영향을 끼칠 수 없었다.

그것은 차라리 굴욕에 가까운 일.

조조를 비롯한 왕과 권력자들은 알 수 없는 힘을 다루는 그를 두려워했지만, 그 역시 그들을 보며 전혀 유쾌해할 수가 없었다.

산을 쪼개고 바다를 가를 힘이 있으면 뭐하는가?

선인인 그는 속세에 그 어떤 간섭도 할 수가 없다. 힘을 사용하는 것은 자유지만, 그것을 휘두를 방향성에 제약이 걸렸기 때문이다.

그는 왕을 죽일 수 없고, 자신의 나라를 세울 수도 없다. 자신의 자손을 만들어 대대로 권세를 누리게 할 수도, 세상을 개변할 수도 없다.

그렇다. 그는 하계에서 어떤 일도 할 수 없었다.

왜냐하면 그는 선인(仙人)이었으니까.

[자유. 완벽한 자유!]

평생의 꿈이 먼지가 되었다. 그는 힘을 얻었지만, 자유롭게 사용할 수 없는 힘은 아무 의미조차 없기 때문이다. 그는 스스로 죽을 만큼 노력을 다해서, 자신의 목에 영원히 풀 수 없는 목줄을 걸어버린 것이다.

[하하하하하! 우습구나! 정말 우습구나!]

긴 시간 동안 미친 듯이 방황했다. 그는 누구보다도 빠르게 높은 경지에 이르렀지만, 그럼에도 제약을 벗어던질 수가 없었다.

하지만 그는 포기하지 않았다. 계속해서 궁리했고, 방법을 찾았다.

[육체가 필요하다. 나의 힘을, 영혼을.]

그리고 그리하여.

[신(神)을 담을 수 있는 육체가.]

비틀린 결론에 도달하게 된다.

＊　　★　　＊

"······."

눈을 뜬다. 장소는 호화롭게 꾸며진 어느 침실. 나는 잠시 천장을 바라보고 있다가 조용히 투덜거렸다.

"이미 죽어 나자빠진 녀석의 과거 같은 건 궁금하지 않다고······."

몸을 일으킨다. 컨디션이 그렇게 나쁘지 않아 다행이라고 생각하고 있는데 내 눈앞으로 뭔가가 떠오른다.

우웅—

묘한 공명음. 그것은 은은한 푸른빛을 흩뿌리는 반투명한 부적이었다.

"범인은 이 녀석인가."

그것은 보패(寶貝). 둔갑천령부(遁甲天靈符)였다. 좌자가 긴 시간을 들여 만들어낸 보물인데 그가 죽자 나에게 넘어온 것. 원래 보패라는 건 이런 식으로 죽어서 넘어가는 물건이 아니지만 좌자가 시공의 미아가 되며 사라지자 그가 새로운 몸에 넘겨주기 위해 조치를 취해놓았던 보패만 빠져나온 것이다.

기계류도 아닌 존재의 기억이 뜬금없이 넘어와서 뭔가 했는데 아무래도 둔갑천령부에 깃들어 있던 좌자의 염(念)이 나에게 전해진 모양이다. 지금의 내가 가진 신위는 기계 문명의 신에 더 가깝지만, 정보의 신의 특성 역시 가지고 있으니까.

"자유··· 라."

죄책감을 느끼는 건 아니다. 그는 나의 안전과 평온을 위협한 명백한 적. 만일 살려두었다면 두고두고 문제가 되었을 것이다.

하지만 만일 이런 상황을 미리 알았다면.

'알았다면?'

순간 떠오른 가설에 멈칫한다. 언제나 그랬듯 내 목에 걸려 있는 [열쇠]를 보았다.

그것은 모든 봉인과 제약을 [열] 수 있는 신기. 그렇다면.

딸깍.

"아, 선배. 일어났구나."

"오래도 자는군."

그때 문이 열리고 보람과 동민이 방 안으로 들어온다. 둔갑천령부는 어느새 사라지고 없었다.

"그냥… 힘을 좀 써서."

계속 누워 있을 상황이 아니었던 만큼 침대에서 내려온다. 보람이 싱글벙글하며 호들갑을 떤다.

"그냥 일이 좀 있는 정도가 아니죠! 아주 깽판을 제대로 쳤다면서요?"

"초월자들이 다 벌벌 떨었다고 하던데."

"대마녀의 혈통이란 게 범상치 않을 거라는 거야 예상했지만 대우주에서도 통할 줄은 몰랐어요! 세상에 온갖 초월자가 다 와서 난리라니!"

조잘조잘 떠든다. 궁금한 게 많은 모양이었지만, 이내 정신을 차린 동민이 그런 분위기를 자제시킨다.

"일단 서둘러라. 결혼 준비를 해야 하니."

"…아차, 결혼!"

약간은 멍하던 정신이 번쩍 들어 고개를 돌린다. 그러고 보니 내가 얼마나 잔 거지?

"잠깐, 동민아, 결혼식이 언제지?"

"그야 당연히⋯⋯."

"바로 지금이죠!"

외침과 함께 벌컥 문이 열리더니 한 무리의 여인이 쏟아져 들어온다.

"시간이 없으니 서둘러요!!"

"이제야 일어나다니… 아니, 그나마 결혼식 전에 일어나서 다행인가?"

"깨우지 말라고 해서 정말 속이 타들어가는 줄 알았어요!"

"됐으니까 서둘러!"

다이애나를 비롯한 코디네이터들이 덤벼들기라도 하듯 달려든다. 내가 움찔하는 사이 여기저기에서 대여섯 개의 손이 달려들더니 하얀 손가락으로 내 몸을 이리저리 만지기 시작한다.

"일단 머리를 감겨 드릴 테니 가만히 서 계세요!"

"옷도 갈아입혀야 하니 양팔을 들고 계시구요!"

"메이크업을 해야 하니 앞을 보세요!"

"샘플들을 보여 드릴 테니 소품을 그중에서 골라주세요!"

"으아아, 맙소사! 결혼식이 코앞이에요!!"

정신이 하나도 없다. 양동이 하나 정도 되는 물이 허공에서 나타나더니 내 머리를 휘감아 부글부글 끓기 시작하고, 얼굴에 뭔가 착, 하고 뿌려져 피부를 씻어내더니 이것저것 발라진다.

그뿐이 아니라 옷은 살아 있는 것처럼 움직이더니 스스로 색과 모습을 바꾸고, 눈앞으로는 대여섯 개의 액세서리와 구두 등이 날아다닌다. 정신이 없었지만 나는 이내 가만히 거기에 몸을 맡길 수 있었다. 한번 받아봤다고 익숙해진 것일지도 모른다.

"코앞이라니."

순간 웃음이 나온다. 물론 나는 세레스티아와 결혼을 약속했지만… 우리가 서로 약속했던 건 '이런 식'의 결혼이 아니다. 귀족들의 관심에서 최대한 멀어져서 간결하고 조용하게 진행할 예정이었으니까. 물론 황성에 도착해 그녀의 팬들을 만나면서 규모가 커질 수도 있다는 쪽으로 방향을 선회했지만, 지금 상황은 그때 예상한… 그러니까 규모가 '좀' 커진 상황을 가볍게 넘어섰다.

그리고.

일을 그렇게 키운 건 그 누구도 아닌 바로 나다.

"좋지 않은데……."

어떤 회사에 신입 사원이 있다. 당찬 포부를 가진, 솜털 보송보송한 막내.

그런데 그가 수십 년의 세월을 거쳐 온갖 역경과 고난을 이겨내고 회장의 자리에 올라섰다면 어떨까? 신입 사원 때의 그와 굴지의 대기업을 운영하는 회장인 그를 동일인이라고 볼 수 있을까?

'물론 당연히 동일인이다.'

하지만… 설사 동일인이라 하더라도 그 둘은 너무나 다르다.

솜털이 보송보송한 신입 사원과 대기업의 회장은 말투도, 행동 원리도, 그리고 세상을 바라보는 눈도 같을 수가 없다. 그 스스로의 위치나 입장이 완전히 달라졌기 때문이다.

'문제는… 나는 그 과정이 너무 급작스럽다는 거야.'

어떤 사람이 일생에 거쳐 겪어야 할 변화를 나는 문을 여는 그 순간 겪었다. 아무리 서는 위치에 따라서 시야가 달라진다 해도 이런 변화는 너무 빠르지 않은가? 이건 오히려 술을 먹었을 때의 그것과 같다.

'신성(神聖)과 신위(神位)에 취한다.'

상급의 신성, 하급의 신위, 그리고 필멸자의 격.

그것이 평소의 나라면.

상급의 신성, 상급의 신위, 그리고 하급의 신격.

이것이 [문]을 열었을 때의 나이다. 격은 여전히 볼품없지만 문을 여는 순간, 그에 합당한 신위(神位)가 나를 떠받치고 거기에 최소한의 신격까지 깃들어 버리면서 '나'라는 존재가 신으로 재탄생하고 마는 것이다.

고작(?) 대기업 회장이라는 [자리]에 위치하는 것만으로 사람은 달라진다. 권력을 가진 고위 정치인의 자리라면 더하겠지.

하물며 그게 신의 자리라면?

달라지는 것은 필연이리라.

"하지만……."

한숨이 새어 나온다. 달라지는 것이 당연하다고 가볍게 넘기기에는 상황이 절대 가볍지 않다. 당장 대회의장에서도 문을 열어버린 내가 사달을 일으키지 않았던가? 원래의 나라면 그냥 넘어갔을 상황을 모조리 뒤집어서 사건을 어마어마한 크기로 키워 버렸다.

물론 그것도 나이다.

그러나 동시에, 그것을 온전한 나라고 볼 수는 없다. 마치 술에 취한 사람이 평소 꾹꾹 참고 있던 진심을 다 터뜨린 다음 깨어나 후회하는 것처럼 지금도 후회하고 있는 꼴이 아닌가?

"…하."

순간 쓴웃음을 지었다.

'평소 꾹꾹 참고 있던 진심이라.'

세레스티아를 떠올린다. 신위에 의해 떠받쳐지던 나는 일견하는 것만으로 그녀의 모든 것을 알 수 있었다. 그녀의 과거, 현재의 상황, 그리고 그 마음까지.

그리고 그렇기에… 나는 [그녀를 위해] 판을 뒤엎었다.

"하하하."

그저 허탈하게 웃을 뿐이다. 그건, 그건 절대 평소의 내가 아니다. 철저히 이성적이고 합리적이었던 내가 완전한 기분파가 되었던 것이다. 한순간의 감정만으로 움직였고, 절대 보답받을 리 없는 감정을 위해 위협을 무릅썼다.

'세레스티아.'

다시 그녀를 떠올린다. 그녀의 과거를, 아픔을 떠올렸다.

하지만 그럼에도… 그녀는 항상 빛나고 있다.

"제기랄."

다시금 쓰게 웃는다. 내 진심을 깨닫는다는 게 이렇게나 짜증 나는 일인 줄 미처 몰랐기 때문.

그런데 그런 그 모습이 누군가에게는 속이 뒤틀렸던 모양이다.

"…아주 죽을상이군요."

"레미!"

"하지만 언니! 이것 보세요! 이게… 이게 지금 결혼하는 남자의 표정이에요?"

목소리에 분노와 원망이 서린다. 과거의 나는 그녀의 분노에 영문을 몰랐지만 이제는 알 수 있다.

그러나 그녀의 화를 받아주기에는 내 기분도 별로 좋지 않다.

"그럼 꼭 으하하, 하고 웃으며 결혼식장에 나가야 하나? 정말 웃기지도 않는 원망이네."

세레스티아에게는 잘못이 없다. 그녀와 나는 철저한 계약 관계이니까. 애초에 그녀는 나와 헤어지는 것을 전제로 결혼을 약속했으니 내가 알게 된 이 [비밀]을 감안하더라도 그녀가 나를 속이거나 한 일은 없는 것이나 마찬가지겠지.

하지만 이들은 다르다.

아무리 사랑이 이성과 합리를 가린다 하더라도 이들의 원망은 불합리하기 짝이 없는 종류이고, 그것은 혼란스러운 지금의 나로서는 감내하기 싫을 정도의 불쾌감을 선사했다.

"그래, 레미. 네 말이 맞아. 그녀는 나를 사랑하지 않지."

"흐, 흥! 그래요. 애초에 당신과 황녀님은."

"하긴 그녀가 세상 그 어떤 남자를 사랑하겠어. 안 그래?"

"……!"

순간 주변 공기가 돌처럼 굳어버린다. 내 말에 섞인 뉘앙스를 읽어낸 다이애나와 레미를 비롯한 모든 코디네이터가 극도로 창백해진 얼굴로 나를 보았다.

"저기… 그게 무슨 말이야, 선배?"

분위기가 분위기였던 만큼 가만히 지켜보고 있던 보람이 의문을 표한다.

나는 어깨를 으쓱였다.

"글쎄, 무슨 말일까."

피식 웃었지만 사실은 약간 후회하고 있다.

'평소라면 참았을 텐데.'

아무래도… 문을 연 여파가 아직 남아 있는 모양이었다. 하긴, 한순간이나마 신이 되었다가 돌아온 건데 여파가 전혀 없다면 오히려 이상한 일일 것이다.

"대하 님."

"친한 척하지 말고 일이나 해."

"대하 님, 오해입니다."

나름 절박해 보이는 다이애나의 모습에 웃는다. 이 녀석도 밉상이다.

"오해는 무슨 오해. 다시 한 번 말하지만 쓸데없는 소리 말고 할 일이나 해. 셀과 가까운 사이인 건 알지만… 너희는 너무 자꾸 선을 넘어."

다시 짜증이 솟구쳐 오른다. 애초에 내가 그녀들에게 이런 원망을 받아야 할 이유가 없다는 사실을 알기 때문이다. 그녀와 내가 서로 사랑해서 결혼한다고 해도 마찬가지고, 지금 같은 계약 관계라면 더더욱 그렇다.

그리고 그 모든 것을 떠나, 그녀들은 나에게 함부로 할 만한 입장이 아니다. 표면적으로 나는 황녀인 셸의 남편이 될 몸이고, 그녀들은 셸의 매니저이자 시종에 불과하다. 그러나 그럼에도 불구하고 이렇게 대놓고 나를 도발하는 것은 나를 세레스티아에 비해 명백하게 모자란 존재로 느끼기 때문이 아닌가? 이런.

'이런 비천한 것들이?'

파지직!

순간 눈이 번쩍한다. 놀라서 고개를 돌려보니 금강저를 든 동민의 모습이 보인다.

"살벌하군. 심정은 이해하지만 진정해."

"아… 음, 고마워."

순간 차분해져서 고개를 끄덕인다. 어느새 그의 옆에는 [황금의 공주]를 실체화시킨 보람이 대기 중이었다.

"저기, 선배, 괜찮아요?"

"아아, 물론이지."

그냥 괜찮은 정도가 아니라 상태가 너무나 좋다. 온몸에서 힘이 넘치고 일견하는 것만으로도 주변 모든 것이 파악된다.

"용서를……."

"용서를……."

다이애나를 비롯한 코디네이터들이 모두 무릎을 꿇고 사죄한다. 그들의 안색은 너무나 창백해서 마치 하얀 가면을 쓰고 있는 것 같다. 눈에는 눈물이 글썽이고 입술은 덜덜 떨리고 있다.

"…쯧."

당연하지만 전혀 기꺼운 모습이 아니었다. 아니, 오히려 보기만 해도 불편해지는 광경에 가깝다.

그러나 동시에 내가 유도한 광경이기도 하다.

'생각보다… 여파가 크군.'

들불처럼 끓어오르던 분노가 거짓말처럼 사그라지고 없다. 사실을 말하자면, 애초에 나는 뭔가가 맘에 안 든다고 길길이 날뛰는 성격이 아니다.

이건 별로 좋지 않은 징조였다.

"…일정은 어떻게 되지?"

자리에서 일어나며 묻자 다이애나가 조심스럽게 눈치를 보며 답한다.

"즉시 움직이셔야 합니다. 저, 그리고."

"됐어. 더 이상 감정싸움을 하고 싶지 않으니 마무리나 해."

"알겠습니다."

코디네이터들이 황급히 몸을 일으키더니 옷매무새를 가다듬는 등의 마무리 작업을 했다. 사고(?)를 친 레미조차 어떻게든 빗과 가위를 움직여 머리를 정리한다. 당장에라도 바닥에 떨어진 도자기처럼 깨질 것 같은 표정이었지만, 그럼에도 실수는 없었다.

그 모습을 보니 또 마음이 약해진다. 그게 [나]라고 하는 녀석의 성격이다.

"식이 열릴 시간은 정확히 언제지?"

"30분도 남지 않았습니다. 사실은 아침에 깨우려고 했었습니다만 황녀님께서 깨어나실 때까지 건들지 말라고 하셔서……."

"서둘러야겠군. 안내해."

"알겠습니다."

나머지 코디네이터들을 방 안에 남겨둔 채 앞장서는 다이애 나를 따라 [별빛]의 복도를 걷는다. 보람과 동민이 자연스레 내 뒤에 서자 슬쩍 속도를 늦춰 나란히 걷는다.

"그러고 보니 너희도 차려입었구나."

의식하지 못했는데 보람과 동민 둘 다 근사한 디자인의 정장 을 완벽하게 차려입고 있는 상태. 신체 비율이 워낙 좋아서 일까? 190에 약간 못 미치는 훤칠한 키의 동민도, 그리고 그보 다 30센티나 작은 보람도 화보에서 갓 걸어 나온 것 같은 모습 들이다.

"뭐, 자리가 자리니 어쩔 수 없죠."

"탈단족 장인이 한 땀 한 땀 정성을 기울여 만든 옷이라더군."

보람은 그렇다고 쳐도 동민 역시 매우 만족하는 분위기였기 에 살짝 황당해하며 물었다.

"…너 명품 좋아하니?"

"세상에 명품을 싫어하는 사람은 없지."

"……."

너무 당당해서 오히려 할 말을 잃고 입을 다물었다. 이 녀 석, 학교 다닐 때에는 항상 말없이 분위기만 잡고 있더니 우주 로 나와서 조금씩 성격이 드러나는 느낌이다.

"이쪽입니다."

앞서 걷고 있던 다이애나가 복도 끝에 위치한 커다란 방으로 들어간다. 그런데 특이한 것은 그곳이 엘리베이터가 아니라 사출구였다는 점이다. 거기에는 셀과 함께 별빛에 들어올 때 탔던 것보다 훨씬 큰 비행선이 있었다.

"뭐야, 나가는 거야?"

빌딩이라고 가볍게 말했었지만 세레스티아의 영지라고 할 수 있는 [별빛]은 실로 어마어마한 규모를 가지고 있다. 한 층 한 층이 어지간한 도시 규모에 육박하는데 그게 200여 층이나 되니 어찌 그러지 않겠는가?

농담이 아니라 이쯤 되면 이 빌딩 안의 공간만 다 합쳐도 작은 국가의 영토 이상이다. 이 정도 크기에 거주 인원도 많으니 그 안에 결혼식장이 있는 것은 어찌 보면 필연적인 일. 때문에 나는 결혼식을 하게 된다면 당연히 이 안에서 하게 될 거라고 생각했는데 지금 우리 앞에 비행선이 자리하고 있으니 어찌 당황하지 않겠는가?

그러나 다이애나는 당연하다는 표정이다.

"예. 결혼식은 [라의 처소]에서 하게 될 테니까요."

"라의 처소?"

생소한 단어에 의문을 표하자 다이애나가 고개를 끄덕인다.

"골든 로즈의 최정상입니다. 황제의 즉위식 때에나 개방되는 곳이지만… 일음 정가에서 의견을 피력하고 세 공작이 거기에 동의하면서 허가가 났습니다."

그녀의 말에 나는 정유리라고 스스로를 소개하던 여인의 말을 떠올렸다.

"그렇다면 별빛 진영에 속하게 되는 기념으로 저희 정가에서 결혼식을 준비해 드리겠어요. 가장 화려하고 가장 빛나는 결혼식을 약속해 드리지요."

"가장 화려하고 가장 빛나는 결혼식인가."

중얼거리며 비행선에 올라탄다. 세레스티아와 같이 타고 왔던 반중력 자동차와는 다르게 오직 비행만을 목적으로 만들어진 물건이었고 당연히 그 속도도 훨씬 빠르다. 구조를 잘 살펴보니 전투 기능도 있는 것 같았다.

우우웅―!

사출구가 열리고 비행선이 허공을 가로지른다. 나는 푹신한 의자에 앉아 창밖을 내다보았다.

'복잡하군.'

모든 것이 얽히고설켜서 완전히 난장판이다. 세레스티아와의 계약에 따라 조용히 결혼하고 얌전히 지내다가 아무 탈 없이 지구로 돌아가는 건 이제 꿈도 못 꿀 상황.

일이 너무 커졌다.

그냥 단순히 묻어가야 했던 내가 레온하르트 제국의 귀족들에게 너무나 선명하게 모습을 각인시켜 버렸다. 무려 천 명이넘는 귀족들 전부를 압도해 버린 것이다. 심지어 그 안에는 제국을 이끄는 기둥이라 할 수 있는 공작들마저 있었으니, 이제 내가 뭘 어떻게 해도 그 일을 없던 일로 하고 넘어갈 수는 없을것이다.

"하필……."

나는 알고 있다. 이제는 나에게 굴복한 공작들이 그때 어떤 일을 꾸미고 있었는지.

그들은 절대군주제를 폐지하기로 마음먹은 상태였다. 황족 자체를 없앨 필요는 없지만 그 권한 대부분을 흩어 명예만 남길 생각이었던 것.

즉, 황제파와 귀족파는 내전을 앞두고 있었다. 그 와중 황제파는 황족이면서도 극히 이질적인 세레스티아를 미끼로 던졌고, 귀족파는 오히려 그것을 빌미 삼아 여론을 전환시키려고 했다.

그리고 그러던 와중… 내가 모든 판을 부수고 뒤엎어 버렸다.

공작들은 내 모습에서 과거 자신들을 이끌던 절대적인 강자, [황제]의 모습을 보았다. 그 혼자서 자신의 제국과 맞먹는 무력을 발휘하던 신적인 존재를…….

때문에 그들은 굴복했고, 너무나 쉽게 굴복한 그들의 모습에 당황한 황제파 역시 전쟁 준비를 멈추고 눈치를 보는 상황이다. 좋게 말하자면, 나라는 존재가 내전을 막아버린 것과 같다. 결과만 놓고 보자면 영웅적인 위업이라고 불러도 과언이 아니지만.

"제길, 영웅적인 위업 좋아하네."

그 영웅적인 위업 덕분에 나는 완전히 코가 꿰였다. 지금 상황을 이렇게 만들어놓고 세레스티아와 이혼하면 황제파와 귀족파가…….

"아 그렇군요! 남녀 관계가 그럴 수도 있죠. 하하하! 만나고 헤어지고, 하하하!"

…라고 웃으며 보내줄 리 만무하지 않은가?

심지어 내 미래는 문을 연 상태에서도 예지할 수 없기 때문에 앞일이 어떻게 흘러갈지 상상조차 할 수 없었다. 몇 가지 경우의 수는 보이지만 [나]라는 [변수]가 있기 때문에 도저히 확신할 수가 없는 것이다.

"…저기, 선배, 아까부터 뭘 그렇게 중얼거리고 있어요?"

보람이 암흑의 오오라를 뿜어대고 있는 내 모습에 황당하다는 듯 묻는다. 그리고 그때.

와아아아아————!!

엄청난 고함 소리가 온 세상을 뒤엎는다.

"우왁?! 이건 뭐예요?"

"하객들입니다."

"…엄청나군."

동민마저 놀랍다는 표정으로 창밖을 내려다본다. 거기에는 수천, 수만, 아니, 십만 이상의 인파가 몰려 있었다.

하늘에 떠 있는 금빛 태양 아래 그들 모두의 모습이 선명하게 보인다. 놀라운 것은 그 10만 명이 넘는 사람을 완전하게 수용해 내는 거대한 홀의 모습이다. 그 홀의 중앙에는 마치 제단처럼 보이는 거대한 건축물이 자리하고 있었는데, 그 건축물의 계단을 따라 올라가면 하늘에 떠 있는 금빛의 태양에 닿는다.

그리고 그 순간 나는 제단의 정상 위에 떠 있는 태양의 정체를 알 수 있었다. 원래는 보이지 않아야 하지만, 나는 그저 차분히 집중하는 것만으로 그 태양 안에 몸을 웅크리고 있는 커다란 기가스의 모습을 볼 수 있었다.

'태양신 라(Ra).'

그것은 초대 황제가 타고 다녔다는 기가스로 레온하르트 제국이 가진 유일의 신(神)급이다. 우주에 존재하는 수많은 넘버링 중에서도 가장 강한 100위 안에 든다는 초월병기 넘버 92번의 신기답게 휴면 상태에서도 인공 태양이 되어 골든 로즈 전역을 밝혀주고 있었다.

[한눈팔지 마.]

머릿속으로 들리는 뿌루퉁한 목소리를 무시하며 중얼거린다.

"화려하군."

"근 100년… 아니, 300년간 있었던 결혼식 중 제일이라고 할 만합니다. 사 공작 전원이 참석하고 7대 장군 중에서도 다섯 명이 참석했지요. 그리고 타국의 귀족과 권력자들 역시 대거 참석했는데 그 면면을 살펴보자면……."

레미의 행동을 제대로 막지 못했던 일 때문에 미안하기라도 한 건지 다이애나가 차분하게 이것저것 설명하기 시작했지만, 어차피 그녀의 말은 나에게 들리지 않는다.

와아아아아——!!

내가 타고 있는 비행선을 보며 환호하고 있는 십만… 아니, 그 이상의 인파를 바라본다. 뭐가 그리 신나는 것인지 마구 소리치는, 혹은 울고 있는 그들의 모습에서 세레스티아가 얼마나 큰 사랑을 받고 있는지 알 수 있었지만… 안타깝게도 그 모습을 바라보는 나는 점점 더 우울해지기만 한다.

"인생……."

한숨 쉬거나 말거나.

결혼식이 시작할 때가 되었다.

✴　✴　✴

방아쇠에 손가락을 건 채 고요히 스코프를 들여다본다. 한쪽 눈으로 본 그 원 안에는 이제 제법 담담한 표정을 짓고 있는 검은 머리의 청년이 있다.

그리고 그런 그의 옆자리를 차지하고 있는 청발의 소녀.

콰득!

불현듯 그녀가 엎드려 있던 소행성이 굉음과 함께 우그러든다. 그를 향해 저격총을 겨누고 있던 하와가 나직하게 중얼거린다.

"결혼식인가."

그녀는 가볍게 호흡을 고르며 감정을 정리했다. 정확한 사정을 파악하고 싶지만 그의 생각을 읽어낼 수 없다. 그녀는 신이라고까지 불리는 언터쳐블이었지만, 다른 [은하]에 존재하는 존재를 읽어낼 정도로 강력한 인지능력을 가지지는 못하기 때문이다.

'쓸데없는 약속 때문에……'

그녀는 대하에게 [적어도 목숨 하나만큼은 어떤 상황에도 위험하지 않게 보호한다]는 약속을 했다. 그가 아버지의 유품인 열쇠를 사용해서 자신의 안에 담긴 가능성을 깨울까 두려워 저지른 짓이었지만, 지금에 와서 그것은 그야말로 최악의 선택이 되어버렸다. 대하가 그저 생각하는 것만으로 신혈을 깨울 수 있는 능력을 드러냈기 때문이다.

그가 신혈을 자유자재로 다루게 된 이상… 그녀는 그에게 절대 모습을 보이면 안 된다. 신혈을 각성한 그는 이제 그녀를 [인식]하는 것만으로 명령을 내리는 게 가능해졌기 때문이다.

'위험해.'

만일 다른 상황이었다면, 그녀는 그를 버리고 우주 먼 곳에 숨어버렸을 것이다. 대하가 가진 혈통의 힘은 매우 기형적이기에 그녀가 숨어버리면 찾는 게 불가능하기 때문이다. 그는 자체적으로는 행성의 중력조차 벗어날 수 없는 몸이다. 대여섯 개의 은하를 가로질러 전혀 모르는 장소로 간다면 그가 그녀를 찾아내는 건 불가능하겠지.

그러니 결국 문제는 약속이다.

그녀는 그를 죽지 않게 보호하겠다고 약속했다. 그리고 그 약속을 지키기 위해서는 언제 어디서나 그의 상태를 마크해야 한다는 문제가 발생한다. 언터쳐블들이나 넘볼 수 있는 상급의 신성을 가진 그이지만, 필멸자의 [격]을 지닌 인간의 육신은 단 한 발의 총알로도 죽어버릴지 모를 만큼 연약하기 때문이다.

"코미디군."

그렇다. 코미디다. 하나의 은하계를 비틀어 버릴 수 있는 최상급 신조차 손댈 수 없는 존재가 고작 뇌가 좀 파열되고 심장이 터지는 사소한(?) 타격만으로 사망할 수 있다는 것은 그야말로 웃기지도 않는 코미디. 그러나 쓴웃음을 짓는다 해도 현실이 변하지 않는다는 걸 알고 있기에 하와는 우주를 날아다니는 소행성에 누워 대하의 모습을 보고 있다.

인정해야 했다. 상급의 신성, 하급의 신위, 그리고 필멸자의 격이라는 기형적인 상태가 그를 그렇게나 극단적인 존재로 만들었다는 것을.

그리고 그에게 지배당하기도 싫고 도망갈 수도 없는 그녀는 다른 은하에서 저격 준비를 하고 있다. 그를 공격하는 적을 요격해야만 한다는 사실 역시…….

"죽여야 한다."

"…한동안 말 걸지 말랬지."

느닷없는 목소리였지만 하와는 놀라는 대신 인상을 찡그렸다. 심지어 스코프에서 눈을 떼지도 않았는데, 그럼에도 상관없다는 듯 아담이 다시 말한다.

"죽여야 한다, 하와. 녀석을 죽여야 해."

"시끄러워."

"외면하지 마라. 지금 녀석의 저 기형적인 상태는 과정일 뿐이야. 아버지의 뜻도, 이상도 모르는 녀석이 아버지의 신위를 강탈해 가고 있다!"

디카르마(Dekarma)의 위(位)는 현재 공석이다. 디카르마가 사멸한 지 고작 400년. 아직 그 누구도 그의 자리에 오를 만한 자격을 얻지 못한 것이 오히려 당연한 일이었다.

그리고… 지금까지 우주에서 그 자리에 가장 가까웠던 존재는 바로 아담이었다. 그는 자신의 유일한 경쟁자라고 할 수 있는 하와를 공격해 [깨뜨]려 버렸고 그녀가 수많은 조각으로 변해 우주로 흩어진 틈을 타 디카르마의 위를 조금씩 가져오고 있었다.

그리고 그때 대하가 나타났다.

"혈육? 웃기지 마! 고작, 고작 그런 이유로 아버지의 자리를 자연스럽게 받아들인다고? 그런 일이 가능하다고?"

언터쳐블의 혈통은 뛰어난 재능과 영력을 가지고 태어나지만, 거기에는 분명히 한계가 존재한다. 당장 레온하르트 제국의 황족들만 해도 상급이나 중급은커녕 초월지경 자체에 드는 경우가 드물지 않던가? 상급 초월자인 황금사자신과 중급 초월자인 초대 황제의 피를 이었음에도, 심지어 혈통 관리인의 역할을 수행한 좌자의 도움이 있었음에도 그 정도가 한계였다.

그런데 중급도, 상급도 아닌 최상급 신이 혈육을 남기고, 그 혈육이 친부의 신위를 그대로 이어받는다? 심지어 [개념]을 지배하는 디카르마이기에 그의 육신은 그야말로 껍데기에 불과했는데?

"죽여야 한다. 녀석을 죽여야 해……."

숫제 실성한 것처럼 중얼거리는 아담의 모습에 하와가 깊은 한숨을 내쉬었다. 말이 통하지 않을 것이라는 것쯤은 알고 있었다. 이미 수백 년간 겪어오고 있는 일이니까. 대화가 통하고 논의가 가능한 존재였다면, 자신을 깨뜨려 힘을 강탈한 주제에 이렇게 아무 일도 없었다는 듯 다가와 말을 걸지 않았을 것이다. 지금에는 그 모습을 찾을 수 없다 하더라도 과거의 그는 긍지로 똘똘 뭉친 존재였으니까.

'한심하군.'

하와는 쓰게 웃을 뿐 더 이상 아담에게 신경 쓰지 않았다. 어차피 그가 할 수 있는 일이 아무것도 없다는 사실을 알고 있기 때문이다.

아무리 미쳐 날뛴다 해도 리전인 이상 대하를 공격할 수는 없다. 심지어 그 본인이 아니라 그와 관련된 다른 사람들에게조차 제대로 된 피해를 줄 수 없다는 걸 눈으로 확인하지 않았던가?

그러나 그럼에도.

"죽여야 해."

아담의 광기는 점점 더 짙어져만 갈 뿐이었다.

＊　　★　　＊

황족과 귀족들은 긴 시간 동안 혈연으로 엮여왔다. 역대 황제의 반려는 대부분이 귀족, 혹은 귀족이 주선한 상대였던 것이다.

때문에 지금 있는 황족들은 대부분 외가(外家), 즉 어머니의 가문을 갖고 있는데, 황제파는 바로 이 가문들을 주축으로 이루어진 세력이다. 황족과 매우 밀접한 관계를 가지게 되어 황제의 행사에 힘을 실어주게 된 것.

그리고 그들에게 세레스티아는 매우 이질적인 존재다.

'왜냐하면 외가가 없으니까.'

그녀에게는 가문이랄 것이 없다. 왜냐하면 그녀의 친모는 대가를 받고 전대 황제를 모신, 일종의 창부(娼婦)였기 때문이다.

'공개적으로는 말이지.'

거기까지 생각했을 때 건너편에서 커다란 그림자가 모습을 드러낸다.

쿵!

묵직한 발걸음이다. 그 정도 되는 경지라면 자신의 무게를 제어하는 것쯤 숨 쉬듯 간단할 터인데도 자신의 존재를 숨길 생각이 없는 듯 족적이 남을 정도로 무겁게 걷고 있다.

"하워드."

"아는 녀석이야?"

"사 공작 중 하나야. 네가 못 본 마지막 공작이지."

얼굴을 반 이상 가릴 정도로 덥수룩한 수염에 바위 같은 근육으로 전신을 무장하고 있는 사내는 실로 어마어마한 신장을 가지고 있다. 그저 단순히 큰 게 아니라 3.5m가 넘는, 인간의 형태를 하고 있으면서도 백곰인 천현일 소장보다 더 큰 존재였던 것.

그는 미리 준비된 커다란 의자로 가서 앉더니, 마음에 들지 않는다는 표정으로 나를 노려보기 시작했다.

[하워드 공작가]
[순기강체 하워드]

'순기강체?'

무공 관련 칭호 같기는 한데 내가 지금까지 봐온 무투형 초월자들과는 좀 다른 방식의 기세가 느껴진다. 아무것도 하지 않지만 그의 존재 자체가 세계에 뚜렷하게 새겨져 있는 느낌. 다만 문제는.

"불만이 많아 보이는데."

"아무래도 그렇겠지. 루이가 저 녀석의 외손자니까."

루이라고 한다면 현 황태자인 루이 레온하르트를 말한다. 나와 세레스티아가 황성에 처음 도착했을 때 완벽한 타이밍을 잡아 그녀를 납치하려고 했던 그녀의 배다른 오빠.

그러나 그가 잡은 절호의 타이밍은 나라는 존재로 인해 망해 버렸다. 일을 철두철미하게 처리하기 위해 대장군인 노링턴까지 데려왔는데, 그가 나를 지키던 하와의 손에 너무나 쉽게 죽어버렸기 때문이다.

"어쩌면 노링턴에 대한 일을 알고 있을 수도 있겠군."

"그래봤자 소용없는 일이지만 말이야. 아무리 막가기로 유명한 그라도 모든 귀족을 정면에서 짓누른 대영웅에게 거스를 자신은 없을 테니."

"……."

약간은 딱딱한 목소리에 고개를 돌려 세레스티아를 바라보지만, 그녀는 그 목소리가 환청이기라도 한 것처럼 환하게 웃으며 제단 아래에서 환호하고 있는 사람들에게 손을 흔들어주고 있다.

그때 옆에 서 있던 다이애나가 작게 속삭인다.

"이제 일어나셔서 나선형의 계단을 천천히 돌아 올라가시면 됩니다. 꼭대기까지 가실 필요는 없고 꼭대기 바로 아래 있는 단상까지만 걸어가면 되지요. 아, 그리고 실례가 안 된다면.”

“안 된다면?”

약간 머뭇거리는 목소리에 의문을 표하자 다이애나가 조심스럽게 말한다.

“좀 더 환하게 웃어주십시오, 대하 님.”

“…그러지.”

나름대로 표정을 관리하며 자리에서 일어나자 세레스티아 역시 행복한 표정을 지으며 내 팔을 안아 든다. 그야말로 눈부시게 빛나는, 액자로 만들어 팔아도 불티나게 팔릴 것 같은 아름다운 광경이었지만, 나는 그런 그녀의 모습이 거짓이라는 것을 알고 있다.

“셀, 너 이 상황이 마음에 들지 않는 거야?”

“마음에 들지 않느냐고? 하아…….”

그녀는 가볍게 한숨 쉬었지만 이내 표정을 다잡으며 천천히 걷기 시작했다. 나 역시 그녀를 따라 걸으며 저 아래로 보이는 어마어마한 인파를 향해 손을 흔들었다.

펄럭!

바람 한 점 없는데 세레스티아가 입고 있는 순백의 드레스가 펄럭이기 시작한다. 이게 별거 아닌 것 같지만 드레스 자체가 스스로 펄럭이기 때문에 엄청나게 풍성한 디자인임에도 무게감이 전혀 없도록 만든다고 한다. 선계에서 직수입한 천으로만 만들 수 있는 물건이라나.

“너.”

그리고 그때 세레스티아가 물었다.

"어쩔 생각이야?"

"뭐가?"

"뭐가? 뭐가라고 했어?"

세레스티아의 목소리가 날카로워진다. 그러나 이내 그녀는 스스로를 가다듬고 한결 차분한 목소리로 말했다.

"마음에 들지 않는 건 없어. 그렇다고 말하면 오히려 내가 양심도 없는 여자겠지. 지금 넌, 내가 평생에 걸쳐 이뤄내야 할 목표를 거의 다 끝내놓은 상태니까."

"평생에 걸쳐 이뤄내야 할 목표가 뭔데?"

내 물음에 세레스티아는 대답하지 않고 내 품에 머리를 묻었다. 저 아래에서 [으아아]라든가 [오오오] 하고 술렁거리는 사람들의 모습이 보인다.

"셀?"

"…이 바보 멍청아, 지금 문제는 내 목표가 아니라 바로 너야. 일이 이렇게까지 되어버리면 너와 나의 계약을 지킬 수가 없단 말이야."

"어째서?"

"그야 이대로 가다간."

시름 깊은 목소리로 세레스티아가 내 가슴팍에 속삭인다.

"이대로 가다간 네가 제국의 황제가 되어버리고 말 테니까……."

나는 제국에 단 네 명밖에 없는 공작 중 세 명을 완벽하게 제압했다. 전투를 벌인 것도 아니고 뭔가 특별한 능력을 보인 것도 아닌, 그저 [마주하는 것]만으로 압도한 것. 그리고 이것은 그들과 싸워 이긴 것과 완전히 다른 의미를 지닌다.

만약 어떤 강자가 나타나 강력한 전투력을 발휘해 공작들을 이겼다면 어땠을까? 그것은 물론 대단한 일이지만, 단지 그뿐이다.

공작이라는 자리가 가진 진짜 힘은 스스로의 무력이 아닌 세력.

결과적으로 살아남아서 세력을 휘어잡은 존재들이 초월자인 거지 단순히 그들보다 강하다고 그들 위에 설 수는 없다. 한국 대통령을 주먹다짐으로 이긴다고 대한민국을 먹을 수는 없는 일 아닌가?

그러나 그럼에도… 사 공작 중 무려 세 명이나 반항할 생각조차 버린 채 나를 인정했다. 이는 그들이 본 [나]라는 존재가 그들뿐만 아니라 그들이 가진 [세력]을 압도할 만한 강자로 보였다는 뜻이다.

'결국 힘인가.'

나는 우주에 나와 제국이나 귀족, 황족 같은 개념을 보며 황당해했다. 대우주에 진출하는 데 성공한, 드높은 문명을 이룩했음이 틀림없는 대우주의 세력들이 왜 지구에서조차도 옛날에 버린 왕정제를 유지하고 있는지 이해할 수 없었기 때문이다.

그리고 그 정답이 바로 힘.

개인이 초월적인 힘을 가지고 있다면, 일개 개인이 그가 속한 문명 자체를 파괴할 수 있을 정도로 어마어마한 힘을 가지고 있다면, 그는 사회의 틀과 룰, 법률로 묶어놓을 수 없는 존재가 된다.

지금 공작들은 나를 그런 존재로 보았다.

그래서 황제로 만들려고 한다고 세레스티아는 말하고 있었다.

"하지만 나는 레온하르트 황가의 피를 이은 것도 아닌데?"

"대신 지금 이렇게 결혼식을 올리고 있지."

즉, 명분은 충분하다. 말은 좀 나올 수 있어도 어차피 황제가 죽은 지금 실권을 공작들이 콱 틀어쥐고 있으니 무마할 수 있다는 것.

'하지만.'

그러나 순간 인상을 찡그리던 하워드의 얼굴이 떠오른다.

'과연 그 의견에 모두가 동의할까?'

상황이 웃기게 되었다. 나는 황녀인 세레스티아와 혼인했으면서도 완벽한 귀족파의 우두머리가 된 것이다. 이미 황제파의 중심인물이라고 할 수 있는 황태자를 엿 먹이고 그를 지지하던 강대한 초월자 노링턴 대장군을 해치운 상황이니만큼 황제파 녀석들이 나를 향해 이를 득득 갈고 있었을 터다. 그런데 거기다 더해 지금 이렇게 귀족파를 등에 업고 나타났으니 그들이 나를 어떻게 보겠는가?

'뭘 어떻게 봐. 황가의 적으로 보겠지. 물론 지금 당장에야 명분도 없고 힘도 부족하니 가만히 있겠지만.'

사 공작 중 무려 세 명이 나와 세레스티아의 결혼을 공개적으로 지지하고 나섰고 대회의 때문에 모여든 귀족은 천 명이 넘는다. 어디 그뿐인가? 이러니저러니 해도 나와 세레스티아의 결혼은 죽은 전대 황제가 승인한 사항이니 그걸 막을 명분이 없다. 우리가 아무 힘도 없다면 모르겠지만 지금 상황에서 어찌이 결혼을 막을 수 있겠는가? 황제파에는 근위 기사단과 7대 장군이 있다지만 그들은 명분 없이 함부로 움직일 수 있는 존재들이 아니었다.

'결국 다음 기회를 보겠지.'

중얼거리며 세레스티아를 본다.

"흐음, 좋아. 그럼 이제……."

"이제?"

약간 기대를 담은 세레스티아의 푸른 눈동자를 들여다보며 웃는다.

"이제 어떻게 하지?"

"……."

환한 미소에 금이 간다. 슬쩍 내려다보니 주먹이 부들부들 떨리고 있었지만 나로서는 어깨를 으쓱일 수밖에 없다.

"나도 좋아서 이러는 건 아냐. 그때는 말하자면… 만취 상태 같은 거였거든."

"마, 만취? 만취 상태로 일을 이렇게 크게 벌렸다고? 지금 전개가 너무 급작스러워서 내가 10년 동안 해온 준비를 하나도 활용 못 하고 있거든? 우리 애들은 아직도 데트로 은하 연합에 대기 중인데, 만취?"

신음하는 그녀의 모습에 웃는다. 나도 이게 황당하게 들릴 거라는 정도는 알고 있지만 그게 사실인 것을 어찌하겠는가? 그때, 그러니까 [신성에 취한] 상태에서 저지른 짓 때문에 제일 난감한 건 누구도 아닌 바로 나다. 마치 술에 취해서 깽판 친다음 날 후회하는 취객 같은 꼴이다.

'물론 방법이 없는 건 아니지만……'

문을 연 상태의 [내]가 멍청할 리는 없기에 당연히 대책이 마련되어 있다. 다만 문제는, 그 대책이 지금의 내가 도저히 받아들일 수 없는 종류의 것이라는 점이겠지.

와아아아아——!

순간 계속해서 들려오던 환호성이 한층 더 커진다. 고개를 돌려보니 어느새 제단의 꼭대기에 도착해 있었다.

"호호, 두 분 다 웃으세요. 이 모든 장면이 촬영되고 있으니까요."

제단의 꼭대기에 도착하자 단아한 이미지의 비단옷에 검은 머리칼을 높이 땋아 올린 미녀가 우리를 반긴다. 사 공작 중 하나이자 일음(日陰) 정가(在家)의 가주, 정유리였다.

"정 공작이라고 부르면 됩니까?"

"후후, 말씀 편하게 하세요."

"아니, 아니, 셀이 '할머니'라고 부르는 상대를 함부로 대할 수는 없지요."

"……."

화사하던 미소에 쩍, 하고 금이 간다. 아무래도 이런 식의 호칭을 별로 안 좋아하는 모양이었는데 그렇다고 이 자리에서 굳이 그걸 더 따지지는 않았다.

"…두 분이서 맹세의 키스를 나누시면 결혼이 완료됩니다."

"과정이 매우 짧군요."

반색하는 내 모습에 유리가 웃는다.

"후후, 그런 걸 좋아하지 않으시는 것 같아서 쓸데없는 과정을 빼버렸거든요."

사실 그보다는 나와 세레스티아의 가정 형편 때문일 가능성이 크다. 원래 황성의 결혼식은 세력과 세력의 결합인 경우가 많은데, 지금의 경우 나도, 세레스티아도 데려올 가족이나 세력이 없었기 때문이다.

'그러고 보면 둘 다 고아로 보이겠군.'

세레스티아의 경우 친모는 예전에 돌아가셨고 친부는 바로 얼마 전에 테러를 당해 사망했다. 내 경우에도 태어날 때 어머니가 돌아가신 상태이고 말이다.

'물론 아버지가 있지만…….'

그러나 이런 자리에 어떻게 그를 데려올 수가 있겠는가? 수천 광년 떨어진 거리도 문제지만 이혼이 약속된 결혼을 굳이 그에게 보이고 싶지 않다.

번쩍!

빛이 터져 나온다. 거슬리거나 눈을 못 뜨는 그런 공격적인 빛이 아니라, 뭔가 주변의 모든 것을 감싸 안는 것 같은 포근한 빛.

고개를 슬쩍 들어보자 제단의 바로 위쪽에 자리하고 있는 인공 태양이 한층 더 밝아져 있는 모습이 보인다.

[오오, 이것은—!]

[축복이다! 라의 축복이야!]

여기저기에서 다시금 환호성이 터져 나온다. 우리 앞에 있던 유리 또한 놀랍다는 표정을 짓는다.

"이건… 의외로군요. 역대 황제 중에서도 라가 스스로 반응하는 경우는 많지 않았는데."

"좋은 겁니까?"

"아주 좋지요. 이 정도면 황제파가 시비 걸 엄두를 못 내겠는데요."

만족스러운 표정의 유리가 나직하게 속삭이더니 이내 자세를 바로 했다.

"자, 그럼, 신부 세레스티아 양은 신랑 관대하 군을 영원히 사랑하고 함께할 것을 맹세합니까?"

"예."

웃으며 묻는 유리의 질문에 세레스티아가 망설임 없이 대답한다. 그러고 보면 이 녀석도 참 대단한 게 대답하는 얼굴에는 홍조가 어려 있고 목소리는 설렘으로 가볍게 떨리고 있다. 정말이지 너무나 행복한 신부의 모습이라서, 한순간 사정을 아는 나조차 혹할 정도이다.

'죄 많은 여자로구먼.'

지금 이 순간 얼마나 많은 남자가 그녀를 보며 통한의 눈물을 흘리고 있을지 상상도 안 간다. 그녀는 마치 땅 위에 내려선 별처럼 화려하게 빛나며 모두의 시선을 잡아끄는 존재였기 때문이다.

"좋군요. 그럼 신랑 관대하 군은 신부 세레스티아 양을 영원히 사랑하고 함께할 것을 맹세합니까?"

이어지는 질문에 나는 고개를 끄덕이며 대답하려 했다. 시간을 끌 이유가 없다. 세레스티아에 비하면 아무래도 모자라겠지만, 나 역시 연기는 꽤 자신 있으니 어색하지 않게 대답할 자신 정도는 있었기 때문이다.

'잠깐.'

그러나 대답하려는 순간, 의문이 들었다.

'이거 맹세해도 괜찮은 건가?'

신성을 얻은 자는 함부로 거짓을 입에 담아서는 안 된다. 당장 하와만 해도 나를 지킨다고 말했다가 지금 이러지도 저러지도 못하는 상황에 처하지 않았던가?

그런데 지금 내가 그녀를 [영원히 사랑하고 함께하겠다]라고 말해도 괜찮은가?

"관대하 군?"

유리가 대답하지 않는 나를 보며 의아한 표정을 짓는다. 세레스티아도 영문을 모르겠다는 표정을 지었다.

그리고 아마 멀리서 우리를 보고 있는 10만 명의 하객 역시 비슷한 표정을 짓고 있을 것이다.

등 뒤로 식은땀이 흐른다.

그리고 그때였다.

[우우우우우──]

하늘에 떠 있던 인공 태양이 한순간 더 밝은 빛을 뿌린다. 그 난데없는 기사(奇事)에 모두들 놀라 고개를 쳐들었다.

[불러라.]

묵직한 목소리다. 차분하고 흔들림 없는. 한번 충성을 바치면 영원히 변치 않을 우직한 충신이 거기에 있었다.

[나를 불러라.]

묵직한 목소리가 퍼져 나가자 모두 경악에 빠져 그 모습을 바라보았다. 내 눈앞에 있는 유리는 너무나 놀라 말조차 더듬었다.

"어, 어떻게? 아니, 어째서?"

있을 수 없는 모습을 봤다는 듯 당황한다. 슬쩍 고개를 돌려보니 다른 공작들은 물론이고 수많은 귀족이 입을 쩍 벌리고 있다.

"라."

[그렇다. 나는 라. 온누리를 밝히는 빛이자 영광.]

하늘에 떠 있는 인공 태양이 서서히 수그러들더니 거기에서 밝게 빛나는 빛의 거인이 나를 향해 내려온다.

'이건 또 특이한 형태로군.'

온통 빛으로 이루어진 라는 그 형태가 제대로 보이지 않는다. 일반적인 종류는 아니라 해도 결국은 금속으로 만들어진 아레스와 다르게 [빛]이라는 요소로 구성되어 있는 것 같은 모양새. 그는 가볍게 떨어져 내리더니 순식간에 제단에 도착했다.

쿵!

빛으로 이루어져 있다지만 질량이 없는 건 아닌 듯 녀석이 내려선 제단이 크게 울린다. 녀석은 내 앞에 내려서 한쪽 무릎을 꿇고 나에게 고개를 숙였다.

[그러나 지금 이 순간부터… 그대의 검이자 방패, 그리고 명예의 증거가 되리라.]

차분한 목소리와 함께 녀석의 몸이 점점 더 크게 빛난다. 그리고 어느 순간.

번쩍!

눈부신 빛과 함께 그의 모습이 사라진다. 정신을 차리고 보니 내 머리 위에 환하게 빛나고 있는 왕관이 있었다.

[세상에… 태양의 왕관이야.]

[태양의 왕관이 다시 모습을 드러내다니.]

[초대 황제 이후로 아무도 쓰지 못했던 태양의 왕관이…….]

사람들의 수군거림이 들려온다. 물론 모두가 놀라고 기뻐하는 것만은 아니었다.

"어째서… 어째서?"

도저히 믿을 수 없다는 표정으로 내 머리 위의 왕관을 바라보는 하워드의 모습이 보인다. 놀라 한걸음에 제단 위로 달려온 그였지만, 꽤나 먼 거리에서 더 이상 다가오지 못한 채 망연자실해하고 있는 상황.

그런데 그때 날카로운 목소리가 들렸다. 아레스였다.

[내가… 내가 한눈팔지 말라고 했어, 안 했어?]

"상황이 상황이니 좀 참아."

[아… 내가 이런 놈을 믿고…….]

뭔가 미묘한(?) 한탄과 함께 조용해진다. 그야말로 쓸데없는 잡담이었지만, 덕분에 모두가 충격과 혼란에 빠진 와중에도 생각을 정리할 수 있었다.

"세레스티아와의 결혼을 맹세합니다."

"응? 아? 네? 아… 네."

완전히 넋을 놓고 있던 유리가 허둥대며 고개를 끄덕인다. 나는 그녀를 재촉했다.

"그럼 이제 결혼식은 끝난 겁니까?"

"아… 네. 그, 그럼 이것으로! 관대하 군… 아니, 관대하 님과 세레스티아 양의 결혼식을 마치겠습니다!"

내 재촉에 밀려 고개를 끄덕인 유리가 세상을 향해 공표하자 내 머리 위에서 환하게 빛나고 있는 왕관을 보고 있던 십수만의 사람이 [라의 처소]가 떠나가라 고함을 지르기 시작했다.

그리고 그것으로…….

나와 세레스티아는 부부가 되었다.

∗　✱　∗

테라포밍(Terraforming)이란 지구화(地球化), 혹은 행성 개조(行星改造)라 불리는 과정으로 지구가 아닌 다른 행성 및 위성, 기타 천체의 환경을 지구의 대기 및 온도, 생태계와 비슷하게 바꾸어 인간이 살 수 있도록 만드는 작업을 말한다.

자신이 사는 행성을 벗어나 다른 항성, 다른 은하로 넘어가는 게 가능한 3문명의 경우 테라포밍 정도는 능숙하게 사용하는 게 일반적이다. 물론 해당 행성의 여러 가지 조건—물과 에너지원의 존재 여부, 복잡한 유기물이 합성되기에 적합한 환경 등—에 따라 난이도와 소요 시간에 어마어마한 차이가 생기지만, 필요성만 있다면 얼마든지 작업을 수행할 수 있다는 것.

그리고 그렇기에.

"수성(水星)이라니."

신혼여행을 이런 곳으로 오는 것도 가능하다.

"VIP들이 이용할 휴양지로 꾸며진 곳이지. 현재 이 행성에 있는 [고객]은 너랑 나뿐이지만 평소에는 거의 천 명에 가까운 이용객을 유지할 정도로 인기 있는 곳이야."

"…천 명이 많은 거야? 아무리 수성이 작아도 행성인데?"

"VIP들이라고 했잖아. 보통 사람은 평생을 모아도 하루 묵기가 힘들 정도인데 천 명 정도의 이용객을 상시 유지할 수 있다는 건 대단한 일이지."

난간에 기대앉은 세레스티아가 나른한 목소리로 설명한다. 나 역시 그녀의 곁에서 멍하니 에메랄드빛 바다를 내려다보고 있다.

결혼식이 끝났다.

정말이지… 내 인생에 다시없을 난장판이었다. 사람들은 계속해서 환호성을 외치고, 누군지도 모를 귀족들이 몰려와 시키지도 않은 충성을 맹세하다 끌려 나가고, 그다음에는 거대 모함 이노센트(Innocent)에 올라타 13지구를 두 바퀴나 돌았다.
그 모든 과정을 수행하는 데 꼬박 10시간은 걸린 것 같다.

"뭐, 확실히… 좋긴 좋아."

나는 중얼거리며 까마득하게 먼 거리에 펼쳐진 바다의 모습을 바라본다. 우리가 현재 묵고 있는 저택은 [하늘 섬]에 위치해 있었기 때문에 바다까지의 거리가 수백 미터에 달하는 상태.

나는 잠시 바다의 모습을 지켜보다가 자리에서 일어나 난간 위로 올라갔다. 위태위태한 자세였지만 세레스티아는 전혀 신경 쓰지 않았다.

탓!

가볍게 난간을 박차 아래로 뛰어내린다. 저 먼 바다를 향해 그대로 떨어지기 시작한다.

슈우우—

천천히 내려간다. 추락이라 부르기에는 매우 안정적이다. 아주 느린 것도 아니지만 그렇게 빠른 것도 아닌, 마치 낙하산을 타고 내려가는 정도의 속도였다.

풍덩!

정신이 확 들 정도의 차가움이 온몸을 덮치는 것을 느끼며 바닷속을 헤엄쳐 다닌다. 대우주에 나와 만난 온갖 초인들에 비할 바는 아니지만… 최근 들어 내 몸이 개선되고 있음을 느낀다. 딱히 운동을 하는 것도 아닌데 점점 몸에 근육이 붙고 근력이나 체력 등이 좋아졌다. 인간을 넘어서는 정도까지는 아니었지만 적어도 인간의 한계에 근접하고 있다. 이 별장에 있는 벤치프레스를 들어봤는데 좀 집중하면 300킬로그램짜리도 들 수 있을 정도였으니 더 말해 무엇하겠는가? 물론 벤치프레스 세계 신기록이 460킬로그램으로 지금 내 수준을 가볍게 뛰어넘지만, 딱히 덩치가 더 커진 것도 아닌데 이 정도면 엄청난 변화였다.

'하지만 바꿔 말하면… 이 정도가 한계다.'

내 심장에는 나폴레옹의 아이언 하트의 정수가 깃들어 있고 거듭된 신혈 각성으로 강화된 내 영혼은 초월자들조차 감히 들여다볼 엄두를 못 낼 정도로 강화되었다.

하지만 그럼에도, 육신은 인간에 불과하다.

당연하지만 나 역시 이능을 배워보려고 몇 번이고 시도해 보았다. 원래 이능이라는 것은 평생을 두고 단련해야 할 정도로 긴 시간을 필요로 하는 학문이지만, 이미 내 몸에 막대한 영력이 깃들어 있으니 단순히 그것을 다루는 요령만 익혀도 어지간한 상급 능력자보다 훨씬 강력한 힘을 발휘할 수 있을 것이라 생각했기 때문이다.

그러나 불가능하다.

나는 마나를 다룰 수 있으면서도 그것을 실질적으로 활용하는 이능을 배울 수 없었다. 나는 마력도, 내공도, 생체력도, 차크라도 깨울 수 없으니, 결과적으로 스스로의 힘으로는 [필멸자의 격]이라는 상태를 벗어날 수 없었다.

'마치 인간이라는 [상태]가 강제되는 느낌이란 말이지.'

이것은 심각한 문제다. 모든 간섭과 공격에 면역이나 다름없는 절대적인 방어력을 지닌 정신과 다르게, 내 육신은 단 한 발의 총알에도 꿰뚫릴 정도로 나약함을 유지하고 있었기 때문이다. 만약 내 목숨을 지켜준다는 하와의 약속이 없었다면, 어쩌면 나는 저격의 공포 때문에 결혼식을 제대로 치르지 못했을지도 모른다.

푸확!

어느 정도 헤엄을 치다 한 지점에 이르자 하늘로 솟구치는 물살이 내 몸을 휘감더니 하늘로 날아오른다. 처음에는 혼비백산했던 현상이었지만, 이제는 제법 익숙해져 능숙하게 그것을 타고 하늘 섬까지 날아오를 수 있었다.

탁.

마치 마술처럼 처음 뛰어내렸던 난간 위로 올라선다. 내 뒤로는 하늘로 솟구쳐 오른 물줄기가 그대로 유턴해 바다로 쏟아지고 있었다.

"이 중력 폭포라는 거 꽤 재미있단 말이야."

"수성의 명물 중 하나야. 엄청난 에너지 낭비의 산물이지."

수성(水星)이라는 이름만 들으면 바다로 가득한 행성처럼 느껴질지 모르지만 원래 수성에 바다 따위는 없다. 없는 것이나 다름없는 대기 상태 때문에 바다가 생길 만한 환경이 조성될 수도 없었을뿐더러, 태양과의 거리가 너무 가까워 무자비한 열기에 노출되기 때문이다. 밤에는 영하 170도까지 내려갔다가 낮에는 400도를 넘나드는 극한의 환경이 지배하는 곳.

그러나 3문명에 들어선 레온하르트 제국은 수성에 특수한 성질의 대기를 만들어 수성에 쏟아지는 모든 태양열을 흡수하게 만들고, 그렇게 모인 태양열을 에너지로 만들어 수성 곳곳에서 사용할 수 있도록 시스템을 만들었다. 수성이라는 이름에 어울리는 아름다운 바다를 만들고 하늘을 날아다니는 하늘 섬을 만들었다.

그리고 이 모든 것을 이룩한 자가 바로 레온하르트 제국의 초대 황제였다.

"초대 황제 폐하께서는 수성의 풍경을 매우 좋아하셨다고 해. 그래서 신들의 저주로 죽어 가실 때 머문 곳도 바로 이곳이었지."

"…이곳이었지라니? 수성이었지도 아니고?"

"응. 사실 지금 우리가 묵고 있는 이 건물이 초대 황제 폐하의 별장이거든."

그녀의 말에 새삼 우리가 머물고 있는 거대한 저택의 모습을 돌아보았다. 어쩐지 다른 하늘 섬에 비해 크기도 훨씬 크고 건물도 고급스럽다 했더니 초대 황제가 머물던 곳이라 그랬나보다.

"나름 신경 써준 건물이라는 거군. 좋은데?"

태평한 나의 말에 세레스티아의 입이 다물어진다. 나른하던 그녀의 표정이 석고상처럼 딱딱하다.

"역시 넌… 황제가 되는 거야?"

그녀의 말에 결혼식 때를 떠올린다.

라가 나에게 반응하였을 때.

그리고 녀석이 왕관이 되어 내 머리 위에 자리 잡았을 때.

바로 그때 모든 것이 변했다. 그저 황녀의 결혼식이 아니라, 새로운 황제의 즉위식이나 다름없는 자리로 변한 것이다. 황족의 결혼식에 네 명의 공작 중 세 명이나 참석한 것도 정치적으로 어마어마한 의미를 지니고 있다고 들었지만, 그런 공작들의 파격적인 행보를 다 지워 버릴 정도로 태양의 왕관이 가지는 파급력은 엄청났다.

"만약 아니라면 어떻게 되는데?"

"…엉망이 되겠지. 공작들이, 귀족들이, 그리고 무엇보다 국민들이 납득하지 않을 거야. 황제가 나타났다는 소식에 이미 레온하르트 제국 전체가 축제 분위기란 말이야."

제국(帝國)이라는 단어는 황제가 다스리는 국가라는 뜻을 가진다.

황제(皇帝)라는 단어는 제국의 군주라는 뜻을 가진다.

바꿔 말하자면 [제국 클래스]라는 명칭 자체에 [황제 클래스]에 대한 갈망이 숨어 있다고도 할 수 있다. [제대로 된] 제국이라면 역시 황제 클래스의 강자가 있어야 한다고 사람들은 생각한다는 뜻이기도 하다.

사실 요번에 일어날 [예정]이었던 반란 역시, 그 근본적인 이유는 황제 클래스의 존재를 전제로 짜인 제국의 시스템을 정상화하기 위해서이다. 초대 레온하르트 같은 존재가 있다면 당연히 따르겠지만, 그렇지 않다면 더 이상 그 시스템에 순응할 수 없다는 뜻.

'훨씬 더 발전한 세상인데도 결국 근본원리는 똑같구면.'

결국 힘이라는 한결같은 귀결에 헛웃음이 나온다. 하긴 어쩔 수 없는 일일 수도 있다. 똑같은 제국 클래스의 세력을 가지고 있다 해도 [제대로 된] 황제를 가진 나라와 그러지 못한 나라의 위상은 그야말로 천지차이일 테니까.

일례로 만약 초대 레온하르트 황제가 살아 있었다면, 과연 비인들의 제국인 테케아 연방이 지금처럼 레온하르트 제국에게 시비를 걸 수 있었겠는가?

"현실적이구만."

"합리적이지. 심지어 너는… 스스로 초대 황제만이 쓸 수 있었던 태양의 왕관을 써버렸어. 명분마저 완벽하니 이미 너를 황제라 부르는 이들마저 생기고 있지."

아마 세 공작은 자신들의 힘으로 나를 추대하려 했던 모양이지만 지금에 와서는 다 쓸데없는 일이 되었다. 라가 나에게 온 이상, 나는 그저 [황제가 되겠다]라고 선언하기만 해도 황좌에 앉을 수 있는 [명분]을 갖추게 된 것이다.

"하지만 만약 이 타이밍에 내가 죽는다면?"

"…너 죽어?"

"아니, 죽은 척을 하게 된다면 말이야."

내 말에 세레스티아가 어이없다는 표정을 지었다.

"물론 너는 죽을 수도 있는 몸이지만… 사람들은 너를 황제 클래스로 생각하고 있단 말이야. 우주에 몇 없는 황제 클래스의 존재가 나타나서 갑자기 죽는 상황을 사람들이 납득할 것 같아? 당장 조사에 들어갈걸?"

충분히 일리 있는 말이었지만 나는 고개를 흔들었다.

"납득할 거야."

솔직히 그러고 싶지 않았지만… 문을 연 상태의 [내]가 마련한 대책을 사용해야 할 것 같았다.

"누구도 막을 수 없는 무시무시한 적의 손에 죽을 테니까."

사실 연합(Union)에는 적이라 말할 만한 단체가 별로 없다. 연합은 설립 목적 자체가 [외부 세계]의 존재들에게 대항하기 위한 전 우주적인 단체이니 어쩌면 당연한 일이다. 너도나도 다 연합 소속인데 따로 누굴 적이라고 말하기는 애매하지 않겠는가?

물론 그 안에는 레온하르트 제국과 테케아 연방의 관계같이 적대하는 국가들도 존재하지만 그렇다 하더라도 그 모든 세력은 연합의 이름 아래에 묶인다. 태어날 때부터 강대한 권능을 타고나는 초월종들의 단체인 노블레스(Noblesse)와 끝없는 단련과 노력으로 극한의 권능을 획득한 초월자들의 단체인 엘로힘(Elohim)들이 연합 전체에 최소한의 룰을 강제하고 있기 때문이다.

다시 말해, 연합은 대우주 최대, 최강의 세력이다.

'그리고 그 말은… 리전이 얼마나 무시무시한 세력인지를 알려주는 말이기도 하지.'

다시 말하지만 연합에는 적이라 할 만한 단체가 별로 없다. 사실상 그들은 우주를 지배하는 것이나 다름없는 세력이기 때문이다.

그러나 드넓은 대우주에는 그들조차도 함부로 하기 어려운 무시무시한 세력들이 존재하는데, 그것이 바로 세 개의 대적(大敵)이라 불리는 존재들이다.

기계 생명체 리전(Legion).

우주 괴수 그로테스크(Grotesque).

대해적단 바사라(ばさら).

그중 바사라는 자체적인 강함이나 전투력보다 전 우주를 아우르는 엄청난 규모와 적아를 구분하기 어려운 불분명성 때문에 무서운 존재라는 점을 감안하면 실질적인 힘으로 연합과 적대하는 게 가능한 건 대우주에서도 리전과 그로테스크 정도라는 것을 알 수 있다.

그리고 규모에서 압도적으로 불리한 그들이 연합의 압박에서 버틸 수 있는 것은, 바로 그들을 수호하는 초월적인 언터쳐블의 존재 때문이다.

"누구도 막을 수 없는 무시무시한 적?"

"그래. 아담 같은 적 말이지."

"…미쳤어?"

세레스티아가 정신병자를 보듯 날 본다.

"미치다니?"

"그럼 아담을, 최상급 신위를 가진 그 괴물 같은 언터쳐블을 이용하겠다고 말하는데 그걸 어떤 소리로 듣길 바라는 거야? 작정하면 대우주 전체를 공포로 몰아넣을 수 있는 그 파괴신 같은 녀석을 고작 황좌 하나 때려치우려고 끌어들인다고?"

[최초의 리전]인 아담은 대부분의 신이 물질계를 떠난 지금 전 우주를 뒤져도 몇 안 되는 최상급 신위를 가지고 있는 존재이다.

그리고 그는 당연히 [문을 연] 나보다도 훨씬 상위의 존재다. 상급의 신성, 상급의 신위, 그리고 하급의 신격이라는 기형적인 형태를 가진 나와 다르게 최상급 신위를 완벽하게 수습한,

대신격(大神格)에 준하는 존재인 것.

그러나 상관없었다. 어차피 이건 힘의 문제가 아니었기 때문이다.

"응."

"…응이라니, 고작 그걸로 끝이야?"

"끝이지. 너무 걱정하지 마. 내가 알아서 할 문제니까."

미안하지만 이 이상 자세한 설명을 해줄 수는 없다. 내가 무엇을 할 수 있는지, 어디까지 할 수 있는지, 그리고 어떠한 가능성을 품고 있는지… 그 모든 것을 이야기할 수는 없는 일이니까.

'우리 사이는 딱 이 정도지.'

나와 세레스티아는 꽤나 친밀한 관계를 유지해 왔고 어찌어찌 결혼까지 하게 되었지만, 그렇다 하더라도 어떠한 [선]을 넘지는 않았다.

그래, 인정한다. 나는 그녀에게 매력을 느꼈다.

그녀는 내가 싫어하는 모든 요소를 다 갖춘, 그야말로 폭탄 같은 여인이었음에도 불구하고 하늘에서 내려온 별처럼 빛나 나의 시선을 잡아끌었다. 어쩌면 신위에 취한 내가 그녀를 위해 판을 뒤엎어 버린 것 역시, 마치 취객이 속내를 드러낸 것처럼 나도 모르게 내 본심을 드러낸 것일지도 모를 일이다.

"흠… 그렇구나."

그리고 그런 내 생각을 읽은 건지 세레스티아가 묘한 표정을 지었다. 기쁜 것 같기도 하면서도 섭섭한 것 같기도 한, 뭐라 표현하기 미묘한 얼굴.

그러나 그러거나 말거나 그녀를 내버려 두고 별장 안으로 걸어 들어간다.

우우웅―

별장에 설치된 기능이 발동하자 젖어 있던 내 몸이 삽시간에 뽀송뽀송하게 마른다. 나는 거실 한쪽에 위치한 벽에 손을 올렸고 이내 냉장실이 열리며 시원한 음료가 손에 잡힌다.

"뭔가 마실래?"

"…푸른 별."

"음? 그거 술 아닌가?"

"술 마실 수도 있지, 뭘. 내 나이가 몇 살인데."

눈을 가늘게 뜨는 그녀의 모습에 피식 웃으며 다시 벽에 손을 뻗었다. 그러자 다시 냉장실이 열리며 파란색의 액체가 들어 있는 병이 손에 잡힌다. 별장을 관리하는 관제 인격이 우리가 원하는 음료를 집어준 것이다.

꿀꺽꿀꺽!

세레스티아는 내가 넘겨준 병을 낚아채듯 잡고 병나발을 불었다. 저거 한 병이 어지간한 집 한 채만큼 비싸다는 사실은, 지금 이 순간 별로 중요한 문제가 아닐 것이다.

"숨넘어가겠다."

피식 웃으며 나 역시 과일 주스를 마셨다. 세레스티아는 어느새 푸른 별을 반 병 가까이 마시고는 차분한 표정으로 나를 바라보고 있다.

"우리 어머니에 대해 알고 있어?"

"그냥 어렴풋이는. 자세한 건 몰라."

문을 연 상태의 나는 전지에 가까운 정보 제어 능력으로 그녀의 모든 것을 다 알 수 있지만 다시 문이 닫히면 그 모든 지식과 정보가 손가락 사이로 새어 나가는 모래알처럼 사라지고 막상 손에는 얼마 남지 않는다. 신의 권능은 위대하지만, 인간의 뇌가 받아들일 수 있는 정보는 극히 한정적이기 때문이다.

그것은 마치 꿈과 같다.

아침에 일어났을 때 전날의 꿈을 다 기억할 수도 있지만, 대부분의 경우 이미지만 남는다. 악몽이었던 것 같아, 뭔가에 쫓겼던 것 같아, 맛있는 걸 먹었던 것 같아, 예쁜 여자가 나왔던 것 같아 뭐, 이런 식으로 단편적인 기억은 나도 정확한 상황이나 지나가며 봤던 건물들의 모양 같은 걸 다 기억할 수는 없는 것.

때문에 코디네이터들에게 의미심장한 대사를 던질 수는 있었어도, 그 모든 상황을 완벽히 알 수는 없었다. 정확한 사정을 알려면 지금 상태에서 설명을 들을 필요가 있었다.

"내가 배경이 없다는 건 알지?"

"정확히는 가문이 없다고 들었어."

"그게 그거지, 뭐."

피식 웃는 그녀의 말대로 그녀에게는 가문이랄 것이 없다. 왜냐하면 그녀의 친모는 대가를 받고 전대 황제를 모신, 일종의 창부(娼婦)였기 때문이다.

"외부에는 평민 여성이라고 알려져 있어. 잠시 외출을 나왔던 아버지가 꽃집을 하던 여성과 금단에 사랑에 빠졌다… 고 광고를 한 거지."

즉, 다른 국민들은 그녀의 모친이 귀족도, 황족도 아닌 보통 여인이라고 알고 있고, 다른 황족과 귀족들은 그녀의 모친이 대가를 받고 몸을 판 창부라고 알고 있다는 것이다.

"하지만 아니다?"

"당연하지. 애초에… 황태자였던 아버지가 왜 굳이 정치적인 부담을 무릅쓰고 외부에서 창부 같은 것을 구하겠어? 차라리 시녀나 귀족 중에 하나를 골라서 침실로 들이는 게 낫지."

그녀의 모친이 창부라는 사실조차 황족과 귀족들만 아는 기밀이지만, 정말 진실을 말하자면 그것조차 거짓이라는 말이다. 그녀의 모친은 도저히 외부에 알릴 수 없는 정체를 가지고 있었기에 이중으로 진실을 감춘 것.

"그럼 그녀는 누구였지?"

"유전자 조작으로 만들어진 전투 생명체. 그러니까 굳이 설명하자면… 키메라(Chimera)였지."

그녀는 황가에서 직접 운영하는 무력 단체, [그림자단]을 만들어내기 위한 실험체 중 하나였다. 여러 가지 상위종과 노블레스 같은 초월종, 심지어 비인들의 인자까지 섞어 만들어낸 후 가혹한 훈련 과정을 거쳐 완성되는 존재.

다만 문제는, 그녀가 실패작이었다는 점이다.

"어머니는 다른 키메라들에 비해 열등한 성능을 가지고 있었어. 제대로 된 언어를 구사하지도 못했고 전투 능력도 반쪽짜리, 심지어 지능까지 떨어져 시종으로도 쓸 수 없는 폐품이었지."

"그러면 보통 폐기되는 게 정상 아냐? 보안 문제라든가?"

"그래야 정상이지만… 그렇게 되지 않았어. 어머니는 몹시 아름다웠거든."

때문에 그녀는 황실 안에서 [다른] 용도로 사용되게 되었다. 그녀가 가진 것은 단지 그 아름다운 외모뿐이었으니, 어찌 생각한다면 당연할지도 모른다.

황족과 귀족들에게 그녀의 모친이 창부라고 알려진 것은, 바로 이 시기 때문이다.

"그러면 전대 황제도?"

"아니, 그렇지는 않았어. 기본적으로 금욕적인 성격인 아버지는 황족들 사이를 빙빙 돌고 있는 어머니를 더럽게 보고 있었거든. 다만 어머니가 그렇게 [사용]되던 어느 날… 청원이 그녀를 보게 된 것이 문제였지."

잠시 일이 있어 황실에 들렀던 혈통 관리인 좌자는 그녀의 안에 돌연변이적으로 생겨난 어떤 [인자]를 읽어내게 된다. 그녀가 단순한 실패작이 아니라 아주 특별한 가능성을 지닌 존재라는 것을 파악한 것이다.

"그렇군. 그가 마음에 내켜하지 않는 앙겔로스 3세에게 접근해 억지로 그녀와 결혼하게 한 거야."

레온하르트 황가의 혈통 관리인이었던 청원의 의견은 황실에서도 함부로 무시할 수 없는 종류의 것이라고 들었다. 하물며 이건 그가 관리하던 후사에 관한 문제가 아니던가?

그러나 세레스티아는 고개를 흔들었다.

"그랬으면, 그랬으면 차라리 다행이지."

"그럼?"

"오히려 반대야. 그녀를 차지하기 위해 황자들 간에 경쟁이 붙었어."

"…그녀가 신혈을 이을 수 있는 귀중한 존재였기 때문에?"

"맞아."

초대 황제 레온하르트가 죽은 이상 사실 황족의 몰락은 예견된 일이었다. 황족의 특별함은 신혈을 이었다는 점에서 유지가 되는 것이었는데, 바로 그 신혈이 문제였다.

"신혈은 아무 대상으로나 이을 수 있는 게 아냐. 후사를 보기도 힘들고 설사 후사를 보는 데 성공했다 해도 점점 옅어지지… 따라와 봐."

세레스티아는 아직 약간 남은 푸른 별을 마시며 별장의 한쪽에 위치한 방으로 이동했다. 나는 순순히 그녀를 따라갔다.

위이잉— 철컹!

그녀가 한쪽 벽을 조작하자 바닥이 열리며 계단이 드러난다. 계단의 끝에는 푸른색으로 빛나는 마법진이 있었다.

"이건 뭐야?"

"황족들이 모를 수 없는 공간이야. 나도 실제로 와보는 건 처음이지만."

웅!

마법진에 올라서기가 무섭게 배경이 변한다. 어느새 나와 세레스티아는 황금색으로 빛나는 화원의 한가운데로 이동해 있었다.

"…멋지군."

온통 황금빛으로 빛나는 곳이다. 마치 금실을 짜서 만든 것 같은 황금색의 꽃들이 사방에 가득히 피어 있다.

"이것들이 뭔지는 알지?"

"그야 알지."

세레스티아의 질문에 피식 웃는다. 그렇다. 그 황금색의 장미들은 나에게 매우 익숙한 종류였다. 왜냐하면 세레스티아가 나에게 프러포즈(?)를 할 때 내밀었던 종류이기 때문이다. 다른 게 있다면 그때는 몇 송이 안 되었는데 지금은 몇천 몇만 송이나 피어 있다는 점 정도겠지.

"데탈트의 황금 장미였던가?"

"그래."

차분하게 대답하며 화원 한가운데로 향한다. 그곳에는 커다란 옥좌가 있었는데, 거기에 환한 금발의 사내가 턱을 괴고 앉아 있다.

마치 태양 같은 남자다.

잠이라도 든 것처럼 두 눈을 감고 있음에도 선명한 존재감이 느껴진다. 금색의 장발을 길게 늘어뜨린, 남자가 소화하기 어려운 헤어스타일을 가지고 있었음에도 그 모습이 마치 명공이 그려 완성한 것만 같아 나도 모르게 빤히 바라보게 될 정도로 아름다운 사내.

"솔직히 말하면 공작들이 우리를 이곳에 오게 했다는 사실에 깜짝 놀랐었어. 이곳은 레온하르트 황가에게 있어 아주 의미가 깊은 장소거든."

나는 그녀의 말을 들으며 옥좌에 앉은 사내를 바라보았다. 엄청난 존재감을 뿜어내는 그였지만, 우리가 왔음에도 아무런 움직임이 없다.

"초대인가."

"그래. 초대 황제이자 광황(光皇)이라 불렸던 존재이며 모든 신화와 비극의 시작인… 응?"

마치 오페라 가수처럼 과장된 표정으로 그에 대해 설명하던 세레스티아의 말이 멈춘다. 나 역시 멈칫했다.

"지금… 움직이지 않았어?"

"…움직였어."

믿을 수 없다는 표정으로 눈을 감고 있는 레온하르트를 바라본다. 그리고 그때였다.

번쩍!

레온하르트 황제의 눈이 별안간 크게 떠진다. 그러나 잠들었던 황제가 깨어난 경사 같은 상황은 절대 아니었다.

[끼아아아아악―!]

끔찍한 괴음과 함께 레온하르트 황제의 고개가 번쩍 들리더니 우리를 향해 돌아간다. 마치 먹물을 뿌려놓기라도 한 것처럼 새카맣게 물든 그의 눈동자가 살벌한 기세로 우리를 노려보고 있었다.

"뭐야?"

"글쎄… 완전 비밀인 장소도 아니고 매년마다 황태자를 비롯한 다수의 황족이 들르는 곳이지만 이런 이야기는 전혀 없었어. 그냥 언제나 저 자리에서 잠들어 있기만 하다고 들었는데."

나직이 중얼거리면서도 레온하르트 황제로부터 눈을 떼지 않는다. 어느새 그녀의 몸에서는 황금빛 영기가 피어오르는 상황. 나는 왼쪽 팔목에 차고 있던 쉐도우 스토커를 시계에서 총의 형태로 변환시켰다.

철컥!

쉐도우 스토커는 리볼버의 형태를 가지고 있다. 리볼버는 한자로 육혈포(六穴砲)라고 쓰는데, 이는 말 그대로 구멍이 여섯 개 있는 포(砲)라는 뜻이었다.

쉐도우 스토커는 이 여섯 개의 약실에 시(時), 공(空), 무(無)의 효과를 2개씩 적용시켜 담아놓은 병기다. 즉, 따로 탄환을 장전하지 않아도 그저 공이를 당기는 것만으로 약실이 돌아가 필요한 효과를 가진 구간에서 정지한다.

"혹시나 해서 묻는 거지만, 초대 황제의 육체를 훼손시키면 어떻게 되지?"

"…큰일 날 소리 하지도 마."

눈을 가늘게 뜨는 그녀의 모습에 앗 뜨거라, 하고 고개를 끄덕였지만 어쩔 수 없는 질문이었다. 우리를 가만히 노려보고 있는 초대 황제에게서 느껴지는 기세가 너무나 사악했기 때문이다.

쿠오오오—

까만 기류가 초대 황제의 몸을 감싼 채 휘몰아치고 있다. 어둡고 섬뜩한 기운을 가득 품고 있어 보는 것만으로 상대를 공포에 질리게 하는 암흑의 구름.

나는 쉐도우 스토커의 공이를 당겨 극대소멸탄(極大掃滅彈)을 준비시켰다. 3문명에서는 거대한, 거기에 특수한 힘을 가진 아이언 하트를 내장해야만 가동할 수 있기에 전함이나 차원 포격기에만 설치되는 병기였지만 4문명의 결정체라 불리는 쉐도우 스토커로는 언제든 사용할 수 있는 여섯 종류의 탄환 중 하나에 불과하다. 불가능한 일이었지만, 극한으로 발달한 차원 공학은 손가락 하나도 들어가기 힘든 약실 안에 거대한 아공간을 만드는 것으로 그것을 가능의 영역으로 밀어 올렸다.

"조용히 물러나자."

"그러지."

괜히 초대 황제의 몸을 박살 냈다가 원망을 들을 이유가 없었기 때문에 서서히 뒤로 빠진다. 정신 차리고 보니 어느새 세레스티아가 내 앞을 보호하듯 가리고 있다.

'…누가 누굴 가리는 건지.'

헛웃음 지으며 우리를 화원으로 이동시켰던 마법진으로 향한다. 다행히도 레온하르트는 우리를 노려보고 있을 뿐 옥좌에서 벗어나지 못하고 있었다.

킹!

"어?"

그런데 마법진에 올라섰던 세레스티아의 표정이 굳는다. 놀라서 내려다보니 우리를 이동시켰던 마법진이 힘을 잃고 꺼져 버린 모습이 보인다.

"어째서?"

뜻밖의 사태에 당황하는 세레스티아. 그리고 그 순간이었다.

후욱!

한순간 몰아친 바람이 온몸을 관통해 지나간다. 나는 물론이고 세레스티아 역시 아무런 반응을 하지 못할 정도로 순식간의 일이었는데, 문제는 그게 물리적인 바람이 아니었다는 것이다.

"하윽… 이, 이건……."

새까만 기류가 세레스티아의 전신을 뒤덮었다. 세레스티아는 황금빛 기운을 마구 뿜어냈지만 흑색의 기류는 삽시간에 그녀의 영기를 다 잡아먹는다.

"이런."

상황은 나 역시 마찬가지였다. 흑색의 기류가 내 온몸을 뒤덮자 눈앞이 아찔해지며 무릎이 풀렸다.

'아니… 어째서?'

그리고 그 순간 의문을 떠올렸다.

'어째서 하와가 막아주지 않는 거지?'

7대 장군 중 하나인 노링턴 대장군의 기습을 그 모습조차 보이지 않은 채 막아내고 오히려 상대를 격살했던 그녀였다. 그녀가 인지하지 못할 공격을 할 수 있을 리가 없는데 이게 무슨 상황이란 말인가?

나는 다시금 레온하르트 황제를 돌아보았다.

[레온하르트 제국]
[저주에 휩싸인 레온하르트]

어질어질 힘이 빠진다. 흑색의 기류가 온몸에 휘몰아치고 있었지만 고통은 없는 상태. 나는 그제야 초대 황제에 대한 이야기를 떠올렸다. 전쟁 중 적이었던 상위 신들에게 받은 저주를 끝끝내 치유하지 못하고 끝없는 잠에 빠지게 되었다는 이야기를……

"끝없는 잠… 인가."

나는 그제야 하와가 움직이지 않은 이유를 깨달았다. 그녀의 약속은 내 [목숨]뿐이었으니 그 외의 사태에는 나설 필요도, 의무도 없는 것.

"흐으… 하으… 어, 어째서. 어째서 환몽관의 저주가……"

거친 신음 소리와 함께 세레스티아가 주저앉는 모습이 보인다. 그녀를 향해 말을 걸려 해도 어느새 온몸에 힘이 빠져 입을 열 수가 없다.

'무, 문을……'

정신을 집중했지만 자꾸 의식이 흐릿해진다. 문의 모습을 이미지해 그 손잡이를 간신히 잡았지만, 그것을 돌릴 여유가 없었다.

'문을 열어야……'

그러나 거기까지.

나는 의식을 잃었다.

＊　★　＊

아름답게 꾸며진 궁궐의 한쪽 벽에 10대 초반에서 후반까지 두루 섞인 대여섯 명의 소년이 둥그렇게 서 있다. 환하게 반짝이는 금발을 가진 그들은 하나같이 천사처럼 귀엽고 사랑스러운 외모를 가지고 있었는데, 어쩐 일인지 그들 모두가 인상을 찡그리고 있다.

"나 참, 이게 무슨 황당한 경우야."

소년 중에서 가장 큰 덩치를 가진 녀석이 자신들이 만들어 낸 반원 안에 주저앉아 있는 소년을 보며 너털웃음을 지었다. 바닷물을 건져 올려 만든 듯 새파란 머리칼을 가진 소년은 구석에 몰린 생쥐처럼 벽에 바짝 붙어 부들부들 떨고 있다.

"루이 형, 이런 말도 안 되는 말을 믿어?"

"물론 그러기는 어렵지. 하지만 잘 봐라, 엘리언. 이 녀석… 묘하게 체형이 바뀌었어. 가슴도 없어졌고."

그의 말에 엘리언이라고 불린 소년이 주저앉아 있는 청발의 소년을 노려보았다. 그러자 주변 공간이 한순간 일렁거렸다.

쫘악!

마치 마술처럼 청발의 소년을 감싸고 있던 고급스러운 옷이 갈기갈기 찢어져 사방으로 흩어진다. 그리고 드러난 소년의 모습에 다른 소년들이 눈을 동그랗게 떴다.

"이, 이게 뭐야?"

"우와, 기분 나빠. 어떻게 이럴 수가 있지? 이딴 권능도 있었나?"

"돼지 통구이를 부르는 병신 같은 권능도 기가 막혔지만 이건 또 무슨……."

모두 어이없다는 표정으로 바닥에 쓰러져 있는 청발의 소년을 바라보았다. 그는 몸을 한껏 웅크려 자신의 몸을 어떻게든 가리고 있었지만, 그의 나체(裸體)가 소녀의 것이 아닌 소년의 것이라는 사실을 감출 수 있을 정도는 아니었다.

"큭큭큭, 이거 봐, 이거 봐. 이 자식, 아랫도리도 달렸잖아?"

"아, 이건 또 뭐야. 납작 가슴이라니."

"아, 짜증 나. 천박한 쓰레기의 유일한 쓸모마저 없어졌어."

"하지만 진짜 웃기지도 않는다. 이 녀석, 우리 때문에 남자로 변한 거 맞지?"

재미있다는 듯 그를 둘러싸고 낄낄거리며 웃는다. 그러나 모두가 그런 건 아니었다.

"세레스티아, 장난치지 말고 다시 여자로 돌아가."

"나, 나는… 남자야."

청발의 소년이 처음으로 입을 열었다. 잔뜩 주눅 들어 있는 표정과 공포로 덜덜 떨리고 있는 턱은 더없이 애처로웠지만, 루이라 불린 금발의 소년은 한결 더 인상을 찡그릴 뿐이다.

"웃기는 소리 하지 말고 여자로 돌아가."

"남자야… 나는 남자…….."

벌벌 떨면서도 그의 뜻에 따르지 않는다. 그리고 그런 그의 모습에 금발 소년의 입매가 뒤틀렸다.

"그래? 그럼 좋아."

피식 웃으며 그가 다른 소년들을 돌아본다.

"지금 시작하자."

"뭐? 하지만 형, 이 녀석 지금 남자잖아?"

"가슴도 없잖아, 형."

"묘하게 기분 나쁜데."

두세 명의 소년이 탐탁지 않다는 표정을 짓는다. 그러나 그

중 가장 작은 체구를 가진 엘리언이라고 불린 소년은 달랐다.

"하지만 형들, 그래서 더 재미있을 것 같지 않아?"

"뭐? 그치만……."

"남자로 변했어도 생긴 건 똑같잖아. 가끔은 이런 게 신선하고 좋을 것 같아."

그의 말에 소년들이 서로의 얼굴을 돌아본다. 그들은 잠시 망설이다가 루이를 향해 시선을 모았다.

"해."

"흠… 뭐, 기분 전환 겸."

"생긴 건 똑같으니 평소처럼 그냥 뒤에서 하면 비슷하겠지."

수군거리며 하나둘 모여들자 웅크리고 있던 청발의 소년, 세레스티아의 눈동자에 절망이 어린다.

"마지막이야."

그리고 그런 그를 보며 루이가 말한다.

"원래대로 돌아와."

"나는."

덜덜 떨면서도 세레스티아는 저항했다.

"나는… 남자야."

"하!"

조각처럼 잘생긴 루이의 얼굴이 험악하게 일그러진다. 뒤에 있던 다른 소년들이 하나둘 옷을 벗는 모습이 보인다.

"싫어……."

그리고 그런 그들의 모습을 외면하려는 듯 눈물을 흘리며 벽에 웅크리는 세레스티아, 그리고 그 모습에.

탕!

방아쇠를 당겼다.

"다 쓸데없는 짓이라지만……."

막 세레스티아의 발목을 잡았던 소년이 머리를 잃고 바닥에 쓰러진다. 그리고 그 광경에 모든 소년이 놀라 내 쪽을 돌아보았지만, 어차피 모두 허상일 뿐이다.

탕! 탕!

머리에, 가슴에, 배와 다리에 뻥뻥 구멍이 뚫린다. 녀석들은 하나같이 강력한 권능 비슷한 걸 사용했지만, 이런 의지의 세계에서 저까짓 악몽들이 날 이길 수는 없다. 정신에 부정적인 영향을 끼치는 모든 간섭에 면역인 나에게 이따위 악몽이 먹힐 리가 없기 때문이다.

그리고 무엇보다.

"이래 봬도 악몽을 300년씩이나 꾼 몸이시다, 애송이들아."

"너, 넌 뭐냐! 감히 여기가 어디라고!!"

"…너 처음 봤을 때 되게 밉상이라고 생각했는데 오히려 나아진 거였구나."

악마처럼 얼굴을 일그러뜨린 루이의 모습을 보며 헛웃음을 짓는다. 물론 진짜도 아닌 녀석과 굳이 대화를 나눌 생각은 없었다.

쾅!

한쪽 벽이 파괴되어 날아가고 뭔가가 퍽, 하고 배를 치는 게 느껴진다. 놀랍게도 미래의 황태자는 믿을 수 없는 반사 신경으로 탄환을 피해 내 복부를 후려친 것이다.

그러나.

"뭐, 뭐야. 어째서 통하지 않지?"

"그야… 정신 똑바로 차리고 있으니까?"

"무슨 말 같지도 않은 소리를!"

웃기지 말라는 듯 소리치는 루이였지만 내 말은 틀림없는 사실이었다. 내가 너무나 분명하고 또렷하게 정신을 차리고 있었기에, 이 [악몽]이 나에게 아무런 타격을 입히지 못하는 것이다.

이곳은 꿈의 세계.

나는 초대 황제가 걸렸다는 저주가 뭔지 알 수 있었다.

"영원히 고통스러운 악몽을 꾸게 하는 저주인가."

"가, 감히 천민 주제에 날 무시해?!"

퍽퍽, 하고 마구 내 몸을 후려치지만 내 몸은 흔들리지도 않는다. 어차피 꿈의 세계에는 물리법칙이라는 게 없다. 육신도 없고 한껏 단련한 이능도 없었다.

있는 것은 오직 정신.

그리고… [정신계 면역]이라는 특성을 가지는 나는 이곳에서 무적의 존재다. 어차피 악몽 자체에 면역이기에, 여기서 무슨 공격을 해봐야 전혀 통하지 않는다.

철컥!

쉐도우 스토커의 공이를 당겨 스톱워치(Stop Watch)를 준비시켰다.

째깍, 째깍, 째깍!

언뜻 보면 탄환의 이름이라고 생각하기 힘든 스톱워치를 장전하자 쉐도우 스토커 위로 초시계가 돌아가기 시작한다. 그리고 그대로 루이를 겨누자, 내 몸을 마구 후려치고 있던 루이가 깜짝 놀라 물러선다.

"큭! 대체 무슨 속임수를 쓰는지 모르지만 그깟 천박한 무기 따위로 황가의 힘을 넘볼 수 없다! 나는……."

"아, 시끄러워."

퍽!

그것은 순식간에 벌어진 일이었다. 아무런 소리도, 전조도 없이 마지막에 서 있던 루이의 머리에 구멍이 뚫렸다.

털썩!

쓰러진다. 당연한 일이다. 제깟 게 아무리 잘나 봐야 정지된 시간 속에서 날아오른 탄환을 어떻게 피하겠는가?

'뭐, 물론 이것도 다 의식의 문제지만… 가지고 있는 무기라서 그런지 구현이 쉽군. 그 성능을 의심할 필요가 없으니.'

중얼거리며 세레스티아에게 다가간다. 그녀는, 아니, 그는 멍한 표정으로 나를 바라보고 있었다.

"누, 누구세요?"

커다란 눈을 동그랗게 뜬 그의 모습은 정말이지 깜짝 놀랄 정도로 귀엽다. 그 철두철미하던 녀석에게 이런 과거가 있었다는 사실이 신기할 정도다.

"흠, 나는, 말하자면."

당연하지만 네 남편, 같은 소리를 할 필요는 없다. 두려움에 벌벌 떨면서도 자기가 남자라고 주장하던 녀석에게 어떻게 그런 말을 한단 말인가?

멈칫하는 내 모습을 보며 세레스티아가 일렁이는 눈으로 묻는다.

"말하자면?"

"말하자면, 네 친구란다."

"친구……."

멍한 표정을 짓는 세레스티아에게 근처에서 뜯어낸 커튼을 둘러준다. 내가 꿈의 세계에서 주도적으로 움직여 본 경험이 많았다면 없던 물건도 만들어낼 수 있겠지만, 내가 꾸던 악몽은 항상 지켜보는 입장이었기에 그런 재주를 부리는 건 불가능하다.

'당연한 말이지만… 그냥 나갈 수는 없겠지?'

나는 주변 경관을 둘러보며 작게 한숨 쉬었다. 꿈속 세상에서는 무적이라고 말했지만 그건 어디까지나 방어적인 측면일 뿐 내가 여기서 전지전능한 힘을 가지는 것은 아니다. 게다가 평범하게 살던 내가 악몽의 세계에서 탈출하는 방법 따위를 알 리가 없지 않은가?

물론 이곳을 대충 돌아다니면서 탈출 방법을 찾는 법도 있겠지만, 그게 그렇게 간단했다면 레온하르트 황제가 이 긴 시간 동안 저주를 풀지 못하고 잠들어 있을 리가 없다.

딸깍!

"안 돼! 안 돼———! 으아아아아————!!"

"…어이쿠."

근처의 문을 열었다가 거대한 크레이터 안에서 울부짖고 있는 금발의 사내를 보고 다시 문을 닫는다.

"어? 지금 주방 안쪽이 이상한 장소로……."

"신경 꺼, 신경 꺼."

잔뜩 겁먹은 표정의 세레스티아를 다독이며 작게 한숨 쉰다. 이 상태도 제법 귀엽지만… 이대로 놔둘 수는 없다. [밖]이 지금 어떻게 흘러가는지도 모르겠고 이곳과 현실의 시간 차이도 알 수 없었기 때문이다.

"솔직히 찝찝하지만……."

목에 걸려 있던 열쇠를 잡고 잠시 고민했다. 문을 열어낸 나도 물론 나이지만, 그것이 정상적인 상태라고 볼 수는 없었기 때문이다. 실제로 대회의장에서 내가 일으킨 참사(?)는 내가 절대 고르지 않을 선택지들이 무수히 겹쳐져 벌어진 일이 아니던가?

그러나 고민하던 난 이내 고개를 흔들었다. 귀여운 세레스티아의 모습은 나쁘지 않지만… 악몽의 세계는 미지의 영역이다. 뭐가 어떻게 될지 모르니 빨리 벗어나는 게 최상이었다.

"할 수 없지, 뭐."

투덜거리며 다시 문을 잡는다. 당연하지만 긴 시간 동안 악몽에 시달리고 있는 황제를 구하기 위해서는 아니다. 나는 그를 제대로 알지도 못할뿐더러, 긴 시간 동안 악몽에 시달리고 있는 그가 제정신일지 장담할 수 없었기 때문.

뭐, 언젠가 그를 구하게 되더라도, 일단 여기서 나간 다음 생각할 일이다.

"뭐 별일이야 있겠어."

약간은 자포자기한 상태로.

철컥!

문을 열었다.

* ✶ *

“대체 어떻게 된 거지? 저주는 분명히 제대로 먹혔을 텐데. 아무런 저항도 할 수 없어야 하는데…….”

“아니, 그것보다… 황제의 상태도 이상해. 봉인술식을 재개하지도 않았는데 쓰러지다니.”

레온하르트 황제가 잠들어 있는 성지 [데탈트]에 진득한 피가 흘러내린다. 황금 장미를 피운 성스러운 땅이 혈기가 담긴 피를 거부해 시체에서 흘러내린 피가 성지 밖으로 밀려나고 있었기 때문이다.

그리고 그 피를 흘리는 수십의 시체.

아직 살아 있는 세 명의 사내는 창백한 얼굴로 바닥에 쓰러져 있는 레온하르트와 대하의 모습을 번갈아 바라보았다. 물론 그 옆에는 세레스티아 역시 쓰러져 있었지만, 적어도 지금 그녀는 그들의 관심 밖의 존재였다.

“도저히 멸살의 검을 꽂을 수 없는가?”

건장한 체구의 사내가 한탄하듯 중얼거렸다. 그의 손에는 온갖 죽음의 저주가 겹겹이 압축되어 있는 마법의 검이 들려 있었다. 대마법사들이 심혈을 기울여 만든 물건이었기에 어지간히 강력한 초월자라도 무방비 상태에서 이 저주받은 칼날에 찔리게 되면 무사할 수가 없다.

"자네도 보지 않았나… 접근할 수도 있고, 만질 수도 있지만 도저히 칼을 찌를 수가 없네."

그렇다. 그것이 문제이다. 그들은 황제의 저주에 전염되어 정신을 잃은 대하를 죽이기 위해 데탈트에 들어왔지만, 도저히 그것을 실행에 옮길 수 없었다.

"제길! 어떻게든 해야 해! 하압!!"

입술을 곱씹던 사내가 온몸을 뒤덮을 정도로 강력한 호신기를 두르고 대하를 향해 뛰어든다. 완벽한 대주천을 완성하여 절정고수의 경지에 이른 그였기에 보통 사람이라면 그 모습을 눈으로 확인하는 것조차 불가능할 정도의 속도였다.

그러나.

퍽!

달려들던 사내의 몸에서 머리가 사라진다. 벼락같이 달려들던 그의 몸은 그 여력을 이기지 못하고 바닥에 쓰러졌다.

"미치겠군. 이게 대체 어떤 원리인지… 이해조차 못 하겠어."

"분위기를 봐서는 일종의 방어 시스템 같기는 한데… 우리가 인식조차 하지 못할 정도의 공격이라니."

모든 것이 계획대로였다. 초대 황제가 머물던 별장을 빌려준 이상 대하와 세레스티아가 데탈트에 들어갈 것은 너무나 당연한 수순이었고, 바로 그때에 맞추어 저주를 폭주시키는 것 역시 어렵지 않았다.

그리고 이제는 정신을 잃은 그를 죽이기만 하면 될 일이었다. 중급 초월자 중에서도 강맹하던 레온하르트 황제조차 몇백 년이 되도록 이겨내지 못한 저주다. 그런 저주를 앳돼 보이는 그가 이겨낼 것이라는 생각은 애당초 하지도 않은 것이 당연지사.

그러나… 그렇게 생각하고 그를 공격하려던 모두가 죽었다. 그를 공격하려고만 하면 뭔가 알 수 없는 공격이 그들의 육신을 파괴했기 때문이다.

"시간이 없어. 이곳은 성지라 감시가 불가능하겠지만, 성지에 들어선 황녀와 차기 황제가 긴 시간 동안 나오지 않으면 별장의 관제 인격이 외부에 연락을 하게 될 거야."

그렇기에 지금 이 자리에서 그를 처리해야 했다. 애초에 살기를 바라고 한 일도 아니었지만, 설마 목숨을 걸고도 아무것도 이루지 못할 줄은 몰랐다.

"아니, 사실 이렇게만 되어도 목적은 반쯤 이뤘다고 할 수 있지. 환몽관의 저주는 누구도 해제할 수 없으니……."

레온하르트 황제는 제국의 시작이자 끝으로, 말하자면 심장과도 같은 존재였다. 더불어 그가 처음 저주에 걸렸을 때에는 그의 옆에 언터쳐블인 황금사자신까지 있었다.

그런데 그럼에도 해제하지 못한 것이 환몽관의 저주이다.

"여기서 그를 죽이지 못하면 그를 잡아먹은 저주의 힘이 더더욱 강해지게 되지만 이렇게 되면 어쩔 수 없군."

사내는 이를 악물고 멸살검을 갈무리했다. 사용하게 되면 저절로 소멸하는 일회용의 마법기였지만 상황이 바뀌어 사용하지 않게 되었으니 추적을 방지하기 위해서라도 회수해야 했다.

"물러나자, 연."

"……."

"연?"

멸살검을 갈무리한 사내가 대답하지 않는 동료들의 행동에 의문을 표하며 고개를 돌렸다. 그러나 거기에 서 있는 것은 그의 동료들이 아니었다.

"생각보다 눈치가 느리군."

"무, 무슨?!"

대하의 아래에 두 명의 사내가 쓰러져 있다. 차크라를 연마한 사내는 그들을 일견하는 순간 이미 그 목숨이 다했다는 것을 알았다.

그를 제외한 특임대 전체가 전멸한 것이다.

"하워드와 황족들인가… 아무리 그래도 이목이 이렇게 집중된 상태에서 나를 제거할 생각을 하다니."

"흥! 뭐라고 생각해도 상관없다! 이미 제국에 황제 따위 필요 없어!"

그는 공화주의자(共和主義者)이다.

초월자의 존재를 모두가 인지하고 있는, 그래서 왕정제가 흔히 존재하는 대우주 시대라지만 그렇다고 모든 인간이 자신 위에 존재하는 신적인 존재를 용납하는 것은 아니었다. 조국에 헌신하는 자립적인 공민(시민)이 정치의 주체가 되어야 한다고 생각하는 공화주의자들은 특히나 더 그런 존재.

때문에 그들은 황제 클래스의 존재를 증오했다. 하급 초월자인 경우야 어떻게든 현대 병기와 전함의 힘으로 상대가 가능하지만, 문명의 힘 전체를 모아도 어찌하기 힘든 그들은 반드시 사람 위에 군림하기 때문이다.

물론, 그렇게 생각하며 이 일에 자원한 그 역시 이용당하고 있는 상태다. 대하를 해친 것은 새로운 황제가 나타나는 데에 두려움을 느낀 공화주의자들이 벌인 짓이라는 것이 대하를 위기에 빠뜨린 [적]들이 바라는 최종적인 시나리오였기 때문이다.

다만 문제가 있다면.

'정말 우습게 보였나 보군.'

지금의 대하가 전지의 힘을 가지고 있다는 점이다.

"흥! 네놈! 자신이 강한 힘을 가지고 있다고 그것만으로 사람의 위에 설 수 있다고 생각하느냐! 그저 본신의 힘만으로 사회와의 합의 없이……."

"시끄러."

퍽!

가벼운 소리와 함께 거세게 소리치던 사내의 가슴에 구멍이 뚫린다. 대하는 쉐도우 스토커를 다시 시계의 형태로 되돌리며 중얼거렸다.

"그나저나 웃기지도 않는군… 전지에 이런 구멍이 있었다니."

[문을 연] 상태의 대하는 절대 권능, 갓 노우즈(God Knows)에 의해 세계로부터 직접적으로 정보를 제공받는다. 때문에 그에게는 어떠한 음모나 계략이 먹히지 않고 배신이나 기습을 거는 것이 불가능하다. 그랬어야 했다.

문제는 대하조차 스스로의 미래를 보지 못한다는 점.

물론 기본적으로 예지능력은 초월자들에 의해 여러 가지 간섭을 받는다. 예지능력자들이 초월자들을 [변수]라 부르는 것이 바로 이런 이유 때문이 아니던가? 세계의 흐름에서 자유로워진 초월자들은 자신의 판단으로 운명을 넘어서는 게 가능하다. 초월자가 없다고 해서 예지가 100%인 것도 아니지만, 초월자들이 끼게 되면 예언 자체가 높은 확률로 비틀리는 것이 바로 그러한 이유.

그런데 대하는 그런 초월자들보다 그 정도가 훨씬 심해서 일단 그가 끼어들면 모든 예지가 어그러져 아무것도 읽을 수 없는 상태가 된다. 심지어 아담이나 하와 같은 언터쳐블들조차 그는 물론이고 주변 사람들의 미래마저 알 수 없을 지경.

그리고 그런 제약에는 그 스스로마저 포함되었다.

'즉, [나]에 대한 미래는 간접적으로도 알 수 없다는 말인가.'

그를 해치려는 음모가 있었다. 그리고 실제로도 그 음모는 그에게 심대한 위기를 가져다주었다. 인간 상태의 대하는 그냥 그런가 보다, 하고 넘겼지만 사실 꽤 위험한 상황이었다.

만일 습격자들이 환몽관의 저주에 걸린 그를 죽이는 대신 부상을 입힌다는 선택지를 골랐다면, 그래서 하와가 그들의 공격을 막아주지 않았다면 그는 부상을 입은 채 가사 상태에 빠졌을 것이다. 그리고 육신이 그 지경이 되어버리면 열쇠로 문을 열어도 현실로 돌아올 수 없다. 단지 악몽으로 인한 고통을 받지 않을 뿐 레온하르트 황제와 똑같은 상황에 처할 수 있었던 것이다.

그것도 영원히.

"감히."

뿌드득하고 이가 갈리며 살기가 퍼져 나가자 주변을 가득 메우고 있던 황금빛 장미들이 살아 있는 생명체처럼 깜짝 놀라 봉우리를 닫았다.

대하는 오해하고 있었다.

그는 [문]을 연 자신이 본질적으로는 평상시의 자신과 크게 다를 바 없다고 생각했다. 대회의실에서 일을 걷잡을 수 없이 크게 벌였을 때처럼 멋대로 행동할 수는 있어도, 결국 그는 자신이 원하는 일을 할 것이라 판단했다.

사실 그것이 자연스러운 생각이다. 처음 문을 열었을 때도, 그리고 그 이후에도 신성을 얻은 자신이 여러 가지 일을 해결했다는 [결과]만을 보았으니 어찌 그 위험성을 알 수 있겠는가?

그러나 다르다. 정확히는 달라지고 있다.

맨 처음 문을 열었을 때의 그는 평소의 그와 거의 다르지 않았지만, 문을 여는 횟수가 늘어날수록 그 차이는 점점 커지고 있다. 그리고 무엇보다… 그는 [신의 관점]과 [인간의 관점]이 전혀 다르다는 것을 더 신중하게 생각해야 했다.

"감히……."

평상시의 대하 역시 목숨을 위협당하면 당연히 분노할 것이다. 그러나 그 분노는 절제되었을 것이고 혹여 복수나 저항을 하게 되더라도 그 대상은 자기를 죽이려는 적, 그리고 그 조력자에 한정될 것이다.

그러나 [문]을 연 대하는 그렇지 않다. 그는 인간이 아니라 신이기에, 사람들을 보는 관점 자체가 달랐기 때문이다.

만일 인간이 말벌에 쏘여서 죽을 위기에 처하게 된다면 그는 그 벌만을 잡아 죄질을 엄밀하게 따지고 처벌하진 않는다.

대신, 그는 벌집을 통째로 불태울 것이다.

철컥!

시계의 형태로 변했던 쉐도우 스토커가 다시 권총의 형태로 변했다. 대하는 그것을 들어 왼쪽 빈 공간을 향해 쏘았다.

키잉──!

공간이 갈라지며 차원 문이 열렸다. 그저 근거리 이동만을 위한 차원 문이 아니라, 항성 간 이동이 가능한 초장거리 게이트. 만약 쉐도우 스토커를 만든 제작자들이 보았다면 경악해 비명을 질렀을 것이다. 쉐도우 스토커에 차원 문을 여는 기능이 있는 것은 사실이었지만, 그것이 우주여행을 가능하게 할 정도는 아니었기 때문이다.

팟!

천천히 걸어 게이트를 넘자 주변 배경이 변한다.

"뭐, 뭐야?!"

"어째서, 아니, 어떻게 여기에 게이트가?"

"누가 감히!!"

대하가 차원 문을 넘어 나타나자 그곳에 있던 모든 이가 경악해 비명을 질렀다. 왜냐하면 그곳은 하워드 공작가의 심처(深處)였기에 허락받지 않은 존재는 절대 들어올 수 없어야 정상이었다.

"오호~ 이게 누구야. 차기 황제 폐하께서 오셨군."

"할아버지."

"아아, 미안하다. 차기 황제는 너였지."

"……"

그곳에 있는 것은 하워드 공작과 황태자 루이 레온하르트였다. 그들은 대하가 자신들의 심처에 온 것을 보고 일이 잘못되었다는 것을 알았지만, 침착하게 평소의 자신을 연기했다.

그러나 대하에게 그런 것은 아무런 소용이 없었다.

"그래, 너희군."

왜냐하면 그들의 머리 위에 정답이 쓰여 있기 때문이다.

"너희라니, 무슨 말을 하는 거냐? 그깟 왕관 좀 썼다고 제국이 만만해 보이나?"

"그보다 여기는 왜 온 거야? 셀 녀석이 밤에 징징대기라도 하던가?"

하워드 공작과 루이가 그를 보며 적의를 드러냈다. 진심으로도, 그리고 연기하더라도 그게 옳았기 때문. 그러나 대하는 그들이 뭐라고 떠들든 전혀 신경 쓰지 않고 말했다.

"아레스."

"아레스? 지금 무슨 소."

쿵!

공간이 일그러지더니 묵직한 기도를 퍼뜨리는 거신(巨神)이 모습을 드러낸다.

"뭐야, 무슨 짓을 하려는 거냐?"

"감히 여기에 기가스를 데리고 오다니!"

여기저기에서 와와 떠드는 소리가 들리거나 말거나 대하는 하던 일을 계속했다.

"라."

속삭임과 함께 번쩍하고 대하의 머리 위에 빛으로 이루어진 왕관이 쓰인다. 그것이야말로 황제의 증명이나 다름없는 태양의 왕관.

그러나 대하는 즉시 태양의 왕관을 벗어 허공으로 집어 던졌다.

우웅!

태양의 왕관이 커진다. 그러나 초대 황제가 사용했던 것처럼 라를 기가스의 형태로 만든 건 아니었다. 태양의 왕관은 단지 크기만 키웠을 뿐 그 형태는 그대로였다.

대신 태양의 왕관은 그대로 날아올라 아레스의 머리에 씌워진다.

샤아아──!

그리고 그대로 빛이 폭발하자 모두 경악해 그 광경을 바라보았다.

"이, 이건 뭐야?!"

"태양의 관을… 기가스에 씌운다고?"

"이런 건 들어본 적도 없어!"

모두가 경악해 비명을 지른다. 특히나 그들 중 하워드 공작의 경우는 초월자의 힘을 가지고 있었음에도 당혹감을 버리지 못했다.

아니, 그는 초월자였기에 더더욱 공황에 빠졌다. 그의 강렬한 직감이, 그제야 파멸적인 미래를 예지했기 때문이다.

"너, 너… 네놈, 설마."

부들부들 떨며 대하를 가리키는 하워드. 그리고 그런 그를 향해 대하가 웃었다.

"그러고 보니 내가 왜 왔냐는 질문에 대답을 안 했군. 내가 여기 왜 왔냐면 말이야."

빛의 왕관을 쓴 아레스가 대하를 잡아 들며 자신의 몸을 열었다. 대하는 아레스의 손길에 따라 마치 거대한 괴물에게 잡아먹히듯 그 안으로 사라졌다.

기잉—!

그렇게 대하가 탑승을 완료하자 아레스에게서 초월자들조차 감당하기 어려운 패도적인 기세가 뿜어진다. 그리고 아레스가, 아니, 그 안에 있는 대하가 말했다.

"대청소를 하러 왔다."

동시에 파괴적인 빛이 사방을 휩쓸었다.

신으로서, 인간으로서　✦ ✦ ✦

비명과 고함이 가득하다. 빛나는 왕관을 쓴 거인이 그 백색의 오오라를 피워 올리며 손을 휘두르고 있다. 그의 손짓에 따라 건물들이 박살 나고 병력이 몰살당한다. 하늘에서 쏟아져 내려온 미사일들은 거인의 주변을 휘감은 초월기 [전쟁의 신]에 가로막혀 털끝만 한 피해도 입히지 못한다.

"안 돼! 막아!"

"이, 이런 악독한……!"

"죽여 버려!!"

부서진 건물들의 잔해를 헤치며 다수의 능력자가 돌진해 온다. 그들은 하나하나가 강맹한 기운을 가진 고위 능력자였지만, 대하는 달려오는 그 모습이 마치 메뚜기가 뛰어오는 것 같다고 느꼈다.

퍽!

벼락같이 휘둘러진 팔에 얻어맞은 전사의 육체가 산산이 박살 나 흩어진다. 그는 맨몸으로 기가스에게 덤빌 정도로 강력한 전투력을 가지고 있었지만, 빛의 왕관을 쓴 거인, 아레스는 그가 지금까지 상대해 온 기가스들과 차원이 다른 존재였다.

뻥!

다시금 손을 휘두르자 공기가 터져 나간다. 손바닥이 어찌나 빨리 움직이는지 바람에서 탄 냄새가 느껴질 정도.

사실 능력자들 사이에서 이 정도 속도는 그다지 놀랍지도 않다. 이능을 갈고닦아 완벽하게 체득한 자라면 충분히 재현할 수 있는 움직임인 것. 그러나 문제는… 그 대상이 인간이 아니라 거대한 금속 거인이라는 점이다.

운동에너지란 속도를 가지고 움직이는 무게.

그런데 수백 톤이 넘는 금속 거인이 바람에서 탄 냄새가 날 정도의 속도로 움직이면 어떤 위력이 나오겠는가?

콰득! 펑! 쿠웅!

아레스의 손이 희끗희끗 움직일 때마다 그에게 덤벼들던 적들이 박살 나 피의 비가 내린다. 그러나 그 피의 비는 아레스의 몸에 닿지도 못했다. 그의 주변을 둘러싼 오오라에 밀려났기 때문이다.

그리고 일차적인 적의 공세가 모두 끝났을 때.

아레스의 머리 위로 태양이 떠올랐다.

번쩍 !

바라보는 사람의 눈을 멀게 만드는 엄청난 빛이 세상을 뒤덮었다. 그 빛은 단순한 빛이 아니라 거기에 노출된 모든 존재를 멸하는 파괴의 빛이었다.

"아, 안 돼! 사, 살려……."

"으아아아악!!"

도시 전체가 아비규환으로 변한다. 건물 안에 숨어 있어도, 지하에 있어도, 심지어 특수하게 만들어진 방공호 안에 숨어 있어도 소용이 없었다. 초월기 [징벌의 빛]은 오직 강력한 영능의 힘으로만 방어할 수 있는 기술이었기 때문이다.

그리고 그리할 수 있는 강자들은 징벌의 빛이 퍼지기 전에 아레스의 손에 죽었다.

휘오오오…….

바람이 몰아쳤다. 어느새 비명과 고함, 그리고 굉음이 가득하던 도시는 침묵에 잠겨 들었다.

또다시 하나의 도시가 멸망(滅亡)한 것이다.

"여기도 끝이군."

[대하… 너 정말 괜찮은 거냐?]

아레스가 조심스럽게 묻자 딱딱하게 굳어 있는 대하의 얼굴이 온화해진다.

"착하구나, 아레스. 나를 걱정해 주다니."

전쟁의 신의 위상을 받아들여 만들어진 아레스가 살인을 두려워할 리는 없다. 그는 투쟁을 사랑하고 전쟁터에서 적을 거꾸러뜨리는 과정 자체에서 만족감을 느끼도록 만들어졌기 때문이다.

그러나… 자신의 호오(好惡)와 별개로 그는 대하가 살인을 싫어한다는 사실을 알고 있었다. 그렇지 않았다면 전쟁터에서, 그것도 생포가 극히 힘들다는 기가스 조종사들을 행동 불능으로 만들어 그 목숨을 살려줄 리가 없지 않겠는가?

[나는 당연히 네가 그 공작인가 황족인가 하는 녀석들만 처리할 줄 알았는데…….]

그러나 그는 그러지 않았다. 그는 황족들과 공작을 제압하고 이내 하워드 공작가가 지배하고 있는 행성, 일루미나티의 모든 존재를 몰살시키기 시작해 마침내 그 과정을 완료한 것이다.

"물론 나도 이 과정이 기꺼운 건 아니지만… 필요해."

[어째서?]

"왜냐하면 감히 신의 목숨을 노린 본보기를 보여야 하기 때문이지."

그렇게 말하며 왼손을 든다. 자연스럽게 쉐도우 스토커의 공이가 당겨지고 발사된 탄환이 아레스조차 통과할 수 있는 거대한 차원 문을 만든다.

쿵!

아레스가 모습을 드러내자 폐허 한가운데 모여 있는 수만 명의 사람이 살기를 일으킨다. 그들의 한가운데에는 화려한 복장의 황족들과 강대한 초월자들이 있었다.

"벌써 다 회복했군. 역시나 튼튼한데?"

"네놈… 네놈! 감히 내 가문을!!"

한쪽 팔이 절단당하고 온몸이 반쯤 찌그러진 상태에서 빠르게 회복하고 있던 하워드 공자이 이를 갈며 아레스를 노려본다. 보통 사람이라면 시선을 마주치는 것만으로 목숨이 위험할 정도로 사나운 기세가 뿜어졌다.

그러나 대하는 무심한 표정으로 정신을 집중했다. 앞서 한 말도 그냥 혼잣말이었을 뿐 그와 대화를 나눌 생각 자체가 없었다.

어차피 죽을 자에게 무슨 말을 하겠는가?

파라락.

아레스에 탑승해 있는 대하의 옆으로 한 권의 책이 떠올라 저절로 페이지가 펼쳐졌다.

〈점멸〉
〈전투 예지〉
〈증폭〉
〈메마른 심장〉

거기에는 그가 [현재] 가지고 있는 어빌리티들이 자리하고 있었다. 대하는 잠시 그것들을 바라보다가 손을 휘둘렀다.

〈증폭〉
〈거듭된 집중〉
〈더하고 더하고 더하다〉
〈내 사전에 불가능은 없다〉

네 개의 어빌리티가 전부 증폭 능력으로 채워진다. 지금의 그는 자신이 필요한 어빌리티를 현존하는 [모든] 어빌리티 중에서 임의로 고를 수 있었다. 물론 개중에는 겹치는 종류도 있고 반발하는 종류도 있지만, 적어도 지금 모인 이 4개의 어빌리티는 서로 문제없이 합쳐지는 종류의 것들이다.

"라."

[왕이여… 그들은 너의 신민(臣民)이다.]

"나를 죽이려 한 신민이지."

[하지만.]

"해라."

당연한 말이지만 본래의 라였다면 절대 이 명령을 듣지 않았을 것이다. 레온하르트가 외적과 싸우기 위해 제국의 모든 힘을 집결해 만들어낸 라는 그 기본 이념 자체가 제국의 수호이기 때문이다.

그러나… 상급 신의 자리에 올라 있는 하와조차 두려워하는 신의 명령을 만들어진 존재가 견딜 수는 없다. 아무리 92번째 넘버링을 가진 그라고 해도 마찬가지였다.

우웅―!

"큭! 전투 준비하라!"

"죽여 버려!"

하워드 공작가는 풍부한 자원을 가진 행성 일루미나티에 자리를 잡고 그곳을 자신들만의 왕국으로 만들었다. 그곳에 사는 이들은 모두 하워드 공작가 소속이기에 행성 전체가 하워드 공작의 명령하에 일사불란하게 움직이며, 행성 전체에 막대한 병력과 방어 시스템이 갖추어져 테라급 이상의 전함들이 몰려와도 충분히 버틸 수 있을 정도의 전력을 가지게 되었다.

그리고 거기에 더해 하워드 공작가에 속한 초월자는 무려 셋.

하워드 공작을 제외한 나머지 둘은 하워드 공작가 출신이 아니었지만 혼인 동맹으로 일루미나티에 거주하고 있었고 그들 모두가 대하 앞에 자리하고 있다. 대하는 일부러 그들을 공격하여 핵심 세력들이 한 장소에 모이도록 유도한 것이다.

번쩍!

빛이 폭발한다. 지금까지 몇 번이고 사용했던 [징벌의 빛]이다.

그러나 네 개의 어빌리티로 증폭된 그 위력은 지금까지와 전혀 달랐다.

샤아아아———!

빛의 폭풍이 마치 핵폭발처럼 터져 나가 모든 것을 파괴하기 시작했다. 전투태세를 유지하고 있던 하워드 공작가의 사람들이 나서서 막았지만, 그건 두 팔을 뻗어 쏟아지는 햇살을 막는 것처럼 덧없는 짓.

모두가 비명조차 지르지 못하고 쓰러진다.

그들이 받는 타격은 스스로의 힘이 강하면 강할수록, 그 경지가 높으면 높을수록 더 강력했다.

쿵!

허공에 떠 있던 아레스가 내려선다. 그런데 그때 불현듯 대하의 얼굴이 찡그려진다.

"이런……."

그가 인상을 찡그리며 정신을 집중했다. 그러나 한순간 그의 의지가 흐릿해진다.

딸깍.

문이 닫혔다. 그리고 동시에 아레스의 몸이 멈칫한다.

"우욱……!"

아레스의 조종석에 앉아 있던 대하가 돌연 헛구역질을 하기 시작했다. 왜냐하면 그 모든 과정이 떠올랐기 때문이다.

"미쳤어……."

창백한 얼굴로 대하가 신음한다. 몇 명이나 죽였는지 정확히 가늠조차 할 수 없다. 만 명? 십만 명? 아니면 백만? 천만?

[대하! 괜찮은 거야?]

아레스의 목소리가 들렸지만 대답할 상황이 아니다. 기나긴 악몽으로 인해 강철같이 단련된 정신이라고 생각했지만, 이건 멘탈이 좋은 정도로 견딜 수준이 아니었기 때문이다.

그는 대학살을 저질렀다.

"우웩!"

헛구역질한다. 그러나 아무것도 나오지 않는다. 스스로가 벌인 참상이 너무나 끔찍해 잊고 싶었지만, 그 모든 과정이 너무나 생생해 그럴 수도 없다.

"놈이 멈췄다!"

"움직여!"

어마어마한 공세 후 멈춰선 아레스의 모습에 초월자를 비롯해 살아남은 고위 능력자들이 움직이기 시작한다. 그들은 인간이고 대하는 기가스에 타고 있었지만, 어차피 고위 능력자들의 전투력은 어지간한 기가스에 필적하기 때문에 안심할 수 없는 상황.

쾅!

폭염의 오오라로 전신을 감싼 사내가 아레스를 후려치자 강철의 거체가 휘청거린다.

[이런, 대하! 정신 차려!]

대하의 조종이 멈추자 놀란 아레스가 임의로 몸을 제어하여 적의 공격을 방어했지만 조종사의 도움이 없이 상대하기엔 적들이 너무 강하다. 아무리 신(神)급 기가스라도 완전무장한 초월자 셋을 상대할 정도는 아니었던 것이다.

콰득!

놀랍게도 몸 상태도 성치 않은 하워드 공작의 맨주먹이 온갖 희귀 금속을 합쳐 만들어진 아레스의 갑주를 뚫고 들어온다. 그는 처음부터 아레스 자체가 아니라 그 안에 타고 있는 대하를 노리고 있는 것. 아레스는 반항했지만 하워드를 제외한 나머지 두 초월자가 그를 보조하고 있었기에 이내 두 팔이 엉망으로 박살 나고 말았다.

[정신 차려라, 대하! 이대로는 위험하다!]

아레스가 경고했지만 대하는 정신을 차리지 못했다. 길게 표현했지만 하워드를 비롯한 초월자들이 공격을 시작한 지 고작 수 초에 불과하다. 일순간 공황 상태에 빠진 대하가 제정신을 차리기에는 너무나 촉박한 시간.

그리고 그러자.

덜컹.

문이 흔들렸다. 잠시 혼란스러워하고 있던 대하가 깜짝 놀라 정신을 집중해 문의 형태를 이미지화했다.

그리고 그 앞을 막는다.

"안 돼."

덜컹덜컹.

그러나 무지막지한 힘이 문 안에서부터 느껴진다. 문을 단단히 잡고 있음에도 그 틈으로 새하얀 증기가 새어 나오는 기분이다.

덜컹! 덜컹! 덜컹!

대하의 얼굴이 창백해진다. 그는 온 힘을 다해 문을 가로막았지만, 술을 계속 마시다 보면 아무리 집중해 봐야 정신이 혼미해지듯 머릿속이 몽롱해지고 있었다.

덜컹! 덜컹! 쾅!

그리고 강제로 문이 열렸다.

"네 이놈!!"

뒤에 있는 초월자들의 보조를 받은 하워드 공작이 아레스의 가슴 장갑을 부수고 들어온다. 물론 아레스에 탑재된 아발론 시스템이 조종사인 대하를 보호하고 있었기 때문에 단번에 대하에게 해를 끼치지는 못했지만 지금처럼 무방비 상태로 있다면 그렇게 되는 것도 시간문제.

그러나… 그 잠깐의 시간 동안 혼란에 빠져 있던 대하의 표정이 침착하게 변한다.

"아, 이런. 미안, 미안."

파라락!

하워드 공작에게는 보이지 않는 두터운 책장이 넘어가 어빌리티를 변경한다. 그러자 부서졌던 아레스의 외부 장갑이 삽시간에 복구되기 시작했다.

"아, 안 돼!"

부서진 장갑 사이로 슬쩍 보였던 대하의 모습이 다시 가려지자 당황한 하워드 공작이 마구 주먹을 휘둘렀지만 더 이상 아레스는 무방비로 당하지 않았다. 아레스의 전신으로 뿜어진 영파(靈波)가 아레스에 접근하던 모든 적을 날려 버렸기 때문이다.

수리는 순식간이다.

뒤로 튕겨 나갔던 하워드 공작은 어느새 원상 복구되어 흠 하나 없는 아레스의 장갑을 보고 이를 악물었다. 떨어져 나갔던 단 한 개의 나사마저도 제자리로 돌아가 피해를 입기 전보다 더 튼튼해진 상태였다.

고오오오——!

아레스의, 그리고 라의 아이언 하트가 가동하며 어마어마한 영압이 불꽃처럼 타오른다. 하워드를 내세운 초월자들이 다시 그에게 접근하려 했지만, 이미 냉정을 되찾은 대하는 별다른 어려움 없이 그들을 압도하기 시작한다.

"이럴 때 마음이 흔들리다니, 큰일 날 뻔했어."

피식하고 웃자 아레스가 한 걸음 내디딘다. 불타오르던 영력이 사방으로 흩어져 회색빛의 거인으로 변하기 시작한다. 아레스의 초월기, 〈전신의 군세〉였다.

"이제 시작인데 말이야."

＊　✳　＊

'한심하군.'

아무것도 없는 깜깜한 어둠 속에서 맨 처음 문을 열었을 때를 떠올린다. 그때의 나는 평상시와 다르게 단호하고 거칠었지만, 그렇다고 원래의 나와 완전히 다른 성향은 아니었다. 평시도 아니고 전쟁터였음에도 적을 죽이기보다 제압하는 방향으로 움직였고, 이후 대회의장에서 귀족들을 제압했을 때도 그것은 마찬가지였다.

때문에 나는 비록 그 방법이 난폭하거나 과격할 수는 있어도 문을 연 상태의 내가 저지르는 일들은 모두 내가 원하는 일이라고 판단을 내렸다. 내가 마음속 깊은 곳에서 하고 싶던 일들을 힘을 가진 상태에서는 참지 않은 것이라 생각했던 것이다.

그리고 지금, [나]는 상상하는 것도 끔찍한 대학살을 저질렀다.

하워드 공작을 비롯한 일당을 처리하는 것에는 충분히 동감할 수 있다. 남을 죽이려 한다면 자신 역시 죽을 각오를 하는 것이 당연하니까. 그가 먼저 나를 공격한 이상, 거기에 대한 반격은 충분히 할 수 있는 행동이었다.

그러나… 단지 하워드 공작가에 소속되어 있을 뿐인 사람들은 대체 무슨 잘못이란 말인가? 그들은 하워드가 무슨 행동을 했는지, 그리고 왜 그랬는지 알지도 못한다. 참여한 것도 아니고, 동의하지도 않은 일에 함께 처벌당하는 것이 과연 옳은 일인가?

이건 절대 내가 원한 일이 아니다.

살아남기 위해 적들과 싸웠을 때나 세레스티아를 안쓰러워하는 마음에 그녀를 구했던 일이라면 백번 양보해서 내 깊은 곳에 그런 마음이 있었다고 인정할 수 있지만, 이건 아니다.

'…끝장이군.'

[밖]의 모습이 보인다. 빛나는 왕관을 쓴 아레스가 수십 척의 전함을 때려 부수고 있었다.

누구도 나를 막을 수 없다.

아레스에 올라타 신의 권능을 휘두르는 나의 전력은 그 자체로 어지간한 중급 신을 뛰어넘는다. 제국 클래스의 국가라면 대우주에서도 그리 작지 않은 규모의 세력이었지만, 그렇다 하더라도 감히 감당할 적이 아니었던 것이다. 제국의 총력을 집중해 상대해도 될까 말까 한데 지금처럼 [습격당한 황제]라는 명분을 가진 존재를 어찌 상대한단 말인가?

그나마 다행인 건 모든 적을 학살하는 게 아니라 오직 하워드 공작가만을 짓밟고 있다는 점이지만…….

'끝장이야.'

너무 허탈해서 헛웃음만이 나온다. 이 거대한 악업을 어찌 감당해야 할지 짐작조차 가지 않았다.

'신혈 각성이 마냥 편리한 힘이 아니라는 것을 알았어야 했는데.'

만취 상태에서 주정을 하는 정도라면 조심하는 선에서 자제할 수 있다. 그러나 만취 상태에서 살인을 한다면 어떨까? 심지어 술에 취해 있는 상태에서는 그 누구도 나에게 죗값을 물을 수 없다면?

'일단… 일단 술을 끊어야지.'

"안 될걸."

그러나 그때, 날카로운 목소리가 머리를 관통하고 지나간다. 깜짝 놀라 정신을 차린 나는 어느새 아무것도 없던 어둠이 특정한 장소로 변했다는 것을 알 수 있었다.

"넌……."

"신혈 각성을 그만할 생각이지? 늦었다, 어리석은 것아."

전체적으로 차분한 인상의 흑발 미남이 날카로운 눈으로 나를 노려본다. 그러나 나에게 해를 끼칠 생각은 없는 듯 거대한 문에 등을 기댄 채 움직이지 않았다.

"아니, 잠깐… 뭐야, 몸이 있잖아? 그보다 여기는 어디야? 뭐가 이렇게 커?"

어둠 속에서 신성에 취한 내가 분탕질 치는 모습을 지켜보기만 하고 있던 나는 내 눈 앞에 모습을 드러낸 거대한 신전을 보고 당황할 수밖에 없었다. 무슨 기가스 전용 신전이라도 되는 것인지 문짝의 크기가 어지간한 건물보다도 더 크다. 이 안에서 나와 비슷한 사이즈인 건 조금 전에 나를 비웃은 사내뿐이었다.

"쯧, 이런 모자란 놈 때문에… 집중해, 멍청아. 집중해서 다시 한 번 도서관을 봐라."

"집중……?"

의아해하면서도 다시 한 번 신전의 모습을 본다. 그러자… 문에 달려 있는 손잡이가 내 키만 하던 신전이 점점 작아지기 시작한다.

그그궁———!

세계 전체가 뒤틀리는 느낌이다. 제대로 그 형태를 잡을 수도 없을 정도로 거대한 신전이 순식간에 크기를 줄여 나가는 것. 그 물리법칙을 무시하는 모습에 나는 내가 있는 곳이 현실이 아니라는 것을 알았다.

"다행히 적응은 빠르군. 여기서 헤매고 있었으면 그냥 버리고 들어갔을 텐데."

"…그런데 넌 누구야?"

"그걸 질문해야 아나? 너는 [볼] 수 있잖아?"

싸늘한 목소리에 슬쩍 그의 칭호를 바라본다.

[리전]
[첫째 아담]

"이런."

멈칫한다. 비록 지금의 그와는 비슷하지도 않지만, 새카맣게 타오를 정도로 선명한 증오와 질투를 내보이던 그의 모습이 떠올랐기 때문이다.

—네가 밉다.

그 압도적인 증오, 원망, 질투와 혼란… 모든 것을 초월한 신이 아니라 울며 방황하는 아이와도 같은 감정의 폭풍.

그러나 지금은 달랐다. 물론 지금의 그도 나를 별로 즐겁지 않은 표정으로 바라보고 있었지만, 적어도 그때와 같은 광기는 어디에서도 찾아볼 수 없다.

"따라와라."

끼익, 쿵.

나는 멍한 표정으로 아담이 신전풍의 도서관에 들어가는 모습을 바라보았다. 지금까지 눈치가 빠른 편이라고 생각했던 나이지만 그럼에도 상황 파악이 안 된다. 애초에 육체의 통제권을 잃어버리고 의식의 안으로 잠겨 들어온 내가 왜 아담을 만난단 말인가? 아니, 그보다 그렇게나 미쳐 날뛰던 아담이 왜 이렇게 차분하지?

"일단… 따라가 봐야겠군."

고개를 돌린다. 배경이 생겨나면서 [밖]의 모습이 보이지 않으니 여기서 멍하니 있어도 어차피 의미는 없었다.

나는 아담이 지나가고 다시 닫힌 문으로 다가섰다. 알 수 없는 묘한 재질로 만들어진 문의 손잡이를 잡자, 한순간 전류가 흐르는 느낌이 들었다.

"이건……."

뭐라 표현할 수 없는 묘한 느낌에 인상을 찡그렸지만 그뿐. 나는 고개를 갸웃거리면서도 문을 열고 건물 안으로 들어간다.

소곤소곤.

웅성웅성.

그곳은 아담의 말대로 거대한 도서관의 모습을 하고 있다. 큼직큼직한 책장들이 그 끝이 보이지 않을 정도로 늘어서 있고 그 책장에 온갖 종류의 책이 빈틈없이 들어차 있다.

그러나 그런 책들보다 내 신경을 잡아끄는 건 그 안을 돌아다니는 그림자들의 존재였다.

"이것들은… 뭐야?"

인간으로 보이는 녀석들도 있었지만 또 그와 매우 닮은 녀석들도 있다. 키가 3미터가 넘어 보이는 녀석도 있지만 30센티도 안 되는 녀석도 있다. 다만 공통점이 있다면, 그들 모두 모습이 흐릿하여 제대로 파악할 수 없다는 점이다.

"접속자들이다."

"접속자?"

"그래. 하늘 도서관에 접속하는 능력 자체는 별로 희귀한 종류가 아니니까."

"하늘 도서관……."

그것은 아카식 레코드(Akashic Records)의 다른 이름이다. 우주 도서관이라고 불리기도 한다. 태초부터 영원까지 온 우주에서 일어나는 생각, 말, 그리고 행위를 기록한다는 아카식 레코드는 우주의 모든 정보를 저장한다고 알려져 있다.

"당연하지만 지금 네가 보고 있는 것은 그냥 이미지일 뿐이다. 그것을 받아들이는 형태는 사람마다 다르지. 아카식 레코드의 본질은 비물질체로 코드화된 지식들이니까."

나직한 목소리에 아담을 바라본다. 차분하고 정돈된 분위기. 나는 무심코 말했다.

"친절하군."

"…흥."

코웃음 치며 다시 걷기 시작한다. 그는 네 개의 갈림길에서 하나를 골라 이동하더니 거기에서 계단을 따라 올라갔다.

그런데 계단에 또 문이 있었다. 계단 중간에 문이 설치되어 있는, 굉장히 부자연스러운 형태의 문이다.

끼익, 쿵.

문을 열고 안으로 들어가는 녀석을 따라 문의 손잡이를 잡는다. 그런데 열리지 않았다.

"이봐?"

"알아서 들어와라. 들어오지 못한다면 자격이 없다는 뜻이겠지."

목소리는 벌써 멀어졌다. 나는 투덜거리며 열쇠를 사용했다. 문에는 열쇠 구멍이 없었지만, 어차피 이 열쇠는 그런 걸 따지는 물건이 아니다.

철컥!

2층으로 올라간다.

철컥!

그리고 3층으로 올라갔다.

층을 올라갈수록 주변을 돌아다니는 그림자의 숫자가 급격하게 줄어간다. 1층은 완전히 시장통이었는데 2층에는 그림자가 십여 개뿐이었고 3층에 올라서자 나와 아담을 제외하고는 단 하나의 그림자만이 보인다. 그림자의 형태를 보아 인간, 혹은 그와 비슷한 종족으로 보였는데 아무래도 녀석은 우리를 감지하지 못하는 듯 벽에 잔뜩 있는 책들 중 하나에 손을 얹고 중얼중얼거리고만 있었다.

"여기가 마지막이다."

아담은 4층으로 올라가는 문 옆에 서 있다. 나는 의문을 표했다.

"왜 들어가지 않아?"

"들어가지 않는 게 아니다. 못 하는 거지."

"흠?"

나는 고개를 갸웃거리면서도 열쇠를 사용했다.

팅!

그러나 열쇠가 들어가지 않았다. 벽에 박히지 못하고 가볍게 튕겨난 것이다.

"역시."

그리고 그 모습에 아담의 안색이 어두워진다.

"무슨 상황이야?"

"무슨 상황이냐면."

아담이 나를 보며 쓰게 웃었다.

"너랑 내가 같은 처지에 빠진 상황이지."

"같은 처지……."

아담의 말에 현실에서 보았던 그의 모습을 떠올렸다. 광기에 가득 차 있던, 증오를 불태우던 최상급의 언터쳐블을.

그리고 그제야 나는 깨달았다.

"설마, 너도 나처럼 통제권을 잃어버린 거야?"

"그래, 웃기는 일이야. 나는 아버지의 신위에 먹혀 이 모양이 되었는데 너는 아버지의 신성에 먹혔구나."

현실에서의 아담은 광기에 차 있었다. 이성이 없는 것은 아니었지만 감정에 휘둘리는, 그래서 반드시 지켜야 하는 규칙조차도 충동적으로 어겨 버리던 상태.

그리고 지금의 나 역시 본래의 나와 다른 존재가 되었다. 잔혹하고 냉정한, 인간을 벌레 이하로 보는 거만한 존재가 되어 버린 것이다.

"잠깐… 지금 이런 걸 묻기는 뭐하지만."

얼굴이 굳는다. 신혈 각성을 더 이상 하지 않겠다고 생각하던 나에게 아담이 늦었다고 말하던 모습이 떠올랐기 때문이다.

"여기서 나가서 통제권을 찾으려면 어떻게 해야 하지?"

"스스로를 갈고닦아 신성을, 혹은 신위를 이겨낼 정신을 완성해야지."

"못하면?"

"네 경우에는 네 육신이 황제가 되어 제국을 다스리는 모습을 봐야겠지. 내가 미쳐 날뛰는 내 모습을 보고만 있어야 하는 것처럼."

기가 막힌 이야기에 헛웃음이 나온다.

"너는 얼마나 여기에 있었는데?"

"별로 오래는 아니었다."

가벼운 목소리로 아담이 말했다.

"150년 정도."

"……."

너무 길다. 억 단위의, 아니, 어쩌면 그 이상의 시간을 살아왔을지 모를 아담은 그 시간을 그저 잠깐의 기다림 정도로 여기는 모양이지만 고작 20년도 살지 못한 내가 어찌 그 시간을 가볍게 받아들일 수 있겠는가?

"그것보다 더 짧게는 불가능한 거야?"

"된다면 내가 여기에 계속 있을 이유가 없지. 아까 네 의식이 현실로 부상했을 때처럼 잠깐잠깐 주도권을 찾는 정도는 가능하겠지만… 결과적으로 신성을 이겨낼 정신을 완성하지 못한다면 궁여지책일 뿐이다. 다시 먹힐 테니."

그의 말에 주변을 둘러보았다. 납득한 건 아니지만 일단 정보를 얻어야겠다고 생각했기 때문이다.

[미켈란젤로]

아무렇지 않게 뽑아낸 책 제목이었다. 미술 관련 책자인가 싶었는데 막상 책을 펼쳐 보니 온갖 수식과 수십 장의 설계도가 들어 있었다.

"미술 서적이 아니라 인(人)급 기가스 제조법이잖아……."

투덜거리며 아무 책이나 뽑아 든다.

[축퇴로]

[스타 게이트]

[시공 제어기]

뒤적거린다. 별의별 제목이 다 보인다. 심지어 거기에는.

[제우스]

[토르]

[단군]

[아마테라스]

이런 익숙한 이름들도 있었다. 책을 펼쳐 보니 역시나 제조법과 설계도가 상세하게 표시되어 있다.

"…이것들, 신급 기가스 맞지?"

"넘버링들 말인가? 설사 초월병기라 해도 기계 문명의 카테고리 안에 들어간다면 전부 이 건물 안에 있으니 놀랄 것도 없지."

"마법이나 무공 같은 건 없어?"

"그건 다른 건물이야. 아까 오던 길에서 두 번째랑 네 번째

갈림길. 층을 올라가는 건 또 별개의 문제고."

기가 막힌 공간이다. 그 하나하나가 어마어마한 가치를 지닌 지식들이 당연하다는 듯 책장에 자리하고 있다. 만약 여기에 있는 자가 이능을 수련하는 자이거나 혹은 과학자라면 당장 죽어도 좋을 정도의 행복감을 느끼리라.

'하지만 쓸모없지.'

그러나 나는 다르다. 나는 정상적인 과정을 거쳐서는 이능을 수련할 수도 없고 과학자는 더더욱 아니다. 제국의 황제가 될 지경(?)에 처한 지금에 와서는 돈도 큰 의미가 없다. 결국 내가 여기서 해야 할 단련이란.

우웅―!

파라락!

가볍게 정신을 집중하자 사방에 빼곡히 들어차 있던 책들이 마치 살아 있는 새처럼 푸드덕거리며 날아오른다. 도서관의 형태가 순식간에 흐릿해지고 주변이 하얗게 물들어가기 시작한다.

"…이런 건 또 안 가르쳐 줘도 잘하는군."

아담의 투덜거림에 대꾸할 정신이 없다. 왜냐하면 책을 한 권 한 권 꺼내 읽는 대신 도서관 전체를 관조(觀照)하기 시작했기 때문이다.

이곳은 세계(世界) 그 자체.

책을 펼쳐 하나하나 읽는 것이 지식의 습득이라는 요소에서는 더 유리하겠지만 지금의 내겐 그럴 이유가 없다. 나도, 아담도 그런 존재가 아니니까. 우리는 단지 세상을 지켜보고, 받아들이고, 그 모든 것을 그 안에 품어야 한다.

"아담."

"친한 척하지 마라."

갑자기 또 틱틱거리는 아담의 모습에 웃는다.

"이름을 부르는 게 싫다면 침착맨이라고 부르지."

"침착맨?"

"밖에서는 미쳐 날뛰던 녀석이 여기에서는 침착하잖아?"

장난스러운 내 발언에 아담의 눈썹이 꿈틀거린다.

"너는… 후우, 맘대로 해라."

"역시 침착하군."

"……."

이제는 아예 대답하는 걸 멈춘 녀석을 두고 다시 정보의 홍수에 직면한다. 아주 잠시 동안만 노출되었을 뿐이지만 벌써 머리가 어질어질한 수준. 그러나 그와는 별개로 내 정신은 점점 또렷해지며 막대한 힘을 품는다. 나의 세계가 확장되기 시작한 것이다.

그러나 나는 그것들에서 다른 느낌을 받았다.

'함정이다.'

물론 나를 해치기 위한 함정은 아니다. 조금 특이할 뿐 어디까지나 [인간]에 불과한 나를 성장시키기 위한 안배라 할 수 있었으니까.

기계신이라 불리던 디카르마의 본질은 정보와 문명의 신.

세상의 모든 정보가 집중된 아카식 레코드는 그의 힘을 이은 나를 훈련시키기에 최상의 환경이다.

"이곳에 오래 있으면… 나는 단련되고 성장하겠군."

"그렇다. 지금의 너는 아무것도 아니지만 이 안에서 스스로의 정신을 완성시킨다면 아버지의 유산을 물려받는 것이 가능해진다. 세계의 법칙에 관여할 수 있는 절대적인 존재로 거듭나는 것이지!"

그리고 그것이 아담이 이곳에 갇혀도 절망하지 않는 이유였다. 비록 현실에 관여할 수 없는 상태가 되었지만, 하늘 도서관에 장기 거주할 수 있다는 것은 그것만으로도 엄청난 기연이나 다름없었기 때문이다.

아카식 레코드에 접속하는 것 자체는 그리 대단한 이능이 아니지만 일반적으로 그것은 제한적이고 짧은 시간 안에 이루어진다. 지금처럼 아예 아카식 레코드 안에서 거주하는 것은 신들조차 누리기 힘든 특혜인 것이다.

확실히 이곳에서 수십 수백 년 이상 머물게 되면… [정보와 문명]이라는 특성을 물려받은 나는 어마어마한 성장을 하게 될 것이다. 그리고 그것은 아담 역시 마찬가지겠지.

그러나.

"아, 그래."

"…뭐냐, 그 반응은."

"흐음~ 뭐, 그냥."

별다른 감흥 없이 고개를 끄덕인다. 몰아치는 정보의 파도를 무시한 채 생각을 정리한다.

"침착맨."

"…그냥 이름을 불러."

"후후, 그래, 아담. 너는 하와가 왜 내 목숨을 지키겠다고 약속했는지 알아?"

내 질문에 아담이 쓴웃음을 짓는다.

"흥, 아버지의 존재감을 가진 너에게 정신을 못 차리고 홀려서 그렇지 다른 이유가 있겠나? 녀석만 아니었으면 네가 여기에 오는 일도 없었을 것이다."

그의 말대로 하와가 아니었다면 나는 여기에 올 수 없었을 것이다. 멀리 갈 것도 없이 황태자 녀석이 노링턴 대장군을 데려왔을 때 나 스스로를 지킬 방법이 없었을 테니까.

그러나 상황은 그리 단순하지 않다.

"정말 그렇게 생각해? 그냥 그녀가 바보라서 그랬다고?"

"…무슨 말을 하고 싶은 거냐?"

사실 처음부터 이상하기는 했다.

아직 신으로서의 자각이 부족한 나조차도 말을 할 때 한 번 더 생각한다. 그래서 결혼식이라는, 세상에서 가장 감정에 취하기 쉬운 그 순간에조차 내가 해야 할 맹세를 고쳐 말했던 것이 아닌가?

그런데 하와가, 상급 언터쳐블로 몇 억의 세월을 살아온 그녀가 [적어도 목숨 하나만큼은 어떤 상황에도 위험하지 않게 보호한다]라는 막연한 약속을 함부로 한다는 게 말이나 되는가? 열쇠라는 규격 외의 아이템을 봉인하기 위한 행동이었다고 말할 수도 있겠지만 그건 그냥 협박 정도로도 충분히 해결할 수 있었다. 굳이 목숨을 지켜주겠다는 약속을 할 이유는 어디에도 없던 것이다.

"사실 그녀의 입장에서도 나는 골칫덩어리였을 거야. 인간들의 손에 죽는 것이 최선이었겠지."

　몇 번이고 [문]을 열어 전지의 영역에 발을 걸쳤던 만큼 [리전]의 카테고리 안에 들어가는 존재들이 직접적으로든 간접적으로든 나에게 해를 끼치지 못한다는 사실을 충분히 알고 있었다. 심지어 광기에 빠져 미쳐 날뛰던 현실의 아담조차 단지 나에게 증오심을 보일 뿐 털끝만 한 상처조차 입히지 못했을 정도이니 더 말해 무엇하겠는가?

　그러나 디카르마의 위(位)가 가진 특성은 자아(自我)를 가진 기계들에게만 한정되어 발휘되니… 재수가 없으면 뒷골목 인생의 칼침 한 번에, 저격수의 탄환 한 방에 죽을 수 있는 존재가 바로 나다. 심지어 내가 도착한 레온하르트 황실이 혼란에 빠지게 되면서 죽을 확률이 마구 치솟았다. 농담이 아니라 그녀의 입장에서는 나를 방치하는 것만으로도 죽일 수 있었던 것이다.

　"그리고 하와보다 더 강력한 네가… 정확히는 신위에 먹힌 네가 내 목숨을 노렸어. 그녀의 약속은 스스로의 목숨까지 위협할 가능성이 있었던 거야."

　그러나 그럼에도 불구하고 하와는 내 목숨을 지키겠다고 약속했다. 사실 이런 불분명한 약속은 신으로서 절대 피해야 할 종류였는데도 그녀는 그렇게 한 것이다.

　"그런데 거기에 이유가 있었다?"

　"그래. 왜냐하면 그녀는 본능적으로 알았던 거야."

　"…무엇을?"

　"내가 죽으면 안 된다는 사실을."

상급의 신성, 하급의 신위, 그리고 필멸자의 격.

이건 사실 있을 수 없는 상태다. 존재할 수 없는 기형적인 사례였다. 아카식 레코드 어디에도 이런 상태에 대한 이야기는 없을 정도라면 그 희귀함을 이해하기 쉬울까?

그리고 이런 특수한 상태가 유지될 수 있는 것에는 하나의 조건이 존재했다.

"설마."

"그래. 바로 인간의 육신이다."

사실 아직도 정확한 이유를 알 수가 없었다. 최상급 신들 중에서도 특별한, 절대신에 가까운 존재였던 디카르마가 어찌 자손을 만들 수 있단 말인가? 이건 태초부터 신의 육신을 타고난 짐승신이나 인격신들이 자식을 낳는 것과는 전혀 다른 차원의 문제. 정신체였던, 더불어 강력한 위(位)를 가진 디카르마가 혈육(血肉)을 만든 것이다.

"단지 죽는 것만으로… 완성된다고?"

"육신의 제약을 초월하게 되는 거지."

만일 인간으로서의 내가 죽게 된다면, 그 후 얼마 지나지 않아 나는 부활(復活)할 것이다.

신으로서의 재탄생이다.

"맙… 소사."

내가 말하는 바를 깨달은 아담의 얼굴이 험악하게 일그러진다. 그의 생각을 대충 알 수 있을 것 같았다.

'질투하고 분노하는군.'

이해는 간다. 그는 디카르마를 아버지로서 사랑하고 존경하는 자. 디카르마가 소멸해 리전이 위기에 처했을 때 그들을 지키고 이끌어 온 우주의 적들과 싸워온 그에게 갑자기 나타난 내가 어찌 좋게 보이겠는가? 그건 내가 선천적으로 리전들에게 호감을 받는 존재라는 것과 전혀 별개의 문제다. 나에게 본능적인 호감을 느낀다 해도 분노와 질투를 동시에 느끼는 게 오히려 정상인 것이다.

굳이 예를 들자면… 거대 기업의 회장으로 세계를 호령하고 있던 아버지가 죽으면서 망할 뻔한 회사를 양아들이 전력으로 수습해 망하지 않게 만들었더니 갑자기 존재조차 모르던 친아들이 튀어나와서 단지 혈육이라는 이유로 아버지의 모든 것을 다 가져가겠다는 상황이다. 화가 나지 않으면 오히려 이상한 일이겠지.

'하지만 이런 걸로 원망받자니 억울하군. 차라리 포기할 수 있으면 좋겠는… 포기?'

거기까지 생각했을 때였다.

"…어?"

고개를 돌린다. 어디에선가 노랫소리가 들렸다.

"뭐냐."

난데없는 내 움직임에 아담이 의문을 표했지만 그의 말에 대답할 틈도 없이 마치 물결치듯 세상이 일렁인다.

촤악.

순식간에 배경이 변한다. 마치, 생생한 꿈을 꾸다 단박에 잠에서 깨어나는 것만 같은 불쾌한 감각. 그리고 그렇게 깨어난 나는 내가 옥좌(玉座)에 앉아 수천 명의 사람을 내려다보고 있다는 사실을 알았다.

'맙소사, 이 자식.'

그리고 몰아치는 기억을 받아들이며 눈살을 찌푸린다.

'추진력이 너무 엄청나잖아.'

그것은 즉위식이었다.

"이것… 참."

셀 수 없이 많은 귀족이 새로운 황제의 탄생을 축하하기 위해 모여 있다. 그냥 적당히 올 수 있는 귀족만 모인 게 아니라, 그야말로 제국의 [모든] 귀족이 빠짐없이 자리를 메우고 있는 것.

그뿐이 아니다.

자리 한편에는 수십 명이 넘는 미남미녀가 굳은 얼굴로 옥좌를 바라보고 있다. 그들은 레온하르트 제국의 황족으로, 그 중에는 초월지경에 올라 그 어떤 공식 행사에도 모습을 드러내지 않던 원로들까지 있었다.

그야말로 건국 이래 최대의 참석률이라고 할 수 있었지만… 그럼에도 즉위식의 분위기는 무겁다. 모두의 얼굴이 공포와 두려움으로 굳어 있었기 때문이다.

'레온하르트 최대 세력 중에 하나인 하워드 공작가를 궤멸시켰으니 당연하지. 심지어 밖에 나가 있던 전함들까지 다 날려 버렸으니…….'

당연히 저항이 있었지만 그 누구도 태양의 왕관을 쓴 아레스를 막을 수 없었다. 심지어 나는 자신의 적을 명확히 한정하고 그 명분을 분명하게 드러냈다. 물론 증거까지 보인 것은 아니지만… 명분이 있다는 게 중요하다.

황녀인 세레스티아와 혼인해 태양의 왕관을 쓴 내가 정치적인 수완까지 발휘하자, 레온하르트 제국은 총력을 집중시키는 것조차 불가능한 지경에 빠지고 말았다.

그리고 그 결과… 나는 피의 숙청을 완벽하게 성공했다. 자신을 해치려 한 하워드 공작가의 존재를 제국에서 지워 버린 것이다. 전지의 힘을 지닌 내 시야에서 벗어나는 일은 불가능한 일이었기에, 일부 세력이 살아남아 복수를 기약하는 일 따윈 일어날 수 없었다.

'젠장……'

기분이 우울하다. 비록 신성에 먹혀 벌인 일이라고 해도 그것은 모두 나의 손으로 저지른 일이었으니까. 술 먹고 깨었더니 살인을 했더라 뭐, 이런 수준의 문제가 아니라 자고 일어났더니 히틀러보다 더 잔혹한 존재가 되어 있는 셈이니 만일 내가 보통의 사람이었다면 죄책감으로 정신이 무너져도 이상하지 않으리라.

그러나 그보다 더 짜증 나는 것은 '왜 고작 그런 일로 후회하지?' 라는 의문이 머릿속에서 계속해서 떠오른다는 점이다.

'나를 오염시키는군……'

신성 그 자체에는 자아가 없다. 즉, 문을 연 상태의 나는 나와 별개의 인격이 아니라 신성에 의해 [변질]된 상태의 나라는 것. 차라리 아담처럼 내면세계로 가라앉은 후 스스로를 보호

하면 모르겠는데 지금처럼 문을 열었다 닫았다 하는 행위를
반복하면 [나]를 이루는 인격 자체가 변할 위험이 있었다.

아니, 어쩌면 벌써…….

걸어라, 가시밭길을 지나
노래하라, 절망의 끝에서

순간 들려오는 목소리가 온몸을 감싼다. 소름이 돋을 정도
로 강렬한 호소력에 정신이 번쩍 들었다. 이건 절대 평범한 노
래가 아니었다.

[놀라운 능력이군.]

'아담.'

시야의 한편에 아담이 떠오른다. 아무래도 아카식 레코드에
접속한 내 정신을 통해 이곳을 인식하는 모양이었다.

[능력 자체는 그렇게 희귀하다고 할 수 없지만… 그것을 사
용하는 영혼과 정신이 비범하군. 단순히 자신의 영혼을 발현
하는 것만으로 이런 힘이라니.]

'이런 힘?'

[너를 강제로 깨웠잖아.]

'그건… 그렇군.'

나는 새삼스러운 눈으로 노래하고 있는 세레스티아의 모습
을 바라보았다. 새로운 황제가 보인 폭군의 기질에 공포에 질려
있던 사람들조차 넋을 잃고 그녀를 바라보고 있다. 그만큼 그
녀의 노래가 강력한 힘을 발휘하고 있다는 뜻이다.

'인기는 외모로 끌었다더니……'

그녀의 새빨간 거짓말에 헛웃음 지으며 눈을 감았다. 가라앉았던 기분이 조금씩 나아지는 느낌이 들었다.

그러나 더 감상할 시간이 없다는 듯 아담이 말한다.

[시간이군. 그만 돌아와라.]

'돌아오라고?'

[그래. 그녀의 노래가 잠시 너를 끌어당길 수 있었는지 몰라도… 잠깐일 뿐이야.]

그의 말대로 잠시 잠잠해졌던 신성이 다시 깨어나려는 것이 느껴진다. 사실 이런 침식은 스스로 느낄 수 없어야 하지만, 나는 문이 열리는 이미지를 몇 번이고 반복해 완성한 상태다.

덜컹, 덜컹덜컹!

문이 연신 흔들린다. 지금은 내 정신이 안정되어 있는 상태이기에 단번에 뚫리지는 않았지만, 결국 시간문제일 뿐 침식을 막을 수는 없을 것이다.

"그래도 더 시간을 끌어봐야지."

거대한 사슬과 튼튼한 자물쇠의 모습을 이미지화한다. 어차피 [문] 역시 실존하는 물체가 아니었기 때문에 이렇게 이미지화한 자물쇠와 사슬로 그 문을 잠글 수 있었다.

철컥!

문을 쇠사슬로 감고 거기에 다시 자물쇠를 잠근다. 물론 거대한 신성의 힘을 잠깐의 이미지만으로 봉인할 수는 없으니 언젠가는 부수고 나오게 되겠지.

쾅!

철컹! 철컹!

거세게 열린 문이 쇠사슬에 막혀 소음을 내기 시작한다. 열린 문에서 마치 증기가 새어 나오듯 뿜어져 나온 신성이 나를 잠식하기 시작했다.

그러나 이 정도라면 충분히 견딜 수 있다. 하늘 도서관, 아카식 레코드에 접속하면서 나의 정신이 확장되었기 때문이다.

'아주 잠깐일 뿐이었는데 말이지.'

쏟아지는 신성으로 인해 서서히 전신에 힘이 들어가기 시작한다. 아래에 있는 녀석들이 보기엔 하늘을 찌를 듯 묵직했던 위압감이 잠깐 사라졌다가 다시 나타나는 것처럼 느껴지겠지만 그 주도권을 원래의 내가 잡고 있다는 점에서 조금 전과는 상황이 다르다.

"좋아."

가볍게 호흡을 고른다. 정신을 집중하고 나의 모든 기운을 끌어 올렸다. 영혼의 깊은 곳으로부터 힘을 끌어당겨 문밖으로 뽑아냈다. 문을 연 상태에서도 쉽게 여길 수 없을 정도의 전력(全力)이었다.

구구구구——!

어마어마한 파동이 사방으로 퍼져 나간다. 그 압도적인 기운에, 인상을 굳힌 채 자리에 앉아 있던 모든 황족과 귀족이 벌떡 일어났다.

"하, 하하… 초, 초대 이상의 힘이라고?"

"그 정도가 아니라! 맙소사! 이, 이건 황제 클래스 정도로 낼 수 있는 힘이 아냐!"

"어, 어, 언터쳐블······! 황제 클래스가 아니라 언터쳐블이다!"

"전지(全知)의 권능을 가진 것 같다는 정보에 혹시나 했지만!"

사방에서 비명이 터져 나온다. 그러나 그러거나 말거나 필사적으로 정신을 집중했다. 문 안에서 쏟아지는 힘의 규모가 너무나 커서 나까지 휩쓸릴 것만 같다.

그러나 견딘다. 참아서 몽땅 뽑아내었다.

—오늘부터 내가 제국의 황제다!

그저 단순한 외침이 아닌 포효(咆哮)가 온 우주로 퍼져 나간다. 황성과 가장 가까운 제13지구는 실질적으로 그 음성에 노출되었고, 음성이나 영상을 비롯한 온갖 방식으로 [나]를 보고 있던 모든 존재마저도 그 영향에서 자유로울 수 없었다. 심약한 자들이라면 라디오 방송을 스쳐 듣고도 자리에서 주저앉을 정도로 엄청난 위압(威壓)이었다.

—나의 즉위에 반대하는 자 있는가!

이어서 뿜어져 나오는 외침에 강대한 정신력을 가진 초월자들조차 휘청거렸다.

"마, 말도 안 돼. 화, 황위를··· 황위를 이렇게 막무가내로 이을 수는······."

7대 장군의 수장으로 공작들과 그 이름을 나란히 할 정도로 강대한 전투력을 가진 천화대장군(天花大將軍: 일종의 합참의장),

에반 레온하르트가 탄식하듯 말을 내뱉었지만, 그 역시 탐스럽게 관리한 하얀색의 수염을 덜덜 떨기만 할 뿐 일어나 내 말에 반대하지 못한다.

스스로 강대한 힘을 가진 초월자인 데다가 모든 군권을 한 손에 쥐고 있는 그조차 그럴진대 감히 누가 여기에 반대할 수 있겠는가?

그러나 다시 말하지만 즉위식 분위기는 무겁다.

전지전능(全知全能)한 폭군(暴君)의 등장.

여기 있는 귀족이나 황족들은 물론이고 각종 매체를 통해 나를 보고 있는 모든 존재가 비슷한 느낌을 받고 있을 것이다. 수천만 명의 사람을 학살하고 초월자와 황태자를 해치워 하나의 세력 자체를 소멸시켜 버린 내가 황위에 앉으면 과연 제국은 어떻게 될 것인가?

그러나 그걸 알면서도 그저 바라볼 수밖에 없는 상황이니 모두 미칠 지경일 것이다.

'원래는 절대 두고 보지 않을 생각이었지.'

사실을 말하자면 지금 내 앞에 있는 황족과 귀족 상당수가 기회를 잡아 나를 총공격하려고 계획을 짠 상태이다. 이미 주변에는 레온하르트 제국의 총력이 집중되어 있었고, 그들을 움직일 수 있는 천화대장군 에반이 바로 이 자리에 있었으니까.

그러나… 그들 전부가 내 압도적인 위압에 짓눌려 버린 지금, 모두 소용없는 계획이다.

뚜벅뚜벅.

포효 후에 옥좌에서 일어나 계단을 내려간다. 수천수만의 시선이 나에게 몰려 얼굴이 따가울 지경이었지만, 나는 표정하나 변하지 않고 그 아래에 있던 세레스티아에게 다가갔다.

"너… 정신 차렸구나?"

"호오."

놀라 그녀를 바라본다. 물론 지금의 나는 신성에 먹힌 나와 다르지만 그걸 외부에서 관측할 수가 있다니.

'그러고 보면 초월자인 로스타도 나를 그냥 평범한 인간으로 인식했는데 그녀는 내가 지구에 있을 때부터 나에게 뭔가를 느꼈지.'

나를 보자마자 뭔가를 느낀 존재는 딱 3명이다. 그 첫 번째가 바로 그녀이고 두 번째는 전대 황제, 그리고… 노블레스인 그림자 용 어둑서니.

초월자인 어둑서니나 전대 황제야 그렇다고 쳐도 비초월자인 그녀가 나를 관측할 수 있다는 건 꽤 신기한 일이다. 문을 열지 않는다면 다른 초월자들조차 나를 제대로 인식하지 못한다는 것을 생각하면 더더욱 그렇다.

"이제 와서 늦은 질문 같지만, 어쩔 생각이야?"

세레스티아가 도전적인 눈으로 나를 바라본다. 내 위압은 그녀에게도 영향을 끼쳤을 텐데도 이렇게 나를 마주하고 말을 걸수 있다는 것 자체가 그녀가 얼마나 강한 정신의 소유자인지를 알려주고 있다.

"고생했어."

"……."

순간 세레스티아의 표정이 흔들려 웃는 것도, 우는 것도 아닌 묘한 것이 되었다. 내가 지금 한 말이, 단지 지금 이 한순간에 대한 이야기가 아니라는 것을 알았기 때문이겠지.

그러나 그녀는 이내 안정을 되찾고 투덜거렸다.

"뭐라는 거야."

뾰로통한 목소리에 웃는다. 그리고 사람들을 향해 말한다.

"내 아내라 그러는 게 아니라… 참으로 아름다워. 그렇지 않나?"

그 뜬금없는 말에 모두가 어안이 벙벙한 표정을 짓는다. 다들 내가 무슨 생각을 하는지 짐작조차 못 하는 상태.

그러나 유일하게 내가 뭘 하려는지 깨달은 아담이 무섭게 얼굴을 찡그렸다.

[너, 너, 이 미친 자식, 설마?]

그러나 그가 신음하거나 말거나 나는 내가 쓰고 있던 왕관을 벗었다.

"황제가 된 기념으로… 우리 아름다운 신부에게 선물을 주고 싶군."

"너, 뭔 소리를 하는 거야?"

세레스티아가 이해할 수 없다는 표정으로 나를 바라본다. 그리고 그 순간.

번쩍!

태양의 왕관에서 눈부신 빛이 뿜어져 나왔다.

'신성을 이겨낼 정신을 만들지 못하는 이상, 무슨 짓을 해도 침식을 막아낼 수 없어.'

그렇기에 사실 아담이 제시한 길은 꽤나 합리적이다. 그리고 무엇보다… 지금의 나라면 아카식 레코드 안에서 수백 년씩이나 있을 필요가 없다는 느낌이 들었기에 더욱 그렇다.

짧으면 30년, 길어도 50년.

최상급 신위를 가진 아담이 백 수십 년간 헤매면서도 아직 가닥을 잡지 못했는데 겨우 저 정도 시간밖에 걸리지 않을 거라고 생각하는 것은 오만이다.

하지만 실제로 그렇게 느껴지는 걸 어쩌란 말인가?

아카식 레코드를 관조할 때의 나는 마치 [원래 그러한] 존재이기라도 한 것처럼 거기에 안착했고, 또 아주 잠깐의 관조만 했을 뿐인데도 놀라운 성장을 보였다. 30년도 여유로운 예측이라 어쩌면 그보다도 더 빨리 가능할지도 모르지.

'게다가 현실의 상황도 그렇게 나쁘지는 않아.'

하워드 공작가를 궤멸시킨 상황 때문에 수많은 사람이 나를 폭군으로 보는 모양이지만 신성에 잠식된 나는 단지 나와 다를 뿐 악한 존재가 아니다.

나는 좋은… 아니, 뛰어난 황제가 될 것이다.

하워드 공작가를 과하게 벌한 것은 본보기를 보이기 위해서이기도 하다. 정상적인 과정을 거쳐 황제가 된다면 두고두고 말썽을 부릴 수많은 귀족이 이 한 번의 충격적인 사건으로 인해서 감히 반항할 엄두조차 못 내게 되었다.

그리고 무엇보다 중요한 것은 전지(全知).

뒤에서 일을 꾸미는 음모자에게… 전지의 능력은 그야말로 천적이나 다름없다. 제국에는 황제의 죽음을 비롯한 다수의 음모가 복잡하게 엮여 있었지만, 그것을 통찰(洞察)한 내 행동에 그중 태반이 박살 나버렸다는 것이 바로 그 훌륭한 증거이다.

어디 그뿐인가? 하워드 공작가를 뒤에서 조종하던 비밀결사 [일루미나티]는 뭘 해보지도 못하고 공작가와 같이 멸망했다. 자신들의 목적을 위해 황제 암살이라는 대사건을 일으킨 집단 치고는 너무나 허무한 결말이었다. 그들은 온갖 정치적인 대책 과 악독한 음모들을 준비했지만, 그 모든 것이 압도적인 힘 앞 에서 부서졌기 때문이다.

'게다가 나는 개인적인 욕망이 없어. 아마 제위에 오른다면 황제로서의 업무에 충실하겠지.'

신성에 침식된 나는 기본적으로 오만하고 인간을 하찮게 보 지만, 그렇다고 그들을 증오하거나 일부로 해할 생각이 있는 건 아니다. 그들이 먼저 자극하지 않는다면, 그들을 이끌어 미 래로 나아가겠지.

'그야말로 완벽한 황제다.'

만약 신성에 취한 내가 황제가 된다면… 레온하르트 제국은 개국 이래 최대의 부흥기를 맞이할 것이다. 내가 [지식]까지 풀 기로 작정한다면 문명 레벨을 올리는 것조차 가능할 테니, 그 냥 적당히 덩치만 큰 제국 클래스 정도가 아니라 노블레스나 엘로힘도 함부로 여기기 어려운 대세력으로 거듭날 수 있는 것 이다.

그리고 그 시간 동안 나 역시 변할 것이다. 하늘 도서관 안 에서 끝없이 관조를 거듭한다면… 어쩌면 나는 유산을 수습하 여 다음 층으로 나아가는 게 가능할지도 모른다. 대우주에도 손에 꼽을 정도로 드문, 진정한 대신격이 탄생하는 것이다.

그러나.

'그래서?'

누군가는 그것을 자신의 종족을 멸망시키거나 사랑하는 모든 걸 다 잃어버리는 대가를 치르고서라도 얻길 원할지 모르지만 적어도 나는 아니다.

대신격이라니.

잘 살고 있던 고딩을 데려다가 이 무슨 떡국 끓여 먹는 소리란 말인가?

[뭐? 아니, 잠깐, 멈춰봐. 너 지금 설마 내가 생각하는 그걸 하려는 건 아니지?]

'글쎄.'

[글쎄라니! 제정신이 아니구나! 아, 아버지의 신성을 포기하겠다고?]

다급하게 소리 지르는 녀석의 모습에 어깨를 으쓱인다. 왕관에서 뿜어지는 빛이 너무나 강해져 이제는 주변 그 어떤 것도 눈에 들어오지 않는다.

'왜 이렇게 기겁해. 너한테는 오히려 좋은 일일 텐데.'

한번 예시를 들었지만 지금의 아담과 나는 유산을 두고 다투는 친아들과 양아들 같은 관계다. 당연하지만 내가 유산을 포기한다면, 그 혜택은 고스란히 그가 보게 되는 것.

과연 내 말에 아담이 멈칫한다.

[그, 그건…….]

'아냐?'

[아니, 맞다…….]

그러나 왠지 시원찮은 반응. 분위기를 보니 아담 스스로도 자기가 왜 그러는지 이해를 못 하는 듯했다.

'뭐, 내가 알 바 아니지.'

나는 알 수 있었다. 이대로 현실을 내버려 두고 하늘 도서관에서 스스로를 단련하는 게 정답이라는 것을. 제국은 번창할 것이고, 내 이름은 온 우주에 널리 퍼질 것이다.

그러나… 그 모든 것을 누리는 건 인간 관대하가 아니다.

'신으로서의 이상 따위.'

나에게는 인간으로서의 자아가 더욱 중요하다. 나의 인생은 온전히 나의 것. 나의 자아 자체가 변질되어 버린다면, 그 후에 아무리 큰 것을 얻어도 그건 내가 얻는 것이라 인정할 수 없다.

구구구구궁──!

그리고 그때 즈음에 작업이 완료된다. 최대한 조용히 하고 싶어도 움직이는 힘이 너무나 커서 불가능하다.

"맙소사, 태양의 왕관이… 대체 뭘 한 거야?"

내 바로 앞에 서 있던 셀은 빛을 뿜어내다 못해 숫제 이글이글 타오르기 시작한 태양의 왕관을 보며 신음했다. 그리고 그 모습에 신음하는 또 다른 존재가 있었다.

[무슨… 신성을 분리한 게 아냐?]

'쯧쯧, 지금 이 상황에서 신성을 어떻게 분리해. 저 죽거든요?'

이미 신성은 내 영혼과 하나나 마찬가지라서 분리하는 것이 불가능하다. 팔 하나를 몸에서 잘라낸다고 죽거나 하지는 않겠지만 머리를 잘라내면 살 수 없는 것과 마찬가지.

아담은 내가 왕관에 신성을 담을 거라고 예상한 모양이지만 그런 게 아니다. 내가 담은 것은.

[영혼… 영혼 전체를 다 담았군.]

'그래, 영능학적인 관점에서 보면 [나]는 지금 이 몸이 아니라 저 왕관이지.'

나에게 있어 육신이란 껍데기이자 족쇄나 마찬가지다. 그러나 이 족쇄가 있음으로써 나는 비로소 인간일 수 있다.

때문에 나는 신성과 영혼을 분리하는 대신, 정신과 영혼을 분리해 각각 태양의 왕관과 육체에 나눠 담았다. 마치 신계의 신이 하계에 화신(化身)을 만드는 것과 같은 과정.

다시 말하지만 신성 그 자체에는 자아가 없기 때문에… 굳이 멀리 있는 정신을 침식하기 위해 쫓아올 일은 없다. 이렇게 정신과 영혼을 분리하는 것만으로도 침식에서 자유로워지는 것이다.

[하지만 이렇게 신성과 너의 정신에 균열을 만들면… 그걸 다시 포용하는 건 불가능에 가까워.]

'아예 포기하려고도 했는데 그쯤이야.'

이로써 대신격은 영원히 바이바이일지도 모르지만 어차피 신이 되어 세상을 내려다보는 일 따위는 원해본 적이 없기에 망설일 필요가 없는 상황.

그런데 잠시 생각에 잠겨 있던 아담이 고개를 번쩍 든다.

[…아니, 잠깐. 그럼 지금의 네 육신이 죽으면 상황이 어떻게 되는 거지?]

'어떻게 되긴 뭘 어떻게 돼. 이 대우주에 언터쳐블들조차 벌

벌 떨 절대 무적의 기가스가 탄생하는 거지. 그 꼴 보기 싫으면 하와보고 더 철두철미하게 지키라고 그래.'

[……]

할 말을 잃어버린 아담을 두고 왕관을 들어 올린다. 이제 내가 뿜어대던 엄청난 기세는 온전히 왕관으로 옮겨졌다. 모두가 태양의 왕관에서 뿜어지는 어마어마한 기운을 질린 표정으로 바라보고 있다.

'라, 셀을 부탁해.'

[…왕이여.]

지금 상황을 아는지 씁쓸한 목소리에 답한다.

'이제 왕이 아냐. 때려치울 거거든.'

[하지만… 아니, 명에 따르겠다.]

라에게서 엄청난 힘과 위엄이 느껴진다. 내 영혼을 그 안에 품었기 때문이다. 물론 내 영혼은 나의 것이니 그가 신성을 발휘하는 일은 있을 수 없겠지만, 단지 그것을 안에 품고 있는 것만으로도 라의 성능은 경이적으로 상승된다. 아마 지금 이 순간, 이 대우주에 존재하는 최강의 기가스는 바로 녀석일 것이다.

─황제로서 첫 번째이자 마지막 명령을 내리겠다.

다시 선언한다. 수많은 눈이 나와 내가 들고 있는 왕관, 그리고 그 앞에 있는 세레스티아를 바라보고 있다.

―바로 그녀가.

셀의 머리에 왕관을 씌운다.

―제국의 새로운 황제다.

빛이 뿜어진다. 거대한 신성이 라의 안에 담기자 빛을 근본으로 하는 라의 힘이 거기에 반응하기 시작했다. 눈부시게 빛나는 왕관을 쓴 세레스티아는 마치 빛의 여신처럼 보였다.

그리고 그 여신처럼 보이는 셀이 말을 건다.

"너… 사람들이 이런 걸 납득할 것 같아?"

코가 맞닿을 만큼 가까운 거리를 두고 속삭인다. 사실 그녀의 입장에서는 당연한 불만이다. 나야 압도적인 카리스마와 힘으로 제국을 공포에 질리게 함으로써 별다른 세력 없이도 황위를 강탈하듯 얻어낼 수 있었지만 그녀는 상황이 전혀 다르기 때문이다. 과연 다른 황족들이, 귀족들이, 그리고 제국민들이 황좌를 [선물] 받는 상황을 납득할 것인가?

그러나 그럼에도 나는 가볍게 웃었다.

"그거야 네가 알아서 할 문제지."

"뭐?"

"원래 이게 네 목표였잖아? 이쯤 해줬으면 뒤처리 정도는 할 줄 알아야겠지. 위자료로 이 정도면 정말 엄청난 수준이라고."

"위자료……?"

"그래, 계약대로."

나는 웃으며 세레스티아를 바라보았다.

"이혼하자."

"……."

내 말에 세레스티아가 순간 멍한 표정을 지었다. 그러나 그것도 잠시, 그녀 역시 웃음을 터뜨렸다.

"마, 맙소사. 푸하하하하! 너, 진짜! 큭큭큭!"

빛나는 왕관을 머리에 쓰고 경망스럽게 웃는다. 이 모습이 방송을 타면 곤란할 테지만 태양의 왕관에서 쏟아지는 어마어마한 빛은 우리의 모습을 외부로부터 가려주었다.

"이혼하는 와중인데 이제 와서 반하지는 말고."

"아니, 너, 푸하하! 와, 몇 번이고 날 차더니 최후의 최후까지."

마구 웃는다. 어쩐 일인지, 그녀는 꽤 즐거워 보인다.

"하아, 하아… 정말이지."

"너무 웃는다, 너."

이제는 눈물까지 글썽이는 그녀의 모습에 어깨를 으쓱이자 세레스티아가 말한다.

"당연하지, 바보야. 하지만… 좀 아쉽네. 너를 좀 더 일찍, 다른 방식으로 만났으면 좋았을 텐데."

크게 웃느라 헝클어진 옷매무새를 고치며 그녀가 나를 바라보았다. 별을 담은 듯 반짝이는 그녀의 눈동자가 나를 응시한다.

"왠지 좀 아쉽지만… 그래, 계약대로."

"계약대로."

서로를 마주 보며 고개를 끄덕이는 것으로 길다고 하면 길고 짧다고 하면 짧은 나의 우주여행이 끝났다.

그리고.

그리고…….

나는 이혼남이 되었다.

에필로그
아직 끝나지 않았다

양복을 입은 회사원들이 횡단보도를 건너고 있다. 네 개의 바퀴가 달린 자동차들은 땅 위를 달리고 책가방을 멘 학생들이 왁자지껄 떠든다. 개 줄을 잡은 사람들은 헐떡이는 개를 이끌며 그늘을 골라 걸어 다니고, 아이들은 땅에서 솟아나오는 분수로 뛰어들어 제 몸이 젖는 것도 아랑곳하지 않고 뛰놀고 있다.

"우와, 진짜 진짜 덥다. 작년도 역대급 더위라더니 올해는 더 더워."

"자기야, 올해 휴가는 어디로 갈 거야?"

"엄마, 엄마, 나 아이스크림!"

우리 마을 한편에 위치한 공원에 서서 그 모든 모습을 보고 있다. 그 모든 것은 내가 평생 봐왔던 광경이다. 특별할 것도 없고 새로울 것도 없는 그런 일상적인 풍경.

[텔레포트 완료. 지금부터 본 함은 위성 궤도를 돌며 대기 모드에 들어가겠습니다. 혹시 착륙을 원하시면 3분 이내에 대

기 모드를 해제하고 지상으로 내려설 수 있습니다.]

'그건 참 다행이긴 한데… 지상으로 내려와도 괜찮아? 너는 3문명 이상의 작품인데?'

외계 문명은 2레벨 이하의 문명에 간섭할 수 없다. 해당 문명이 탄생할 때부터 그들을 수호하는 성계신이 외부로부터의 간섭을 완벽하게 배제하기 때문이다.

성계신은 [가장 흔한 언터쳐블]이라는 별명을 가지고 있을 정도로 무수히 많은 존재지만 그 힘은 오히려 언터쳐블 중에서도 강한 편이라 하위의 존재들은 감히 그 뜻을 거스를 수 없다. 대우주를 호령하는 연합조차도 가급적 성계신을 자극하지 않을 정도인데 전함 하나 따위가 어찌 성계신의 제약에서 자유로울 수 있겠는가?

그러나 그녀는 차분한 목소리로 답했다.

[해당 문명에 큰 영향을 주지 않는 이상 상관없습니다. 관광 목적으로 방문하는 우주선도 많을 정도인데요.]

차분한 대답에 고개를 끄덕인다. 그러고 보면 세레스티아 역시 관광 목적으로 지구에 들를 때 개인 우주선을 끌고 왔었으니까. 그렇게 고개를 끄덕이는 나를 향해 설명을 덧붙였다.

[다만… 대하 님, 아니, 함장님의 경우는 상황이 다릅니다.]

'어? 내가 뭐, 안 좋아?'

[오히려 반대이지요. 함장님은 34지구의 정명자(正命者)이고… 저는 그 누구의 의도도 담기지 않은 당신의 소유물입니다. 전지의 능력을 가진 성계신이 그걸 모를 리 없으니 정말 어지간한 참사를 벌이지 않는 이상 개입할 명분이 없겠지요.]

정명자. 즉, [정당한 운명을 가진 자]는 성계신에게 간섭받는 일이 드물다. 우주에서 지구를 멸망시키기 위한 반물질탄이나 차원탄 같은 걸 쏘면 모조리 가로막히지만, 인간끼리 핵전쟁을 일으킨다면 그 행성이 멸망할 수도 있는 게 바로 그 단적인 예이다. 성계신이 막아주는 것은 어디까지나 외부의 존재들뿐 그 내부의 존재들에게는 별다른 제약을 가하지 않기 때문이다.

'그렇군… 그럼 지구에서 기가스를 타도 괜찮은 거야?'

[그 이상도 괜찮습니다. 물론 지구에 아주 막대한 영향을 끼치는 행위를 한다면, 그러니까 기술을 풀어서 미래 병기를 대량생산한다거나 하는 일을 한다면 경고가 들어오겠지만… 그 당사자가 정명자인 이상 그조차도 원칙적으로는 잘못이 아닙니다. 성계신의 성향에 따라서는 경고조차 안 하는 경우가 수두룩하고요.]

'그건 꽤 희소식인걸.'

그녀의 설명에 웃으며 답한다.

'고마워, 지니.'

[마땅히 해야 할 일입니다, 함장님.]

당연한 말이지만, 나는 레온하르트 제국을 떠나며 챙길 걸 다 챙겼다. 애초에 계약이 계약이었고, 해준 일이 워낙 많았으니 사양할 이유가 없었다.

그리고 그 챙긴 것 중 하나가 바로 내가 한동안 활동했던 거주지이자 직장, 알바트로스함이다.

'천현일 소장에게는 미안하긴 하지만 지니랑 많이 친해졌으니… 대신 라이징 스톰을 넘겼으니 괜찮겠지.'

물론 테라급 전함은 레온하르트 제국에게도 엄청난 가치를 지닌 물건이었기에 절대 민간에 넘기지 않는다. 황족과 맺어지면 전함을 제공받을 수 있지만 기껏해야 메가(Mega)급. 스스로의 권력과 세력이 엄청나 대가를 치른다 하더라도 기가(Giga)급을 받는 게 한계일 것이다. 아무리 부자라 하더라도 개인이 항공모함을 가지는 경우가 없는 것과 마찬가지.

그러나… 잠깐이라고 해도 황제의 자리에 올랐던 나는 상황이 좀 다르다.

'엑사급이나 마스터급 우주 모함을 안 가져온 걸 감사히 여겨야지.'

사실 레온하르트 제국에도 단 한 척만 존재한다는 마스터급 모함이 조금 탐나긴 했는데 덩치가 워낙 큰 데다 속도가 느려서 지구까지 가져올 물건이 아니었다.

"귀환인가."

나는 공원 벤치에 앉아 깔깔대며 뛰노는 아이들의 모습을 바라보았다. 지극히 일반적이고 평온한 그 모습은 우주로 나간 내가 내내 그리워하던 종류의 것.

'그리고 보니 레온하르트는 잘 돌아갔으려나.'

나는 세레스티아에게 황좌를 넘긴 다음의 일을 떠올렸다.

*　　★　　*

"너에게는 몹시 감사하고 있다."

탄탄하게 단련된 건장한 체구의 미녀는 황금빛 서기(瑞氣)에 둘러싸여 있다. 분위기는 진중하고 목소리 역시 엄숙하다. 마치 사자 갈기처럼 부풀어 있는 황금색의 장발은 마치 스스로 빛나기라도 하는 것처럼 반짝이고 있었다.

그녀야말로 레온하르트 제국의 시조인 황금사자신(黃金獅子神).

제국에 존재하는 신자만 해도 100억이 넘을 정도로 추앙받는 고위의 짐승신이었다.

"도움이 되었다니 저로서도 영광이로군요."

예의를 차려 답한다. 굳이 억지로 하는 게 아니라 그녀에게서 느껴지는 기품과 아름다움이 저절로 그렇게 행동하게 만들었다. 물론 아담과 하와는 그녀보다 더 강하거나 혹은 비슷한 경지의 존재들이지만, 왠지 모르게 만만해 보이고 친숙한 그들과 다르게 그녀에게서는 강한 압박감이 느껴졌다.

"후후, 착한 꼬마구나. 그래, 그렇다면 보답을."

"라이."

"앗, 자기! 더 누워 있지 않구!"

뒤에서 들리는 목소리에 황금사자신의 몸이 획 하고 돌아간다. 엄숙하던 말투는 마치 꿀이라도 탄 것처럼 달콤하게 변해 있다. 조금 전 분위기를 잡던 여인과 동일인, 아니, 동일신이라는 게 믿어지지 않을 정도다.

"보답을 해야 한다. 제대로 된 보답을."

"응응, 물론이지! 우리 하르, 지치고 피곤할 텐데 들어가서 푹 쉬고 있으면."

"라이."

금색의 장발을 길게 늘어뜨린 사내, 레온하르트가 황금사자신의 말을 자른다.

"네 말대로 나 몹시 지치고 피곤해. 정신적으로도 한계지."

"아, 알고 있어. 그러니까."

"라이."

"흐능… 하지만 이 녀석, 부하 중에 내 대적자가."

"괜한 수작으로 내 체면 깎지 말고 빠져."

"흐능능."

거듭된 단호함에 황금사자신이 시무룩한 표정으로 찌그러진다. 그리고 그런 그녀를 대충 치운 레온하르트가 천천히 걸어와 내 앞에 선다. 본디 강건한 육신을 가지고 있었을 그이지만 긴 시간 동안 강대한 저주에 시달려서인지 많이 쇠약해진 상태다.

당연하지만 그가 저주에서 풀려날 수 있었던 것은 내 덕이다.

그를 괴롭히던 강대한 저주는 나까지 집어삼키려다 통째로 박살 나 사라지고 말았다. 그 직후 문을 연 나는 그를 버리고 떠났지만, 그가 깨어난 것을 감지한 황금사자신이 날아와 그를 수습했다고 한다.

"괜찮은 겁니까?"

"물론 안 괜찮지. 하지만 시간도 충분하고 더 이상 제국을 관리할 필요가 없는 몸이니 걱정할 필요는 없다."

뼈가 있는 말에 하하, 하고 웃는다.

"세레스티아에게 황좌를 넘겨준 게 마음에 안 드나요?"

"마음에 안 드는 걸 떠나서 일을 이렇게까지 벌였으면 최소한 10년은 황좌를 맡아줘야 예의지. 거기 좀 앉아보려고 발버둥 치는 놈들이 얼마나 많은데 그냥 버리고 가다니."

"하지만 싫은걸요."

"아니, 대체 권력, 금력, 무력 다 챙길 수 있는 황좌가 왜 싫어. 너 무슨 신선이라도 되냐? 내일이라도 우화등선할 기세구만."

마음에 안 든다는 듯 빈정거리고 있음에도 참으로 잘생긴 사내다. 전체적으로 병색이 완연한 인상인 데도 오히려 퇴폐적인 미가 느껴질 정도. 세레스티아를 볼 때도 느꼈던 감정이지만 이놈의 신족들은 하나같이 너무 잘생겨서 화가 난다.

"뭐, 사람마다 원하는 삶은 다르게 마련이니까요."

"후우… 그 반응을 보니 금전적인 보상은 별 의미가 없겠구먼."

"그렇지요."

내가 금전적인 문제에 완전히 초탈한 것은 아니지만 그렇다고 필요 이상으로 많이 원하지도 않는다. 만약 그랬다면 손에 넣은 황좌를 좀 더 적극적으로 활용했겠지.

"다행이라고 해야 하려나… 내 친구 중에도 너 같은 놈이 있어서 대충 어떻게 해야 할지 알 것 같다."

"친구요?"

"그래. 망할 놈이 가진 거 다 버리고 선계로 우화등선해 버리더니 무슨 높은 자리도 아니고 한직을 맡아서 굉장히 행복하게 살더군."

속이 뒤틀린다는 표정으로 나를 바라보는 그의 모습에 고개를 끄덕인다.

'말하자면 알바트로스함에서 꿀을 빨던 초창기 때의 나와 비슷한 상황인가? 생각해 보면 우주로 나와서 가장 행복했던

시기가 그때였던 것 같기도 하고.'

"뭘 수긍하고 있어."

마음에 안 든다는 표정으로 노려본다. 그러나 그는 이내 깊은 한숨을 내쉬더니, 나를 향해 말했다.

"그렇다면 이렇게 하도록 하지."

그리고 그가 제시한 방법은 나에게 몹시 만족스러운 종류의 것이었다.

*　＊　*

'지금 어디에 있어?'

[위성 궤도를 따라 지구를 돌고 있습니다.]

'사람들에게 관측되지는 않겠지?'

[은폐 모드를 유지 중입니다. 2문명의 기술력으로는 인식이 불가능하죠.]

녀석의 말을 들으며 벤치에서 일어나 집을 향해 걷기 시작한다.

다행히 레온하르트 제국은 금방 안정되었다.

황위를 [선물] 받는 상황에 사람들이 반발하지 않을까 싶었는데 의외로 별로 그렇지도 않았다. 황금사자신과 맺어져 제국을 이끌었던 초대 황제의 전례 때문인지 [나]라고 하는 언터쳐블과 맺어진 세레스티아의 존재를 비교적 쉽게 받아들인 것이다.

'어쩌면 무시무시한 폭군이 탄생하나 하고 불안해하다가 안도한 것일 수도 있고.'

피식 웃으며 세레스티아를 떠올린다. 아무래도 황좌에 앉기에는 세력도 무력도 부족한 그녀이지만… 우주 최강의 기가스 라가 지켜줄 테니 마냥 어렵지는 않을 것이다.

내 신성을 품은 라가 발휘할 수 있는 힘은 그야말로 무진장(無盡藏).

레온하르트 제국은 하운드 공작가가 무너지며 어마어마한 피해를 입었지만 녀석의 존재로 인해 전력은 오히려 늘어났다. 세레스티아를 도우라는 명령도 남겨놓았으니 잘만 다룬다면 정국을 안정시키는 데 큰 무리는 없을 것이다.

[여기가 네 고향이야?]

'응, 정말 오랜만에 돌아왔어.'

안경 형태의 마도병기 우자트를 통해 아레스와 통신하며 걷기 시작한다. 더 이상 시간 낭비할 필요 없이, 일단 집에 가서 쉬고 싶었기 때문이다.

"우주라니, 전쟁이라니, 황제라니."

헛웃음이 나온다. 하나같이 너무나 거창한 이야기라 현실감이 없었다. 이렇게 지구로 돌아오고 나니, 그 모든 게 꿈이었던 것 같다.

그래, 이제 모든 고난이 끝이다.

이제 골목 하나만 더 지나면, 내 인생에 다시없을 고난과 역경은 모두 끝나고 평범한 일상이 찾아올 것이다. 다시 평범한 고등학생으로서 학교에 다니며 잔잔하고 평화로운 삶을 살아가게 되는 것.

"크하하하하! 역시! 역시 돌아왔구나! 역시 나타날 줄 알았지!"

날카로운 검을 가진 사내가 호탕하게 웃으며 나를 덮쳐 온다. 참으로, 참으로 현실감 없는 광경이다.

탕!

"크하하아… 아… 어? 총? 내가 총에 맞았다고?"

걸어간다. 그래, 이 골목이다. 이 골목만 지나면 내 인생에 모든 고난은 끝나고…….

"나타났구나! 대마녀의 자식!"

"크하하! 역시 복권은 긁고 보는 법이라니까! 나에게도 이런 행운이!"

탕! 탕!

집에 우환이라도 있는지 바닥에 누워 신음하는 두 사내를 발로 대충 차서 치우고 계속 걷는다. 골목이 거의 다 끝나가고 있다.

그래! 이 골목이야! 이 골목만 지나면!

마침내 나의 고난은.

"아."

드디어 집에 도착해서 발걸음을 멈춘다.

[뭐야, 이 공터는. 아니, 그보다 아까 그놈들 뭐냐? 그렇게 막 쏴버려도 괜찮아? 아니, 뭐, 어차피 먼저 덤빈 건 그놈들이다만.]

[하위 문명치고는 능력자들 평균 레벨이 꽤 높군요. 조심하십시오, 함장님.]

아레스와 지니가 이런저런 말을 늘어놓았지만 들리지 않는다. 나는 멍한 표정으로 앞을 바라보았다.

텅 빈 공터.

그곳에는 아무것도 없다. 주변 모든 배경이 다 그대로였지만, 오직 그곳만이 내 기억과 달랐다. 우주로 나가 계속해서 그리워했던. 내가 평생을 살아온 공간.

집.

그렇다. 집이, 나의 안식처가… 흔적조차 없이 사라진 것이다.

"어째서."

모든 고난을 이겨냈다. 전쟁도, 고문도 경험했고 적들과 싸우고 학살마저 저질렀지만, 마침내 그 모든 것을 이겨내고 지구로 돌아온 것이다.

그러나 그럼에도… 나를 반겨줘야 할 집은 어디에도 없다. 태연하게 웃으며 맛있는 식사를 준비하고 있었어야 아버지의 모습도 보이지 않는다.

"어째서……."

망연자실한 표정으로 집을 바라보고 있다. 그리고 그때였다.

"앗! 정말로 돌아왔구나!"

언젠가 들어본 목소리다. 고개를 돌려보니 캐주얼한 복장을 입고 있는 늘씬한 소녀가 나를 보고 있다.

지구 자체가 오랜만이듯, 그녀 역시 오랜만에 본다.

[원일고등학교]

[인간 사냥꾼 이경은]

과거의 나를 두려움에 떨게 만들었던 칭호를 그저 멍하니 바라보는 사이, 경은이 다가온다.

"유학은 잘 다녀왔어?"

"유학?"

"응, 관일한 선생님이 친히 학교에 왕림하셔서 말씀해 주시고 갔는데. 1학기 들어서자마자 일이 생겨서 미안하다고… 뭐, 어쨌든 따라와. 여기는 위험하니까."

"위험하다고?"

"너는 잘 모르겠지만 그럴 일이 있어. 관일한 선생님 부탁으로 우리 집에 잠시 널 머물게 해달라고 하셨거든."

덥석 내 손을 잡더니 이내 걷기 시작한다. 나는 잠시 뒤를 돌아보았다. 아무것도 없는 공터가 보인다.

"하."

쓰게 웃는다. 왜냐하면 알았기 때문이다.

고난은… 아직 끝나지 않았다.

『당신의 머리 위에』 3권 끝